# LOBO DEL PRESENTE

ESPIRITU DEL LOBO LIBRO 2

A. D. MCLAIN

Traducido por

JOSÉ FERNÁN CUERVO LÓPEZ

Traducido del inglés por José Fernán Cuervo López

Derechos de Autor (C) 2013 A.D. McLain

Diseño de maquetación y Copyright (C) 2019 por Next Chapter

Publicado 2019 por Next Chapter

Editado por D.S. Williams

Arte de cubierta por Designed By Starla

*Dedicación*
*A mis hijos Siempre recuerda seguir tus sueños*
*con honestidad e integridad.*
*Amor y felicidad no son solo palabras en un libro.*
*Son reales y se pueden lograr si*
*solo nosotros estamos dispuestos a alcanzarlos.*

*Tabla de contenido*

# PRÓLOGO

Orfanato Singer y hogar de paso(femenino)
Hace dieciséis años

Meghan se bajó hasta quedar colgada boca abajo con sus rodillas dobladas sobre las barras altas del parque infantil. El metal calentado por el sol le quemó la piel desnuda, pero ella lo ignoró, cerrando los ojos y respirando mientras duraba el malestar. Finalmente, sus piernas se acostumbraron a eso. Después de todo, era solo un poco de calor, ella había pasado por cosas peores. Abriendo los ojos, ella miraba a los otros niños en el patio de recreo.

No notaron su atención. Todos los demás estaban jugando o viendo el juego de baloncesto. Ella suspiró. Nadie la invitó a jugar, pero ¿quién querría jugar con todos esos niños estúpidos de todos modos? Prefiere colgarse de su percha. Cerrando los ojos ella dejó caer los brazos, sus dedos rozaron la arena e intentó bloquear el Sonidos del juego. Luchando por recordar cada pequeño detalle, imaginó el parque infantil, menos los otros niños. Estaba la cancha de baloncesto y las barras. A su izquierda. Era un tiovivo y al lado estaban los toboganes y túneles.

Descansaron sobre la hierba y suciedad Este patio no tenía ninguna de las astillas de madera que había visto en el patio en el centro, donde el oficial la llevó después de que el médico le limpió las heridas, antes de que ella fuera traída aquí. Se suponía que las astillas de madera eran más bonitas y no se enlodaban cuando llovía, pero no podías esculpir astillas de madera, y a quién le importaba un poco de fango, ¿de todos modos? Meg recogió un puñado de arena y la dejó caer lentamente a través de ella. dedos. El patio de recreo estaba bordeado por un lado por el edificio donde los niños dormían y comían. Los otros tres lados estaban rodeados por una valla metálica alta, bloqueándolos a todos fuera del patio de recreo. Arbustos de flores al azar se alineados en la cerca, para evitar que los niños trataran de escalarlo y salir. Había unos pocos árboles repartidos, incluyendo El grande detrás de las rejas. Los niños saltaban de allí a veces. Meg lo había hecho más de una vez. Fue divertido saltar el montículo de arena suave y reír cuando los niños mayores tenían miedo de hacer lo mismo. Ella escuchó mientras el viento movía las ramas del árbol, susurrando con sus hojas. Si lo intentaba, podía escuchar los pájaros cantando y los sonidos distantes de tráfico. Los pájaros y las bocinas de los autos se unieron en una extraña sinfonía, agregando su propia música a El día. Ella sonrió. Esto fue mucho mejor que jugar un juego estúpido.

"¡No!" Una pequeña voz gritó, interrumpiendo sus pensamientos. La protesta fue seguida por

la risa. Meg abrió los ojos y giró la cabeza en dirección a los sonidos, pasando por

Las diapositivas. Pudo distinguir tres niños; dos niños y una niña. La niña era un poco

más joven que Meg, con cabello castaño y un vestido que era demasiado grande para ella. los

los niños eran mayores, probablemente cinco o seis, y al igual que Meg, estaban vestidos con jeans y Camisetas blanco liso. Los niños se reían mientras arrojaban un objeto de un lado a otro sobre la cabeza de la niña, apenas fuera de su alcance. Meghan entrecerró los ojos, pero no pudo distinguir lo que colgaba al revés.

"Devuélvelo", gritó la chica, su voz aguda y ahogada por la emoción. Era Obviamente no estaban jugando un juego, ella se veía y sonaba molesta. Meghan trató de detectar a un adulto u otra persona para ayudar a la niña, pero todos los demás estaban cerca de la

cancha de baloncesto. Nadie estaba prestando atención a lo que estaba pasando por las diapositivas, ellos fueron atrapados en su juego. Depende de ella ayudar.

Meg se levantó, se balanceó y caminó en silencio hacia el tobogán. Los chicos

estaban distraídos por su juego y no se dieron cuenta de que ella se acercaba. Se rieron y

continuaron burlándose de la niña, molestándola aún más. Cuando Meg se acercó, pudo ver el

el objeto, era un collar simple con una piedra adjunta. Pacientemente, Meg esperó hasta que

lanzaran el collar otra vez y lo agarró del aire, sorprendiendo tanto a ambos niños como a

la niña pequeña.

4

"¡Oye!" Uno de los muchachos protestó. Su cara enrojecida por la ira, y sus labios hinchados en un puchero.

"¿Hey que?" Meg tiró hacia atrás, manteniéndose firme.

Obviamente mejor con las acciones que con las palabras, el niño intentó agarrar la cadena, pero

Meghan estaba lista para él. Ella lo empujó hacia atrás, con fuerza y él cayó al suelo con un

ruido sordo. Una nube de polvo voló al impacto, cubriéndolo de tierra y provocando un estornudo. Su amigo corrió para ayudarlo a levantarse y lo detuvo cuando comenzó a buscar a Meg nuevamente.

"No, ¡no lo hagas! " gritó una advertencia, su piel enrojecida por la emoción. "Esa es Meghan. No quieres meterte con ella ".

El primer niño la miró con asombro y temor. Dejó de luchar contra su amigo. "¿Ella es la que golpeó a Tommy?" Su voz se quebró ante la pregunta.

"Sí, lo soy", confirmó Meghan. "Entonces, tal vez quieras dejar de intimidar a un niño pequeño e ir a jugar baloncesto o algo antes de que yo te haga lo mismo "

Se escaparon sin decir una palabra más. Meghan sonrió con satisfacción y le entregó el collar a la niña. Le encantaba hacer huir a los matones. "Aquí tienes."

"Gracias." La niña inmediatamente se colocó el collar alrededor del cuello y se arrojó sobre Meghan para un abrazo, casi enviándolos a ambos al suelo con la acción inesperada. Meghan tropezó hacia atrás, apenas manteniendo el equilibrio.

"Mi nombre es Nicole", dijo la niña con un sollozo. A pesar del sollozo, parecía sentirse mejor, e incluso tenía una sonrisa vacilante en su rostro. "Tengo tres años de edad." Nicole levantó dos dedos y los miró por un segundo antes de poner un tercero.

Meghan dio un paso atrás, para poner algo de distancia entre ellos, y se dejó caer al suelo. El niño parecía bastante agradable, pero un poco demasiado pegajoso para el gusto de Meg. No le gustaba que la gente tratara de abrazarla, o que incluso se parara demasiado cerca. La mayoría de las veces no era un problema, la gente solía dejarla sola, y a ella le gustaba de esa manera. "Entonces, Nicole, ¿qué haces aquí en lugar de estar con todos los demás?"

Hacía demasiado ruido allí", respondió Nicole, dando un paso adelante y sentándose a su lado. "El ruido me lastimó los oídos. Quiero callar para tratar de recordar.

"¿Recuerda que?" Meg preguntó cuando Nicole se calló.

Ella no respondió al principio, en cambio, se quedó mirando su collar, frotando suavemente sus dedos sobre la piedra. "Cualquier cosa", dijo Nicole suavemente. "Me encontró una buena pareja y me trajeron aquí, pero no recuerdo nada más. Quiero a mis padres, pero no sé si tengo alguno". Ella se echó a llorar.

Meghan se sentó en silencio por un momento, sin saber qué hacer. Vacilante, extendió una mano y Nicole arrojó su sollozante cuerpo directamente a sus brazos.

———

MEGHAN ESCUCHÓ EL CHANCLETEO DE Nicole cruzando el pavimento hacia ella y puso los ojos en blanco. Desde que ayudó a recuperar el collar de Nicole de esos matones hace una semana, la niña había estado persiguiendo sus pasos como un cachorro devoto. No es que fuera tan malo, era genial tener una persona que no le tuviera miedo.

La noticia sobre la pelea con Tommy se había extendido rápidamente y convertido en algunos rumores extraños. Ella solo le había dado un ojo morado, después de que él se burló de su aversión a los cuchillos de plástico en la cafetería. Pero Tommy había sido adoptado justo después de que sucediera, por lo que algunos de los niños inventaron historias de que ella lo había llevado al hospital. Nadie sabía lo que había dicho para hacer enojar a Meg, así que ahora todos la evitaban. Aunque le gustaba su privacidad, a veces era agradable tener a alguien que quisiera estar cerca de ella.

Nicole se dejó caer frente a Meg y le tendió la mano. "Aquí," dijo ella, abriéndola para revelar un brazalete hecho de hilo. Los hilos azules, verdes y morados se tejieron para crear un diseño en zigzag a lo largo de la pulsera. "Lo hice para ti". La voz de Nicole tenía una nota de orgullo.

"¿Por qué me das esto?" Meghan miró el brazalete especulativamente. Estaba bien hecho, la niña había puesto mucho esfuerzo en ello. Tenía todo el derecho de sentirse orgullosa de su trabajo.

"Bueno, porque eres mi amiga, la único que tengo". Nicole sonrió ampliamente.

"Te lo agradezco." Meghan tomó el brazalete vacilante y lo ató alrededor de su muñeca. Ella sonrió levemente. "Gracias."

Nicole agarró el brazo de Meghan y tiró de ella hacia el patio de recreo. "Venga. Pasemos por los túneles. Solo se divierten con otra persona".

Meghan se rió de sí misma y permitió que Nicole la arrastrara. Estaba a la mitad del segundo túnel, cerca de la intersección que los conduciría a la pequeña sala de burbujas de la torre, cuando perdió de vista a Nicole. Ella sonrió. La niña seguro era enérgica. Miró hacia atrás y deseó no haberlo hecho. La curva del túnel de repente parecía muy oscura. Se dio la vuelta rápidamente, pero mirar hacia adelante nuevamente no ayudó. La intersección estaba más adelante. El que estaba tan cerca un momento antes parecía estar retrocediendo. Al mismo tiempo, se dio cuenta de lo cerca que se estaban volviendo todas las paredes. Tocó el plástico frío debajo de las manos y pudo sentir el plástico detrás de su espalda. Los pelos de su cuello y brazos se erizaron, prácticamente tocando las paredes a ambos lados de ella. Había muy poco espacio. Si ella solo pudiera ponerse de pie. De repente le dolían las rodillas por hacer exactamente eso, estirarse. Eso es lo que ella necesitaba hacer. Ella necesitaba pararse. El túnel se oscureció aún más, su respiración se intensificó en cortos jadeos. Se sentó contra una pared, con las rodillas pegadas al pecho, y cerró los ojos. Esto no era real, no podía ser real.

"¿Meghan?" Una voz suave llamó a través de la bruma en la que parecía atrapada. Meghan intentó abrir los ojos, pero estaba tomando toda su concentración solo para respirar. "Vamos, puedes seguirme. Yo lideraré el camino ". Una mano suave agarró la suya y la puso de rodillas. Se dejó arrastrar, incapaz de resistir la gentil orientación. Una brisa enfrió el sudor en la parte posterior de su cuello, y abrió los ojos para descubrir que estaba al final del túnel. Agradecida, saltó y respiró hondo varias veces, tomándose el tiempo para apreciar la vista de la tenue luz del sol, brillando a través de las nubes sobre la arena a sus pies.

"¿Quieres ir al carrusel?" Nicole preguntó alegremente, completamente imperturbable.

Meg le dio a Nicole una sonrisa de agradecimiento. "Por supuesto. Súbete y yo empujaré ". Dieron algunas vueltas en el tiovivo, disfrutando de la tarde nublada y la compañía del otro. Entonces un trueno sacudió el aire a su alrededor. Se rieron de los chillidos de los niños cercanos cuando comenzó a llover. Los adultos corrieron frenéticamente, reuniendo a los niños callejeros, pero Meg y Nicole compartieron una sonrisa comprensiva y se escondieron debajo de los toboganes hasta que todos estuvieron adentro.

Una vez que estuvo en silencio por un tiempo, salieron vacilantes, comprobando que estaban solos. Felices de que todos los demás hubieran entrado, se turnaban en los toboganes.

Meghan sonrió ampliamente. ¿Quién necesitaba que los otros niños y adultos lo arruinaran? Hoy, eran ella y Nicole, solas bajo la lluvia, y no podía estar más feliz.

# UNO

Connecticut, día actual.

MEG CERRÓ LOS OJOS Y ECHÓ LA CABEZA hacia atrás. La lluvia caía sobre su rostro y cabello, empapando su ropa y su mochila escolar. Se preguntó distraídamente si sus libros se arruinarían, pero no le importó lo suficiente como para moverse. La primera oleada de euforia se desvaneció y dejó un nudo duro de nada en su pecho. Sin corazón. Sin alma. Sin sentimiento ni emoción. Nada. Se entregó a una eternidad de estar allí, completamente a merced del aguacero torrencial. Apoyó una mano contra el lugar donde estaba el bolsillo interior de su chaqueta, pensando en la nota allí. No tuvo que leerlo para recordar lo que decía.

*EL PASADO NUNCA MUERE.*
*--Tammy Knight*

ALGUNOS PATANES LA DEJARON DEBAJO DE LA puerta de su casa, probablemente como una broma de mal gusto, hace varios meses, y aun así la estaba afectando. No debería dejar que le afectara tanto, se reprendió. Entonces, ¿qué pasaría si alguien descubriera que su madre había sido puesta en un coma por un novio loco, quien luego intentó matar a Meg? Había sucedido años atrás. Ella ya lo había superado.

Meg suspiro. Debería haber hablado con Nicole al respecto, pero no quería hacer un gran problema de la nada. Además, en ese momento Nicole había estado ocupada tratando de evitar ser asesinada por el psicótico, contaminante y vicepresidente de Steagel and Company, así como por su tío loco y que se desencaja. No necesitaba que la molestara una nota tonta. Y Meg no podía hablar con ella ahora de todos modos, cuando Nicole estaba disfrutando de su luna de miel con su marido, David. Era lo mejor, pensó. Nicole merecía un descanso, y ella y David estaban gloriosamente felices juntos. Meg estaba feliz por Nicole, pero podía usar a un amigo para hablar ahora.

Sin querer, sus pensamientos se volvieron hacia el amigo de David, Mark Stevenson. Lo había conocido la noche que Nicole casi murió en el incendio de un edificio, y nuevamente en la boda de Nicole. Era una oficina de policía, y tampoco estaba mal a la vista. Con el cabello castaño oscuro y la insinuación de un físico musculoso, fácilmente podía girar algunas cabezas. La noche en que se conocieron, sus ojos color avellana la estudiaron con descarada preocupación, como si realmente le importara lo que le sucedió.

Meg lo apartó con fuerza de sus pensamientos. Él era un extraño. No necesitaba salir corriendo y contarle a un extraño sus problemas. No estaba en su naturaleza hacer tal cosa. Además, Nicole era la única persona en la que confiaba. No había razón para que eso cambiara ahora, solo porque estaba un poco sola y vulnerable.

Meg se pasó los dedos por los mechones empapados y el agua le cayó del pelo castaño rojizo. Deja que llueva, pensó. Este clima se adaptaba a su estado de ánimo.

El viento se levantó, soplando la lluvia en capas horizontales de humedad similar a una aguja. Aun así, ella no se movió. Los truenos provocaron chillidos de estudiantes cercanos, que se acurrucaron bajo los pasillos cubiertos. Meg ni siquiera se inmutó. No le importaba el potencial de un rayo, a pesar de que estaba parada hasta los tobillos en el agua de lluvia sucia.

En algún lugar a lo lejos, oyó la campana sonar la hora y suspiró. Era hora de la clase. Abriendo los ojos, se dirigió al edificio psicología.

———

Mara se apretó el cárdigan y cerró las puertas del balcón. La lluvia comenzaba a disiparse después del mediodía del monzón unos minutos antes. Extraño, pensó para sí misma. Las fuertes lluvias no eran infrecuentes, pero algo sobre el clima de hoy parecía antinatural. Sus pensamientos se volvieron instantáneamente hacia el ser oscuro que había sentido influir en Artemis, el tío de Nicole. Era lo suficientemente poderoso como para evadir sus ondas psíquicas, lo suficientemente fuerte como para ser el instigador de un complejo conjunto de eventos que se extendieron por al menos dos décadas. No tenía ninguna prueba, pero estaba segura de que ese ser había sido el motivo por el cual Artemis mató a los padres de Nicole cuando la niña tenía solo tres años. Artemis nunca había estado cerca de Richard, siempre había estado celoso de su hermano, pero Mara nunca imaginó que las cosas se volverían tan violentas entre ellos.

Pero eso no era ni aquí ni allá actualmente. Artemis era un peón. Tan poderoso como él era por derecho propio, como todos los miembros de su familia, Artemis estaba siendo manipulado por alguien más fuerte que él. Quienquiera que fuera el misterioso alguien, habían matado correos para el Consejo, con el fin de ayudar en la fuga de Artemis.

Mara solo había compartido esta noticia con Mark. Nicole ya había sufrido suficientes problemas en los últimos tiempos, y Mara no había querido arrojar una sombra sobre la boda de Nicole y David, pero tendría que contarles, y pronto. Tenían que estar preparados para la posibilidad de otro ataque.

Mara se sentó en el suelo en el centro de la habitación y se preparó para meditar. Al otro lado de la habitación, se encendieron velas en respuesta a su estallido de voluntad. La lluvia se había reducido a una llovizna, que dejó rastros de agua astillados en cientos de direcciones diferentes en las puertas y ventanas del patio. Ella observó el movimiento desapasionadamente, dejándolo calmar sus pensamientos y su respiración. Respirando profundamente, Mara extendió sus sentidos, buscando pistas, información. Siguió el hilo del clima intenso hasta su origen y suspiró, aliviada al descubrir que no era malévolo. La fuente de la tormenta ni siquiera sabía lo que estaba haciendo. Las corrientes del clima simplemente se habían intensificado y retrocedido en respuesta al estado emocional inestable de la niña.

Al sentir algo familiar en la niña, Mara extendió sus sentidos aún más, buscando una identidad. Era Meghan, la amiga de Nicole. Hace muchos años, Mara se habría sorprendido por este descubrimiento, pero una larga existencia significaba que pocas cosas la sorprendían más. Con toda honestidad, hacía las cosas bastante aburridas la mayor parte del tiempo

Estaba a punto de alejarse cuando reconoció algo más familiar en la niña. Mara trató de descartarlo y retirarse, no queriendo entrometerse más, pero algún instinto no la dejó retroceder. Era culpa suya por complacer esta curiosidad, se reprendió Mara. Odiaba ponerse en contacto con otros, incluso sin su conocimiento, porque había algo tan profundamente personal en ello. Siglos atrás, Mara lo había hecho sin ningún control, detectando automáticamente si había otro de su especie, en cualquier lugar dentro de mil millas. La habilidad había progresado hasta el punto en que podía sentir a casi todos los de su clase en todo el planeta, sin intentarlo. Había sido un momento desconcertante. Los pensamientos y las emociones inundaban a Mara constantemente, casi a diario. Muchos de los relativamente inexpertos habían sentido su toque gentil y se acercaron instintivamente. Los mayores ya habían desarrollado barreras mentales para repeler automáticamente cualquier contacto no deseado. Pero los jóvenes, casi la habían destruido.

En consecuencia, ella se retiró nuevamente, creyendo que era el único curso de acción que podía tomar. Cualquier otro camino llevaría a la locura. Ahora, solo sondeó o interfirió cuando lo necesitaba, porque no tenía deseos de volver a ser como habían sido las cosas. Su mente no podía soportar la tensión.

Luchando contra sí misma y con sentido común, Mara profundizó en la mente de Meghan y encontró lo que la había atraído. Sus ojos se abrieron de golpe. "Ella es su hija", anunció suavemente a la habitación vacía.

———

"¿Que estás haciendo?" Una voz melódica atravesó la neblina de la concentración de Mark. Al otro lado de la habitación, los sonidos de las personas hablando y los teléfonos sonando volvieron a su atención con toda su fuerza.

Mark levantó la vista para ver a Susan sentarse tranquilamente en la silla junto a su escritorio. Susan Anderson, la joven estrella en ascenso en las oficinas de abogados de la ciudad, había ayudado enormemente a Nicole durante todo el fiasco de Steagel. Cuando la Sociedad Ambiental Smithsdale –SES para abreviar– desarrolló su caso de contaminación contra Steagel and Co., fue Susan quien manejó todos los aspectos legales de su investigación. Para ser justos, probablemente estaba motivada casi tanto por el trabajo del SES como una causa noble, como por su relación romántica con John Markham, el actual jefe de la organización. De todos modos, ella había sido de gran ayuda para los universitarios que formaban parte del grupo, incluida Nicole. Los padres adoptivos de Nicole habían fundado el grupo, y la investigación de Nicole sobre Steagel casi la había llevado a la muerte en varias ocasiones.

Pero ese era solo un lado de la Susan que él conocía. Siendo amiga de varios policías, solía aparecer en los bares y clubes que frecuentaban los oficiales fuera de servicio. La vio en muchas ocasiones, y ella siempre trató de alejarlo de sus rincones solitarios, instándolo a unirse al resto del grupo. Ella solo tuvo un éxito moderado en el esfuerzo. Susan tenía buenas intenciones, pero finalmente dejó de socializar por completo. A pesar de este revés, Susan había seguido siendo una persona amigable y tranquila y, por alguna razón, lo consideraba un amigo. Con los años, había comenzado a sentir lo mismo por ella.

Mark se recostó en la silla y le dirigió una mirada aguda. "¿Es esa la forma en que un abogado puede hablar?" bromeó.

Ella sonrió. "No, pero ¿parece que me importa?" Llevaba el pelo largo y castaño recogido en un elegante clip, simple y eficiente, y vestía un traje fresco y recién planchado. Parecía la parte de un abogado de alto poder, listo para asumir todos los problemas del mundo. Sin embargo, su comportamiento físico era exactamente lo contrario y completamente casual. La yuxtaposición de formal y relajado debería haber parecido extraña, pero de alguna manera, ella lo logró con delicadeza. Susan nunca fingió ser otra cosa que lo que era. Esta era Susan Anderson, tómala o déjala, y él la respetaba por eso. "No respondiste mi pregunta", señaló.

Mark revolvió algunos papeles y fingió un

tono distraído. "Trabajando. Papeleo. Tú sabes cómo es."

"Bien", anunció alegremente.

Levantó una ceja sospechosa. "¿Bueno?"

"Sí, deberías trabajar duro ahora, hacer todo, para que puedas salir y divertirte esta noche".

Mark gimió, pero antes de poder expresar una discusión, Susan lanzó un contraataque. "Es una celebración, así que no puedes retroceder. Acabo de ser ascendido, y quiero que todos se unan a mí para tomar una copa o dos para brindar por mi continuo progreso profesional".

Mark mostró una sonrisa irónica. "Tal vez."

Susan se inclinó con una mano sobre la oreja. "¿Qué fue eso? ¿Fue un "tal vez" de nuestro ilustre recluso de la ciudad?" Ella se rió y dejó caer su mano sobre su regazo. "Al menos no es un rechazo rotundo. Hablando de ... —Ella puso los ojos en blanco, su tono ligeramente sobrio.

"Acabo de recibir un nuevo caso para mi promoción. ¿Es el caso del estrangulador de Smithsdale?" Esperó el asentimiento de reconocimiento de Mark. "La cuestión es que parte de la información en el archivo no parece acumularse. Estoy encontrando inconsistencias en todas partes. Llamé al oficial en el archivo, y sigo siendo bloqueada. Él y su compañero no me devolverán las llamadas, y cuando me comunique con ellos, me darán medias respuestas y algo de machista: "Oye, no nos desafíes, pequeña". Ella dejó escapar un suspiro de disgusto, preocupándose por su mejilla interior y mirando pensativamente un punto en una de las baldosas del piso.

Mark consideró la queja de Susan. No era como si esos tipos se comportaran así, por lo general intentaban ser lo más serviciales posible. Era uno de los beneficios de vivir en una ciudad pseudo pequeña. No era pequeña en la forma en que todos se conocían entre sí, pero ciertamente actuaron como lo hicieran la mayor parte del tiempo. Algo sobre esta situación no se sentía bien, estos oficiales conocían a Susan y por lo general no la delatarían. El distraído golpeteo de pies y la inquietud poco característica sugirieron que ella sentía lo mismo. "¿Quieres que lo investigue?"

Susan sacudió la cabeza. "No, está bien. Es tiempo de hundirse o nadar. Necesito hacer esto por mi cuenta. Supongo que solo necesitaba desahogarme un poco, y no puedo hablar de eso en ningún otro lado. No estoy cerca de ninguno de mis compañeros de trabajo, y trato de no hablar sobre casos abiertos con John ".

"¿Estás seguro?" No le gustaba el sonido de esta situación, pero era la llamada de Susan. Él no le pisaría los pies y arruinaría su credibilidad al involucrarse. Además, había aprendido hace mucho tiempo que la gente necesitaba resolver sus propios problemas la mayor parte del tiempo. No podía meter la nariz en los asuntos de todos los demás.

Susan se levantó de la silla para irse. "Sí, por el momento, al menos. Si cambio de opinión, te lo haré saber". Ella le otorgó una sonrisa encantadora y se inclinó ligeramente. "No te olvides de esta noche".

Mark sonrió mientras ella se alejaba. Ella era persistente, él tenía que darle eso.

———

"Aquí. Toma esta pila y yo tomaré la otra". John le entregó una pila de papeles a Meghan y agarró otra pila polvorienta de la parte trasera de su automóvil. Juntos, entraron en el pequeño espacio de alquiler de la esquina de Green Street, el nuevo hogar de la Sociedad Ambiental Smithsdale. Abriéndose paso a través de la puerta principal, Meg caminó hacia una mesa vacía y dejó la pila de papeles, una colección aleatoria de listas de miembros, recibos, documentos de investigación y estudios de investigación sobre diversos temas ambientales. En un descanso fortuito para los miembros del SES,

John a menudo se llevaba el trabajo a casa con él. Unos meses antes, una explosión había destruido su antiguo salón de reuniones. Debido a la diligencia de John, la mayoría de sus suministros y documentos permanecieron intactos. De lo contrario, habrían comenzado desde cero en este momento, en lugar de simplemente mudarse a un nuevo edificio.

John dejó su pila al lado de Meg y pasó junto a ella hacia la habitación de atrás. "Voy a hacerle saber a Katie que estamos aquí", le dijo a Meg.

Suspirando, Meg se sacudió las manos y se sentó en el borde del escritorio. Katie estaba dedicando muchas horas para que el SES volviera a funcionar. Meg no habría sospechado tal devoción de ella cuando se conocieron: Katie era la imagen perfecta de una animadora de hermandad, hasta el cabello rubio y los conjuntos florales que solía tener. Ella no evocaba exactamente la imagen de una nariz en la piedra de afilar, del tipo adicto al trabajo. Pero en los últimos meses, Katie había sorprendido a todos con su dedicación, tenacidad e inteligencia. Al hacerse cargo de la configuración de la oficina, se ofreció como voluntaria para escanear toda la documentación en archivos de computadora, para facilitar el almacenamiento y la recuperación. También había sido fundamental para encontrar las nuevas instalaciones y negociar un precio de alquiler justo con el propietario. Nadie podía entender cómo había convencido al arrendador de ofrecer electricidad gratuita además de la baja renta, pero la buena apariencia es muy útil, especialmente cuando el arrendador es un hombre de mediana edad, con sobrepeso y calvo que estaba recibiendo atención de Una mujer muy joven. Una sonrisa y una risa debidamente sincronizadas hicieron maravillas. Al menos, esa era la teoría de Meg sobre el éxito de Katie.

Meg se estremeció y un escalofrío le recorrió la espalda. Miró por la ventana delantera, buscando la fuente de su inquietud, pero no pudo ver nada extraño. Pasó un automóvil, pero ella no pensó que eso sería lo que había puesto sus sentidos al límite. En la hierba al otro lado de la calle, una pareja paseó a su perro, pero no estaban mirando en su dirección, y ella no sintió nada sospechoso sobre ellos.

Probablemente era su mente huir con ella, razonó. Estaba nerviosa tan a menudo recientemente que estaba imaginando cosas. Eso fue todo. Necesitaba calmarse antes de volverse loca. Meg respiró hondo y decidió no dejar que todo la afectara tanto. Justo cuando tomó la decisión, un ruido repentino detrás de ella la hizo saltar. Instantáneamente sintiéndose tonta por su reacción exagerada, se volvió para ver a John salir de la puerta de la habitación de atrás, haciendo sonar un juego de llaves. "Katie dejó algunas cosas en su auto que necesitan ser traídas. ¿Quieres ayudar?"

Meg dejó escapar un suspiro de alivio. "Por supuesto". John no había notado su respuesta irracional a su repentina aparición, por lo que podía fingir que no había sucedido.

Saltó del escritorio y siguió a John afuera, mirando fijamente la superficie reflectante de la ventana mientras esperaba que John encontrara la llave correcta para abrir la puerta. El movimiento desviado en el cristal atrapó el rabillo del ojo, y se obsesionó con el movimiento. Parpadeando lentamente para enfocar sus ojos, miró fijamente la imagen especular de alguien caminando en la distancia. A una manzana de distancia, pudo ver a una mujer con el pelo largo y oscuro, de espaldas a Meg, y caminaba hacia el parque. Mirando por encima del hombro para observar a la mujer, el aliento de Meg quedó atrapado en su garganta. Como si fuera consciente de la mirada de Meg, la mujer volvió la cabeza hacia atrás y pareció mirar directamente a Meg por un largo momento, antes de volver a mirar hacia otro lado. Meg se mareó repentinamente y extendió la mano ciegamente para pedir apoyo, entrando en contacto con la espalda de John.

"¿Huh? Meg, ¿estás bien? John se volvió y puso una mano firme sobre los hombros de Meg la examinó de cerca, la preocupación visible en su mirada.

"Sí", dijo distraídamente, mirando hacia donde había estado la mujer. No se la veía por ninguna parte. Meg se preguntó, no por primera vez, si realmente estaba empezando a perderlo. Ahora estaba viendo cosas que no estaban allí.

John la miró preocupado. Ciertamente no se veía bien. Su piel normalmente bronceada era de varios tonos más clara que de costumbre, y se veía un poco asustada, con sus ojos yendo y viniendo entre él y un tramo vacío de acera en la distancia. "¿Estás seguro? Te ves un poco pálido.

"Estoy bien, de verdad". Si solo eso fuera cierto. Sabía que no había imaginado nada, todavía no había llegado tan lejos. La mujer se parecía a su madre, pero eso era imposible: su madre estaba en coma, lo había estado durante bastante tiempo. A menos que ... no, no podría ser real. Ella no podría ser real. No había forma de que pudiera estar despierta, no después de que pasara tanto tiempo. ¿Fue solo una coincidencia, alguien que se parecía a su madre? ¿Qué más podría ser?

Su mano inconscientemente se movió a su bolsillo y se congeló. La nota. ¿Podría ser todo esto la idea de alguien de una broma enferma? "En realidad, si te parece bien, creo que probablemente debería irme a casa. No dormí bien anoche, y está empezando a alcanzarme ". Ella le ofreció a John una débil sonrisa y esperó que no hiciera más preguntas.

"Por supuesto. Tengo esto cubierto, ve a descansar un poco. Hazme saber si necesitas algo."

Por la forma en que John la miraba, ella sabía que él se preguntaba si ella estaba diciendo la verdad, pero el resto probablemente la haría bien de cualquier manera.

"Bueno." Meg la saludó por encima del hombro y comenzó a caminar de regreso a su departamento. Cerró la chaqueta y corrió parcialmente el viaje, mirando periódicamente sobre su hombro. Cuando su edificio apareció a la vista, aceleró el paso y notó que comenzaban a caer las primeras gotas de lluvia. Era casi como si la lluvia la siguiera, persiguiéndola por la ciudad.

Negándose a ser controlada por el miedo, se obligó a detenerse en los buzones. Recogiendo la pila de correo basura y facturas, se obligó a caminar lentamente hacia su apartamento.

Una vez dentro, se apoyó contra la puerta y comenzó a revisar el correo, tratando de distraerse. Dejó de lado un par de solicitudes de tarjetas de crédito, cupones de pizza y anuncios de tiendas de muebles y rompió una carta de la universidad. Sus ojos se detuvieron ante dos palabras, "Aumento de tarifa".

Meg no se molestó en leer el resto, no tenía sentido. Esto era todo, ella tendría que abandonar. Sus tarjetas de crédito ya estaban al máximo, pagando la matrícula. No tenía ahorros para sacar y la ayuda financiera estaba seca. Simplemente no había más dinero. Tal vez en un año o dos, si pudiera ahorrar de nuevo ... sacudió la cabeza. ¿A quién estaba engañando? Hasta aquí. ¿Cuántas segundas oportunidades podría esperar una persona, de todos modos? Esta era su última oportunidad, y la aprovechó.

Meg pasó al siguiente sobre casi mecánicamente y lo abrió. Desplegando la página dentro, echó un vistazo al contenido y se detuvo, con los ojos congelados en el nombre "Edmond Marlay".

La página se deslizó de sus manos, junto con el resto de su correo, cayendo en todas direcciones. Se arrodilló para recuperar la carta y saltó cuando un trueno retumbó cerca, sacudiendo las paredes del edificio y las luces apagándose un segundo después. Meg maldijo. La luz natural en su habitación era terrible. Las ventanas daban a las escaleras y las aceras cubiertas, y la tormenta hacía que incluso ese poco de luz fuera casi inexistente.

Apenas recordando cerrar la puerta detrás de ella, salió corriendo del departamento y salió corriendo a las calles bañadas por la lluvia donde las luces permanecían encendidas. Luchando por mantener la página recta bajo la fuerte lluvia y el viento, leyó cada palabra de la carta con cuidado deliberado, leyendo una línea una y otra vez hasta que las palabras se le quedaron en la cabeza.

*"A partir de mil quinientos jueves por la tarde, Edmond Marlay ha sido liberado del Centro Correccional de Black Park".*

Continuó mencionando algo sobre buen comportamiento y rehabilitación, pero Meg no prestó atención a mucho más allá de esa sola y devastadora oración.

¿Cómo podrían liberarlo? ¿Cómo podrían pensar que era razonable liberar a un monstruo como él? ¿Después de todo lo que hizo?

La parte lógica de su mente le recordó a Meg que no se podía esperar que Marlay permaneciera en prisión para siempre. Después de todo, nunca había matado a nadie, aunque bien podría haberlo hecho. Someter a una persona a una vida en estado de coma no fue lo que hizo un asesino.

Meg ignoró esa lógica. Había arruinado sus

vidas y ahora Marlay era libre. Podía ocuparse de sus asuntos y hacer lo que quisiera, mientras tenían que vivir con las consecuencias de sus acciones. ¿Dónde estaba la justicia en eso?

El movimiento llamó su atención, atrayendo su atención de la carta. Sin ver nada, dobló cuidadosamente la carta bañada por la lluvia y la guardó en su bolsillo. Tendría que lidiar con eso más tarde. En este momento, necesitaba ir al campus y ocuparse de su otro problema. Al mirar hacia su auto, una risa de pánico amenazó con aparecer y Meg lo obligó a retroceder. No tenía sentido mirar hacia allí, el tanque de gasolina de su auto estaba vacío y no había dinero para llenarlo. Meghan miró el cielo blanco grisáceo y dejó que el agua la bañara. "No tiene sentido posponer lo inevitable". Tomando una última y profunda respiración, comenzó la larga caminata hacia el campus.

# DOS

"TE VEO MAÑANA", KATIE HIZO UN GESTO CON
la mano cuando John se alejó. Cerrando la
puerta del edificio del SES, corrió hacia su auto,
tratando en vano de mantenerse lo más seco posible. Tropezando con sus llaves mojadas, finalmente logró, después de varios intentos, para
meter la llave en la cerradura de la puerta. exclamó triunfalmente antes de que algo se le ta-
para la boca.

"No, te tengo", dijo una voz masculina directamente detrás de su oreja izquierda. Los ojos de
Katie se abrieron y su cuerpo se puso rígido. Luchando contra los brazos que la sostenían, levantó su bolso y escuchó un gruñido satisfactorio
cuando se conectó con la cabeza del hombre.

Desafortunadamente, no fue suficiente para disminuir su agarre. Apretando el talón contra su espinilla derecha, ella le devolvió el peso. Fue suficiente para hacerle perder el equilibrio, pero su agarre se mantuvo firme. La llevó con él cuando cayó al suelo y el dolor le atravesó el hombro y la cadera cuando entraron en contacto con el camino en mal estado. Golpeando su cabeza hacia abajo, golpeó repetidamente el brazo del atacante contra el pavimento tan fuerte como pudo, aflojando su agarre sobre su boca. Ella mordió con fuerza su mano, probando sangre, y la siguió de inmediato con un codo en el pecho. Pateando y rodando, echó la cabeza hacia atrás en su cara, finalmente ganó suficiente impulso para liberarse. Arrastrándose, ella avanzó un par de metros antes de que él volviera a estar sobre ella, agarrando su cabello con fuerza en su puño cuando él golpeó su cabeza contra el costado de su auto. Con la cabeza nadando, se revolvió a ciegas, ganando unos pocos metros, solo para ser derribada una y otra vez.

En algún lugar de su bruma, su cerebro comenzó a funcionar nuevamente, diciéndole que necesitaba probar algo diferente. Ella no pudo seguir así mucho más tiempo. Liberándose de nuevo, tomó su propio consejo. En lugar de alejarse, se dio la vuelta y comenzó a patear furiosamente a un lado de su cuello, sin detenerse hasta que él se alejó tosiendo y agarrándose la garganta. Solo entonces trató de levantarse nuevamente, tropezando y luchando contra el dolor, apenas consciente de su entorno. El suelo cayó, y se encontró cayendo, cayendo por una ladera cubierta de hierba cubierta de rocas. Se detuvo rodando, mirando hacia un cielo despejado enmarcado por hojas y ramas de árboles. En algún lugar en la distancia, escuchó las sirenas sonando, pero no podía decir de qué dirección venían. Parpadeando, rodó sobre su estómago y comenzó a gatear, ignorando el dolor.

———

MEGHAN SE AJUSTÓ LA CHAQUETA CON MÁS fuerza alrededor del pecho y respiró hondo. Un poco más lejos y ella estaría en el campus. La lluvia se había reducido a una llovizna ligera unas pocas cuadras atrás. No es que importara, ya estaba empapada hasta los huesos. Entre esta tormenta de lluvia y la anterior, probablemente ya se parecía a una ciruela. Le tomaría una semana secar sus zapatos.

Por el rabillo del ojo, vio un coche que se detenía junto a la acera. Echó un vistazo y fue recibida por el hermoso rostro del oficial Mark

Stevenson. Un estallido momentáneo de emoción ante la perspectiva de verlo y hablar con él nuevamente burbujeó en su pecho, pero ella rápidamente se fortaleció, caminando tranquilamente hacia su ventana abierta. Apoyándose en el marco de la ventana, él le dirigió una sonrisa encantadora, mostrando sus blancos perlados cuando la miró. "¿Necesita transporte?"

"No estoy bien." Ella sonrió levemente y comenzó a caminar de nuevo. El auto de Mark se arrastró hacia adelante, siguiendo su ritmo. Ella casi sonrió a pesar de sí misma ante el gesto juguetón. Fue suficiente para sacarla de su mal humor, al menos por el momento.

"¿Estás seguro?" llamó a su ventana, completamente desanimado por su negativa o la lluvia que caía por su ventana abierta.

"Estoy bien, no me importa el mal tiempo". Manteniendo su mirada hacia adelante, siguió caminando.

Mark observó su apariencia y acordó que la lluvia no parecía molestarla. Aún así, algo estaba obviamente en la mente de Meg. Por supuesto, él no la conocía muy bien, pero ella estaba más apagada de lo que recordaba que era. Obviamente, algo serio la estaba molestando, y no necesitaba ser un lector mental para darse cuenta. "Para ser honesto, esa no es la única razón por la que pregunté. ¿Supongo que has oído hablar de los secuestros recientes en esta área? No es realmente seguro caminar solo ".

Ella lo miró y sonrió. Fue agradable que alguien se preocupara por ella. Nicole tenía razón, Mark era un tipo decente. "Sí, pero estoy bien. Créeme. Sé cuidarme. He estado tomando clases de defensa personal desde la secundaria. Además, pensé que el tipo detrás de todo lo que había sido arrestado.

Mark se encogió de hombros. "Hasta que sea juzgado y encarcelado, nunca se sabe". Pensó en esas inconsistencias en el caso que Susan había mencionado anteriormente. ¿Y si les hubiera importado? ¿Y si hubieran arrestado al tipo equivocado? No había trabajado el caso, por lo que no estaba seguro. Probablemente no fue nada, pero no hizo daño jugar a lo seguro. "¿Estás seguro de que no quieres que te lleve?" Odiaba dejar a Meg sola aquí. Puede que tenga razón acerca de poder cuidarse, pero también parecía que necesitaba algo de compañía. Después de haber estado solo gran parte de su vida, reconoció la necesidad de los demás cuando lo vio.

Ella sonrió de nuevo. "Estoy seguro. Solo voy a la Oficina de Registro para encargarme de algunas cosas, así que no debería salir demasiado tarde. Y prometo llamar a la seguridad del campus si veo algo sospechoso.

Nicole probablemente la patearía por hacer volar a Mark así. Antes de irse de luna de miel, le sugirió a Meg que lo llamara. Dijeron que harían una linda pareja, lo que sea que eso significara. Solo habían pasado una noche juntos, en el sofá de Nicole cuando Mark se aseguraba de que ella estuviera bien después de un ataque. Habían compartido una pizza y Meg se había quedado dormida apoyándose en él. No se habían vuelto a hablar hasta la boda de David y Nicole, y no desde entonces. No eran una pareja, apenas eran conocidos.

"Bien entonces." Él le devolvió la sonrisa y admitió el problema. No podía obligarla a ir con él, incluso por su propia seguridad. "Tenga un buen día." Con eso, subió la ventana y se fue.

Ella suspiró. Un buen día. Decir ah. Ya ni siquiera sabía cómo se sentía uno de esos. Caminando el resto del camino hacia el edificio del Registrador en silencio, se dirigió a la Oficina del Tesorero y tomó su lugar en la extensa línea. En combinación con las personas que intentaban salir de la lluvia, se convirtió en un pasillo muy concurrido. Distraídamente, Meg observó el charco de agua de lluvia que comenzaba a formarse a sus pies. El golpeteo de las gotas golpeando el suelo era casi tranquilizador.

La fila avanzó lentamente. Después de aproximadamente media hora, Meg finalmente llegó a la puerta, dejando un largo chorro de agua a su paso. De pie fuera de la sala de espera principal de la oficina, miró en el cristal su reflejo y suspiró. Se parecía a una rata ahogada y supuso que debería tener frío. Después de todo, los administradores en el campus no se preocupaban por la comodidad de nadie más que por la suya, por lo que los acondicionadores de aire funcionaban a toda máquina. La otra lluvia empapó a los estudiantes donde temblaban y agregaban sus propias contribuciones al coro de quejas sobre la temperatura en el edificio. Meg ya no parecía darse cuenta de nada. Era como si se estuviera viendo a sí misma pasar por los movimientos, sin experimentar realmente nada.

Mirando fijamente su reflejo, Meg dejó que su mente divagara. Los sonidos a su alrededor comenzaron a amortiguarse, el tiempo se detuvo. Los otros estudiantes desaparecieron de su percepción. Solo estaban Meg y su reflejo, solos en la contemplación. Lentamente, la imagen cambió. Los colores se arremolinaron y cambiaron hasta que ya no estaba mirando su reflejo. Miró a su alrededor y descubrió que su entorno también había cambiado. Esta habitación estaba desnuda, oscura y mohosa con la luz del sol que entraba a través de los agujeros en las tablas que formaban la pared. Al mirar hacia adelante, vio un espejo antiguo, enmarcado en un marco empañado. El reflejo reveló el rostro de una mujer, alguien que conocía. Luchando por colocar la imagen, Meg miró más de cerca.

El cabello de la mujer era largo y oscuro. La luz del sol brillaba en un solo cabello, y la mujer se inclinó para un examen más detenido. Separando los mechones de su cabello con sus dedos, tiró del mechón delante de su rostro, examinándolo especulativamente en la tenue luz.

Era un solo cabello blanco. Solo entonces Meghan se dio cuenta de que estaba mirando a Mara. La mujer era propietaria de una tienda de ropa local, aunque se mantenía en secreto para sí misma, una rareza para alguien que era dueño y operaba un negocio solo. Siempre se había quedado en la mente de Meg como una persona reservada. Dado que conocía relativamente bien a David y Mark, y por lo que Meghan sabía sobre la herencia de licántropo compartida de David y Nicole, sus instintos sobre Mara probablemente eran precisos. Pero había diferencias sutiles entre esta visión y la persona real que la distinguía como quizás una versión más joven de Mara. La diferencia más obvia y notable fue su característico cabello. Mara parecía extraña sin el mechón de pelo blanco en la sien. Había sido parte de Mara desde que Meg podía recordar. Mara Meg sabía que no tenía muchas arrugas u otros signos de envejecimiento para hablar, pero esta versión de Mara parecía ser una mujer con menos preocupaciones y un poco más de esperanza.

La Mara que estaba viendo Meg miró el cabello gris y sonrió con melancolía, sacudiendo la cabeza. "Supongo que mil años tienen la edad suficiente para ponerse gris".

Un golpecito en el hombro trajo a Meghan de vuelta al presente. Estaba en la fila de la Oficina del Tesorero, mirando su propio reflejo en las puertas de vidrio. "Vamos, muévete ya", alguien gritó detrás de ella. Dirigiendo su atención hacia adelante, notó que la línea había progresado varios metros. Dio un paso adelante, sacudiéndose la extraña visión y agarró los formularios que necesitaría llenar de las bandejas de la isla en el centro de la habitación. Sacó un bolígrafo de su bolso y completó la información requerida lo mejor que pudo. El agua goteaba en varios puntos, haciendo que la tinta se corriera y manchara, pero fue lo mejor que pudo hacer. Después de otros treinta minutos más o menos de avanzar dos pies a la vez, finalmente se dirigió al escritorio. Meg esperó a que el estudiante trabajador reconociera su presencia y dio un paso adelante. La chica, que estaba involucrada en una llamada telefónica ruidosa, obviamente no relacionada con el trabajo, apenas le echó un segundo vistazo a Meg mientras tomaba su papeleo de renuncia y lo arrojaba a una pila de formularios similares. Con un movimiento de mano distraído, Meg fue despedida sumariamente.

Ella salió y notó que ya no estaba lloviendo. Todavía era un día miserable, pero al fin estaba tranquilo. Sin molestarse en evitar los charcos en su camino, Meg regresó a su departamento en silencio. Eso fue eso. Perdería su departamento ahora, porque era un alojamiento para estudiantes. No es que importara. Incluso si la dejaran quedarse, no podría permitírselo. Ella tampoco podría mantener su trabajo de estudiante. Aun así, incluso eso no era lo que más la molestaba. Metió la mano en el bolsillo, tocó la carta y la nota y se sacudió un escalofrío. Mirando frenéticamente de lado a lado, casi esperaba que Marlay saltara hacia ella desde los arbustos en cualquier momento. Comenzando a sentir un poco de pánico, Meg se apresuró el resto del camino a casa.

———

El olor a lluvia todavía estaba en el aire. Mientras caminaba por el pequeño parque, Durante se río ante la ausencia de actividad, no es que él fuera la única causa. Los humanos siempre evitaban cualquier cosa que tuviera que ver con la naturaleza en toda su gloria violenta, como la tormenta anterior. Pero los animales, sabían que estaba cerca. Los animales siempre supieron y huyeron con miedo, sintiendo un depredador cercano. Los humanos no eran tan observadores. A veces pueden sentir algo peligroso cerca, pero generalmente usan esas mentes lógicas para explicar racionalmente sus miedos, ignorando sus instintos. Por suerte para ellos, no mataba humanos muy a menudo ... nunca más.

El viento soplaba hacia él, trayendo el aroma de la sangre: sangre humana. Curioso, caminó hacia el olor, recompensado al ver a una joven gravemente herida gateando ciegamente a través de los arbustos. Su cabello rubio estaba cubierto de sangre y suciedad en varios puntos, y su blusa y falda estaban rasgadas y sucias. Ella no duraría mucho más, él podía sentir su fuerza menguando. La atracción de la muerte estaba cerca, abrumada por el dolor y el agotamiento. Levantó una mirada sombría en su dirección, y él casi creyó que lo veía con sus vibrantes y brillantes ojos azules, pero eso era imposible. Ningún humano podría verlo, a menos que él lo quisiera. Probablemente solo sintió su presencia. Al estar cerca de la muerte, sus sentidos probablemente se agudizarían. Mientras él observaba, ella se derrumbó en el olvido, incapaz de combatir el dolor y la pérdida de sangre por más tiempo.

Mirando más de cerca su forma inmóvil, sospechaba que ella probablemente sería considerada atractiva en otras circunstancias. Su cuerpo era delgado y bien construido, ninguna de esas figuras de palo que actualmente eran tan populares. Bajo su ropa desgarrada, pudo distinguir el contorno de sus curvas y músculos. Debajo de los cortes y la suciedad, su piel era suave con rasgos suaves que no necesitarían maquillaje para acentuarlos. Sí, ella habría sido hermosa.

Ah, bueno, este era el orden natural de las cosas. El fuerte destruyó al débil, y ella era uno de los débiles. Girándose para irse, se detuvo ante el sonido del movimiento. Las manos y los dedos de la niña se movían, luchando una vez más por arrastrar su peso por el suelo. Observó asombrado mientras ella reunía la fuerza para seguir moviéndose, aprovechando algunas reservas ocultas. Podía sentir su cuerpo llorando de dolor insoportable, y aun así ella siguió adelante, decidida a no rendirse. Se encontró reevaluando su opinión sobre la niña. Ella no era la debilucha que al principio sospechaba que era. Ella poseía una fuerza de espíritu mucho mayor que la mayoría de los hombres que él conocía.

Impulsado por un nuevo respeto, se concentró con sus sentidos en el pequeño centro médico cercano. Una enfermera estaba parada afuera, fumando un cigarrillo. Abriéndose paso en la mente de la mujer, la llenó de una compulsión de caminar en esta dirección. Como con la mayoría de los mortales, ella obedeció de inmediato, sin darse cuenta de que estaba siendo manipulada. Retrocediendo un poco más en las sombras, esperó mientras la mujer caminaba hacia ellos y encontrándose con la niña herida. La mujer chilló, dejando caer su cigarrillo. Esperó hasta que la enfermera sacó su teléfono para pedir ayuda, antes de dejar a la niña a su suerte. La niña tenía una oportunidad, ahora, el resto dependía de ella.

———

Lavó la última de sus heridas con unos pocos gruñidos de dolor reprimidos. La televisión apenas era audible por el sonido del agua corriente. Se apresuró a limpiar. Las noticias comenzarían pronto, y él se enteraría de lo que le había sucedido a la niña.

Cerró el agua y metódicamente aplicó ungüento y vendajes a lo peor de sus rasguños. Una vez hecho eso, sacó sus suministros de limpieza y desinfectó el fregadero, los grifos y el mostrador, dirigiéndose a la sala de estar justo cuando la música de apertura sonaba para las noticias. No tardó mucho en obtener la confirmación de que la niña había sobrevivido. No revelaron muchos detalles, pero mencionaron que su condición era grave. Al menos no debería poder identificarlo, estaba razonablemente seguro de que no lo había visto bien.

Maldita sea todo. Ahora tendría que encontrar a alguien más para matar. No sabía qué había salido mal. Ella no debería haber podido luchar contra él de manera tan eficiente. Nada en sus observaciones sobre ella había insinuado lo bien que se defendería.

Sonó el teléfono, interrumpiendo sus pensamientos. "¿Sí?" Respondió sin revelar un indicio de la frustración que sentía.

"Veo que te perdiste uno". La voz del hombre tenía una engreída petulancia.

Se tragó su frustración, negándose a ser incitado a una réplica enojada. Poseía más autocontrol que eso. Además, no tenía que explicarse a nadie. "Ella era inusualmente ingeniosa. Me haré cargo de ello."

"No te preocupes por eso. Ya lo tengo cubierto. Esto no se remontará a usted".

Apagó la televisión y comenzó a prepararse para la cama. Siempre era bueno ocuparse de los asuntos delicados, pero había algo que decir para encontrar a alguien que hiciera el trabajo sucio por usted en ocasiones. "En ese caso, no tenemos nada más de qué hablar".

"Convenido. Simplemente no hagas un hábito de esto. Incluso yo solo puedo encubrir tanto ". El tono del hombre perdió el toque de presunción de antes y reveló un poco de nerviosismo. Era el problema con la falsa bravuconería: eventualmente, la fachada se derrumba y se revela la verdad.

Sin responder, desconectó la llamada y se dirigió a la cama. Tenía muchos planes para la próxima víctima. No tenía la intención de cometer el mismo error por segunda vez. La próxima chica no sería tan afortunada.

———

Los bolígrafos no crearon los mejores bocetos, pero eso era todo con lo que tenía que trabajar actualmente. Sus lápices de artista estaban en casa, donde pertenecían.

Mark mantuvo sus sentidos sintonizados con

los que lo rodeaban, para que nadie lo pillara desprevenido. No necesitaba que las otras personas en la estación supieran que estaba dibujando a una niña cuando debería estar trabajando. Para cualquiera que estuviera mirando, parecía que estaba pensando y tal vez escribiendo notas. Sus piernas estaban apoyadas con una cruzada sobre la otra y sus zapatos apoyados contra el escritorio, de modo que su cuaderno estaba inclinado contra su regazo. Nadie vería el papel a menos que estuvieran directamente detrás de él, y en ese caso, él podría colocarlo fácilmente contra su pecho para ocultarlo por completo.

Estudió el bosquejo y consideró lo que había que hacer a continuación. Se estaba convirtiendo en una muy buena imagen de Meg. Él no tenía ninguna foto de ella, por lo que estaba trabajando completamente de memoria, pero su memoria era excepcional. Podía recordar casi todas las líneas, pecas y hoyuelos en su rostro, y sin ninguna presunción, sabía que todos estaban representados aquí en el papel con una precisión realista. Dobló la página hacia abajo y golpeó su bolígrafo en el borde del escritorio.

No podía sacar a Meg de su cabeza. Había comenzado a pensar en ella casi obsesivamente desde el momento en que se conocieron, con ganas de atraerla desde el principio, pero verla de nuevo hoy hizo que esa compulsión fuera aún más fuerte. Se vio obligado a dibujarla. Ella era completamente fascinante. Necesitaba capturar su belleza única y peculiar en papel. Volvió a mirar la página y suspiró. Fue bueno, pero aun así no estuvo cerca de igualar la chispa, el espíritu que Meg exudaba por cada poro. Era vibrante y viva, y las frías líneas negras en un trozo de papel nunca podrían hacerle justicia por completo. Aun así, sabía que seguiría intentándolo. Una vez que tuvo la necesidad de dibujar a alguien, nunca terminó con un solo dibujo. Seguiría dibujando a la persona hasta que captara adecuadamente lo que lo había inspirado en primer lugar. El artista en él nunca estuvo satisfecho hasta que el dibujo fue perfecto. Añadiendo algunos toques finales al dibujo, arrancó la página de su cuaderno y la deslizó en el cajón de su escritorio. Se echó hacia atrás, frotándose el cuello y sofocando un bostezo. Era solo mediodía, pero había pasado toda la noche el día anterior y necesitaba salir de aquí. Tomando sus llaves del escritorio, Mark caminó hacia su auto. Con suerte, la unidad le aclararía la cabeza.

———

Meghan golpeó el saco de boxeo con los puños. La explosión inicial de adrenalina la había dejado hacía mucho tiempo, ahora, ella se quedó con un agotamiento que lo abarcaba todo. Le dolían los músculos y apenas podía extraer suficiente energía para permanecer de pie, pero continuó. Ella no se detuvo. Ella observó con extraño desapego cómo sus golpes se volvían descuidados. Un breve chorro de energía agudizó algunos golpes, pero pronto, incluso esa última reserva se gastó. Ella continuó golpeando. Su mente estaba en blanco, demasiado cansada para armar un solo pensamiento coherente. Apenas se dio cuenta cuando uno de sus golpes no pudo alcanzar su objetivo. Su puño pasó junto a la bolsa, conectándose con el aire vacío e interrumpiendo el poco equilibrio que le quedaba. Un momento después estaba en el suelo, no muy segura de cómo había llegado allí y demasiado exhausta para cambiar de posición.

Después de un tiempo, los pensamientos comenzaron a filtrarse. Meg miró hacia el techo experimentando disgusto y una profunda tristeza por su condición actual. ¿Cómo llegó ella a esto? Había trabajado muy duro para ser más fuerte que esto, dejando de lado los recuerdos del pasado y viviendo para el presente.

Antes de que pudiera comenzar a ordenar

los pensamientos en su cabeza, un punto en el techo llamó su atención, despejando su mente. Durante unos minutos gloriosos, logró pensar en absolutamente nada más que ese lugar.

Desafortunadamente, sus temores no se retendrían. Con un gemido, Meg rodó sobre su costado y llegaron las lágrimas, agotando la última onza de su energía hasta que ya no pudo hacer eso.

Un suave golpe en la puerta llamó su atención. Ella trató de ignorarlo, pero se repitió un par de veces. Un momento después, se encontró abriendo la puerta sin darse cuenta de que se había puesto de pie.

La cara que la saludó fue una sorpresa, y de repente se dio cuenta de cómo debía verse. Sin una palabra o saludo, ella rápidamente trató de cerrar la puerta.

Mark metió el pie en la puerta, un segundo antes de que se cerrara. "Oye, ¿así es como saludas a todos tus invitados?" Forzó un tono casual en su voz. Casi no había reconocido a Meghan, parecía una persona completamente diferente de la mujer jovial y de espíritu libre que había conocido algunas veces, la mujer que había inspirado su espíritu artístico para resurgir. Para empezar, ella estaba vestida de manera diferente. Llevaba ropa de entrenamiento y parecía que había es-

51

tado haciendo un buen entrenamiento. Su ropa prácticamente goteaba con el sudor del esfuerzo físico extremo. Sin embargo, las diferencias fueron más allá de un simple cambio de estilo de ropa. Llevaba el pelo pegado a la cabeza y la cara, las mejillas húmedas por las lágrimas y el sudor. Su delineador estaba manchado más allá de sus ojos y manchado en puntos aleatorios en su barbilla y nariz.

Luego la miró a los ojos, descubriendo que estaban inyectados en sangre y húmedos con lágrimas no derramadas. Mirándolos, su respiración vaciló. Los atisbos de dificultades que había visto antes en sus ojos no eran nada comparado con esto. Pensó en la primera vez que se conocieron, cuando le ofreció llevarla a casa. Esa noche, había sido amenazada a punta de cuchillo para engañar a su mejor amiga en una trampa. Meg había quedado inconsciente, pero afortunadamente su amiga, Nicole, había sobrevivido y el autor fue capturado más tarde. Mark siempre pensó que lo había manejado bien, aprovechando un pozo interior de fuerza que era nada menos que sorprendente.

Mark vio esa misma fuerza construyéndose en Meg ahora, en menor grado. Él la observó enderezar su columna y levantar la cabeza a pesar de su momento de debilidad.

No importa cuán fuertes fueran sus muros, cuán duro intentara apilarlos de nuevo, no podía bloquear todo su dolor, miedo y desesperación. Extendió la mano, llorando tan fuerte a Mark que casi podía jurar que era un sonido audible, un violento crescendo de agonía.

Mark soportó un momento de pánico, que se disipó tan pronto como se dio cuenta de lo peor que debía ser para Meg. El deseo de ayudarla, consolarla, expulsó el miedo que tenía de sentirse abrumado por las intensas emociones de Meg. Había sucedido algo que minaba el control que ella tenía sobre sí misma, y con Nicole fuera de la ciudad, dudaba que hubiera alguien a quien ella dejara acercarse lo suficiente como para ayudarla.

Meg se armó de valor contra su mirada penetrante, impulsada por el orgullo de no limpiar la humedad de sus mejillas. Él sabía que ella estaba llorando. Había visto su momento de debilidad: no tenía sentido pretender que esto era algo diferente. Déjelo pensar lo que quiera. Al encontrar su mirada de frente, ella tuvo la extraña sensación de que él sabía lo que estaba sintiendo. Esa sensación fue agravada por la compasión y comprensión en sus ojos. "¿Tienes algún miedo?" ella se encontró preguntando.

Los ojos de Mark se abrieron ante la inesperada pregunta. "Sí", respondió suavemente, sin dar más detalles.

"¿Alguna vez has tenido que enfrentar tu mayor miedo?" Meg no sabía qué la impulsaba a hacer estas preguntas. Por lo general, era demasiado cautelosa para entrar en una discusión como esta con alguien, pero por alguna razón, con Mark, su precaución habitual se había ido. Era mejor que estar aquí en silencio, como un maniquí manchado de lágrimas.

Una sonrisa irónica apareció en el rostro de Mark, y sus cálidos ojos color avellana se conectaron con los de ella nuevamente. "No en mucho tiempo", respondió.

Ella asintió y se alejó de la puerta, se acercó al sofá y se dejó caer sin decir una palabra. Mark entró lentamente en la habitación, notando que podía captar algunos de los pensamientos de Meg sin intentarlo. Cauteloso de entrometerse sin permiso, se bloqueó a todos menos a sus pensamientos superficiales.

*¿Qué debería decir? ¿Incluso importa? Nadie puede ayudarme ahora.* Meg estaba tan absorta en sus confusos pensamientos que casi olvidó que no estaba sola. Al levantar la vista, vio que Mark se había quedado parado cerca de la puerta, con su gran cuerpo apoyado contra la pared con los brazos cruzados frente a su amplio

pecho. Lo único que lo delató fueron sus ojos. Su mirada era penetrante, y se centró firmemente en ella. La intensidad de su atención era palpable, algo sólido que ella imaginaba que casi podía tocar y medir. Cualquiera sea su razón para estar aquí, estaba completamente enfocado en este momento con ella. "No me has dicho por qué estás aquí."

Su mirada recorrió el saco de arena que todavía se balanceaba, y se preguntó cómo debería responder. No podía decirle a Meg que su dolor era tan fuerte, que había sido consciente de que solo pasaba por su departamento camino a casa. Incluso si aceptara su explicación al pie de la letra, obviamente no querría que nadie más conociera su agonía. Meg era una persona privada que no llamaría la atención sobre su dolor a menos que ella decidiera hablar sobre ello. "Quería ver cómo estabas, con Nicole fuera de la ciudad. Sé que ustedes dos son muy cercanos, y con ellos en su luna de miel, pensé que les gustaría un poco de compañía.

Meg asintió, aceptando la respuesta. "Eso es amable de su parte, pero estoy bien. No necesito compañía".

Mark quería refutar su afirmación, pero la debilidad que había visto hace unos minutos estaba desapareciendo rápidamente. Empujar el tema no serviría de nada. Meg, sin duda, tomaría medidas drásticas y se pondría a la defensiva si se quedaba más tiempo. Además, no podía obligarla a hablar. Ella merecía su privacidad, no importa cuán sinceras sean sus intenciones. "Muy bien, si necesitas algo, avísame. Paso la mayor parte del tiempo en la estación y, por lo general, saben cómo comunicarse conmigo cuando no estoy allí ".

Ella asintió y le ofreció una media sonrisa cortés, observando en silencio mientras él salía al pasillo. Arrastrándose sobre sus pies, Meg cerró y cerró la puerta detrás de él. Cuando trató de limpiar las lágrimas, descubrió que ya se habían secado. Bajó el saco de boxeo, lo guardó y se dirigió a la cocina para preparar la cena.

# TRES

Susan examinó el papeleo e intentó, una vez más, darle algún sentido. Era un revoltijo desordenado de información faltante y doble conversación. Algo no estaba bien.

Recogiendo sus pensamientos, Susan se recostó en su asiento y examinó la oficina. Todos estaban absortos en su propio trabajo. Al menos habían dejado de darle miradas malvadas cada vez que pasaba. Cuando se corrió la voz acerca de su promoción y posterior asignación de caso, recibió algunas reacciones descontentas de sus colegas. Ella todavía era nueva en el trabajo, por lo que necesitaba ganarse su respeto y confianza. Le había ido bien en su último caso, pero había personas aquí que habían trabajado mucho más para la compañía sin enganchar este tipo de casos de alto perfil. Un par de los hombres mayores estaban solo un paso por encima de los cazadores de ambulancias, prácticamente rogando por mejores casos que el tráfico y las demandas civiles menores que generalmente recibían. Muchos de sus compañeros de trabajo estaban amargados por su éxito, y no podía culparlos.

"Anderson". Susan se volvió para ver a su jefe, Gary Robertson, de pie detrás de ella. Ella mantuvo su impulso de reaccionar ante su repentina aparición, bajo control, evitando saltar o verse sorprendida. Gary se coló detrás de todos, y todos lo odiaron. Algunos miembros del personal especularon que no se daba cuenta de lo que estaba haciendo, pero Susan no estuvo de acuerdo. Había visto su sonrisa, rápidamente sofocada, en varias ocasiones cuando había asustado a uno de sus empleados. Le gustaba ponerlos nerviosos y asegurarse de que no estuvieran haciendo nada que no estuviera relacionado con el trabajo. Odiaba a las personas que se ocupaban de asuntos personales en el trabajo, una de sus muchas manías. Susan hizo una mueca cuando él comenzó a recoger las grapas desechadas de su escritorio para tirarlas y poner algunos clips al azar en su contenedor. Tenía la tendencia de enderezar el escritorio de quienquiera que estuviera hablando, uno de sus hábitos nerviosos que todos aceptaban e ignoraban. Hacerlo detenerse sin duda sería un ejercicio inútil, siempre había sido un poco obsesivo compulsivo, pero empeoró después de la muerte de su esposa hace unos años. Todavía enderezando su escritorio, Gary miró con interés los informes de casos abiertos en su escritorio. "¿Cómo va el caso?"

Susan suspiró. Ella quería hacer esto sola, pero tal vez había algo que no estaba viendo. Una segunda opinión podría estar justificada. "Va bien, pero hay algunas inconsistencias de las que me preguntaba".

"Inconsistencias? ¿Qué quieres decir con eso?" La voz de Gary retumbó, la intensidad la sorprendió. De repente, no estaba tan segura de que hubiera sido una buena idea. Ella debería haber mantenido la boca cerrada y aceptar la oferta de Mark.

"Bueno, es solo que ..."

"¿Estás cuestionando la investigación policial?" Su voz bajó, pero el tono acerado permaneció.

"No. Acabo de notar que las declaraciones de los testigos parecen ser contradictorias y ... Susan se detuvo abruptamente, agravada por el tono defensivo en su voz. Odiaba sonar así, pero no parecía poder detenerlo, así que dejó de hablar.

Con Gary cerniéndose sobre ella, aparentemente cada vez más enojado, estaba fuera de lugar. Ella sospechaba que él ya había decidido no escuchar, y nada haría una diferencia o cambiaría de opinión. Ella nunca había esperado esta reacción de él.

"¿Estás diciendo que entiendes este caso mejor que ellos, cuando recibiste este archivo ayer, y han estado en su trabajo mucho más tiempo que tú? Tal vez no debería haberte puesto en un caso como este tan pronto. Siempre podría reasignarlo a otra persona, si no te apetece".

Susan reprimió su molestia, notando la caída en el nivel de ruido de la oficina. Maldición. Esto no era lo que ella necesitaba. Si miraba a su alrededor, sin duda vería a más de unas pocas personas sonriendo ante su desgracia. Toda la oficina había estado esperando que la arruinara desde su promoción. Era importante salvar la cara ahora o bien podría despedirse de su trabajo. "No, por supuesto que no, todo está bajo control". Ella bombeó cada gramo de confianza en sus palabras y rezó para que fuera suficiente. Después de hacer una breve pausa para lanzar una mirada inquietante sobre ella, Gary asintió, satisfecho con lo que escuchó.

"Maravilloso. Entonces todo está arreglado. Ahora, quiero una resolución rápida aquí, así que no me decepciones ". Se dirigió hacia su oficina, y Susan notó que cojeaba ligeramente. Parecía que Gary había adquirido otra lesión; frecuentemente se lastimaba de una forma u otra.

Susan liberó el resto de su ira. Gary Robertson era un anciano entrecortado, tan fuera de contacto con las cosas que probablemente sería reemplazado pronto. A decir verdad, probablemente fue por eso que la promovió y le dio este caso. No estaba trabajando exactamente con un juego completo de velas. Ella era más que capaz de trabajar en este caso, pero también podía admitir que era un poco verde. A fin de cuentas, probablemente no era la mejor opción para este trabajo. Ella ignoró los silenciosos susurros que estallaron por toda la habitación una vez que Gary estuvo fuera del alcance del oído. Ella no necesitaba preocuparse por ellos en este momento. Por el momento todo se quedaría como estaba. Ella mantendría su trabajo, y todos los demás seguirían odiándola por ello. Cualquiera que sea la motivación de Gary, ella aprovecharía al máximo esta oportunidad. Ella demostraría que merecía este puesto y este caso. Se lo demostraría a todos.

Recién resuelta a hacer lo que fuera necesario, levantó el teléfono. La policía en este caso podría estar evitándola, pero eso no significaba que se rendiría. Llamaría tantas veces como fuera necesario para obtener una respuesta directa. Deja que se enojen tanto como quisieran con ella. Ella tenía un trabajo que hacer.

———

Meg arrugó la hoja de papel en una bola y la lanzó al otro lado de la habitación. Esto fue ridículo. ¿Por qué estaba dejando que unas palabras en un trozo de papel la afectaran así? Automáticamente, levantó el teléfono y luego se recordó a sí misma que no serviría de nada. Nicole no volvería por otras tres semanas, dejando a Meg para que se encargue de esto sola. El sonido del teléfono la trajo de vuelta al momento. Reemplazó el receptor y miró la nota arrugada. Casi por su propia voluntad, sus piernas la llevaron a ella. Sus manos la traicionaron con temblores nerviosos cuando alisó el pliegue en el papel.

La repentina aparición de un punto húmedo en la página la tomó por sorpresa. La humedad en su rostro confirmó su origen. Tal vez los recuerdos realmente nunca murieron. Habían pasado casi veinte años desde que Edmond Marlay entró en sus vidas y arruinó la poca felicidad que habían conocido.

Su madre había traído a Edmond Marlay a

casa después de otra de sus borracheras. Meg no pensaba mucho en él. Después de todo, su madre traía gente a casa todo el tiempo. Claro, Meg solo tenía cuatro años entonces, pero los niños aprenden rápidamente cuando lo necesitan. Ella sabía lo suficiente como para mantenerse alejado de Edmond Marlay; de él y ese cuchillo suyo. La había amenazado con eso en muchas ocasiones. Lo blandiría con un brillo maligno en sus ojos, gritándole a Meg que guardara sus juguetes o dejara de quejarse de tener hambre. Había usado ese cuchillo para todo, incluso para limpiar debajo de las uñas. Siempre estuvo en él. También lo había usado contra ellos. Más de unas pocas veces, su madre salió de sus peleas luciendo nuevos cortes y contusiones. A veces también cortaba a Meg. Él siempre insistió en que fue un accidente, pero ella vio el odio en sus ojos y supo que no era un accidente. Meghan odiaba ese cuchillo.

Entonces, una noche, cuando estaba particularmente borracho, Edmond Marlay había querido más. Había querido torturarla. Había querido aterrorizarla. Y él hizo.

Su madre había vuelto a casa durante esta última acrobacia. Le había dicho que Meg estaba siendo mala, que había roto algo. Meg no lo había hecho. Había roto un vaso en su torpeza borracha, pero solo le tomó unos minutos dar el salto de estar enojado consigo mismo y culpar a Meghan por el daño. Se había convencido de la mentira antes de que Meghan supiera lo que sucedió. Antes de que su madre pudiera responder, él agarró un puño lleno del cabello de Meghan y la arrojó al armario, metiendo una silla debajo del pomo de la puerta para evitar que saliera. Luego vino la pelea.

Había quedado suficiente maternidad en Tammy Knight para plantear una pregunta débil sobre la autoridad de Edmond. Eso fue todo lo que hizo falta. Había acusado a Tammy de dormir, burlándose de otros tipos por crack o dinero. Luego la sacudió bruscamente.

El tiempo transcurrió lentamente, perdiendo todo significado cuando los gritos de Tammy fueron seguidos por una serie de golpes y choques. Hubo más gritos, y luego no hubo más. Sin embargo, los golpes y los choques continuaron por algún tiempo. Entonces, vino el silencio.

Meghan contuvo el aliento mientras las sombras en el armario crecían y se encogían. De repente, la puerta se abrió, y ella volvió a la luz, su madre en un bulto magullado y ensangrentado en el piso. Luchó contra Edmond Marlay con todo lo que tenía y sufrió corte tras corte de su cuchillo hasta que finalmente se liberó.

Después de eso, era cuestión de quién podía correr más rápido. El terror por parte de Meg y demasiado alcohol por su parte decidieron el resultado, permitiéndole salir primero. Meg corrió hasta que no pudo pensar más. Cuando se detuvo, gritó durante varios minutos antes de que un oficial de policía pudiera calmarla.

Meg, enojada, limpió las ofensivas lágrimas y se dirigió hacia la puerta. El fuerte sonido del portazo fue de poco consuelo cuando Meg se dirigió a la calle. Ella necesitaba un trago.

————

EDDIE RECOGIÓ SUS OBJETOS PERSONALES Y se dirigió a la puerta principal. Después de casi dos décadas en este lugar, era difícil creer que finalmente estuviera saliendo. Saludó a unos cuantos guardias y reclusos amistosos, antes de dar sus primeros pasos hacia la libertad. Imitando a todos los que había visto salir antes que él, se volvió y miró a la prisión. Después de pasar todos estos años mirando lo que no podía tener, ahora se mostró reacio a irse.

No había nada esperándolo en el exterior, no tenía otra familia, aparte de una madre enferma en tres estados, a quien no había visto en años. No había amigos, ni trabajo ni hogar. Al menos ahora estaba dotado de una educación limitada, por todo el bien que probablemente le haría. Había escuchado las historias de todos los tipos que intentaron sobrevivir por su cuenta, solo para terminar en el único hogar en el que la mayoría de ellos se sentían cómodos. Al menos aquí, no tenías que preocuparte por morir de hambre o a fin de mes. Se proporcionó comida y la electricidad nunca se apagó en medio del invierno porque no había pagado su factura. Estando aquí, finalmente se había limpiado. Ya no sentía la necesidad de usar o beber. Un estómago lleno y una cabeza despejada hicieron mucho para mejorar la perspectiva de la vida. Pero ahora estaba fuera, y no sabía a dónde ir desde aquí.

Dando la vuelta a la calle, comenzó a caminar. Distraídamente, comenzó a buscar un teléfono público. Todavía no estaba completamente decidido si debía llamar a su madre o si debía permanecer fuera de su vida para siempre. Después de unos momentos de reflexión, había decidido que ella querría saber de él. Ella siempre había tratado de mantenerse en contacto.

Eddie recogió sus objetos personales y se dirigió a la puerta principal. Después de casi dos décadas en este lugar, era difícil creer que finalmente estuviera saliendo. Saludó a unos cuantos guardias y reclusos amistosos, antes de dar sus primeros pasos hacia la libertad. Imitando a todos los que había visto salir antes que él, se volvió y miró a la prisión. Después de pasar todos estos años mirando lo que no podía tener, ahora se mostró reacio a irse.

No había nada esperándolo en el exterior, no tenía otra familia, aparte de una madre enferma en tres estados, a quien no había visto en años. No había amigos, ni trabajo ni hogar. Al menos ahora estaba dotado de una educación limitada, por todo el bien que probablemente le haría. Había escuchado las historias de todos los tipos que intentaron sobrevivir por su cuenta, solo para terminar en el único hogar en el que la mayoría de ellos se sentían cómodos. Al menos aquí, no tenías que preocuparte por morir de hambre o a fin de mes. Se proporcionó comida y la electricidad nunca se apagó en medio del invierno porque no había pagado su factura. Estando aquí, finalmente se había limpiado. Ya no sentía la necesidad de usar o beber. Un estómago lleno y una cabeza despejada hicieron mucho para mejorar la perspectiva de la vida. Pero ahora estaba fuera, y no sabía a dónde ir desde aquí.

Dando la vuelta a la calle, comenzó a caminar. Distraídamente, comenzó a buscar un teléfono público. Todavía no estaba completamente decidido si debía llamar a su madre o si debía permanecer fuera de su vida para siempre. Después de unos momentos de reflexión, había decidido que ella querría saber de él. Ella siempre había tratado de mantenerse en contacto.

Recordando un teléfono público a la vuelta de la esquina, decidió que debía llamarla. Dobló la esquina y se detuvo, momentáneamente confundido. En lugar de una tienda de conveniencia con un teléfono público afuera, encontró una elegante estación de servicio con luz fluorescente debajo de un gran dosel de metal y bombas de colores brillantes que emitían un fuerte pitido cuando la gente tocaba las pantallas. La tienda tenía carteles de un par de establecimientos de comida rápida en el interior y un lavado de autos a un lado. Sacudiendo la cabeza, caminó hacia la tienda y buscó un teléfono.

"¿Puedo ayudarte?" Un adolescente sostenía la puerta abierta. Estaba vestido con un uniforme que confirmaba que era el encargado de la estación de servicio.

Eddie se sintió como un criminal otra vez. Estaba fuera de lugar aquí, no pertenecía. Si este chico con cara de granos podía intimidarlo, ¿qué esperanza tenía para hacer algo de sí mismo? "Estaba buscando un teléfono".

"Es la vuelta", respondió el niño y volvió a entrar.

Eddie caminó hacia la parte trasera de la estación y encontró un teléfono estacionado entre los baños. Incluso esta área parecía limpia y bien cuidada. Levantó el auricular, estudió lo que estaba viendo y trató de descifrar este extraño teléfono. Había una pantalla y todos los botones eran planos, simples números en finas láminas de plástico. Eddie buscó la ranura para monedas, pero lo único que vio fue una ranura larga al lado de la pantalla. Parecía un alimentador de dólares, pero la ranura era vertical con aberturas en la parte superior e inferior. El receptor emitió un pitido y la pantalla se iluminó con las palabras "Crédito ... Teléfono ... Efectivo". Confundido, Eddie tocó la pantalla donde apareció la palabra "teléfono", pero no pasó nada. Después de un momento de confusión, se dio cuenta de que debía presionar el plástico debajo de la pantalla.

Deslice su tarjeta ahora, "apareció en la pantalla cuando se completó esa tarea. Sin saber qué hacer a continuación, Eddie colgó el receptor y lo levantó de nuevo, presionando "Efectivo" en la primera pantalla. "Prepago adentro" apareció en la pantalla durante unos segundos, antes de que reapareciera la primera pantalla. Colgó el auricular y regresó al edificio, entrando. Sabía que las cosas cambiarían mientras estaba adentro, pero nunca había pensado que algo tan simple como hacer una llamada telefónica pudiera ser tan confuso.

"Disculpe." Eddie se inclinó sobre el mostrador y llamó a un niño que estaba sentado detrás de la caja registradora y jugaba algún tipo de juego portátil.

El niño se levantó y caminó hacia el mostrador. "¿Sí?"

"No entiendo cómo usar el teléfono. Dijo que pagar por adelantado dentro cuando presioné el botón de efectivo.

"Es sencillo." El niño colocó un par de pantallas de cartón frente a ellas. "Puede usar su tarjeta de crédito o una tarjeta telefónica. Si no tiene una tarjeta telefónica, puede comprar una de estas ". Cogió una tarjeta y se la mostró a Eddie. "Este es para llamadas dentro del estado. Cuesta veinte centavos por minuto, con una tarifa de conexión de cincuenta centavos y quinientos minutos disponibles. Esta ", tomó otra tarjeta," es una conexión de veinte centavos, treinta centavos por minuto y se puede llamar fuera del estado. Y este es para llamadas internacionales.

Eddie lo miró con incredulidad. "Solo quiero hacer una llamada telefónica".

"Bueno, también tenemos las tarjetas de diez dólares con menos minutos, o puede pagar en incrementos de cinco dólares por un código que escriba cuando la pantalla muestre" Prepago adentro ". El código solo es válido por treinta minutos de uso, y solo en este teléfono. Con las tarjetas telefónicas, puede usarlas en cualquier lugar. O puede obtener uno de estos teléfonos prepagos con minutos ya en él. La recepción no siempre es excelente por aquí, pero de lo contrario, funcionan bastante bien ".

Eddie bajó la mirada y se frotó la parte posterior de la cabeza antes de alejarse. "Solo quería hacer una llamada", murmuró mientras se iba.

———

MARK ENTRÓ EN EL BAR Y MIRÓ A SU alrededor, sin saber qué hacer. No era demasiado para la escena del bar, si era honesto. La última vez que vino aquí fue hace años, pero siempre fue uno que siguió sus instintos, y en este momento, sus instintos decían que necesitaba estar aquí. Confiado en que sabría por qué estaba aquí cuando llegara el momento, se sentó en la esquina, asegurándose de elegir un asiento con una buena vista de toda la habitación. No le llevó mucho tiempo darse cuenta de lo que lo había atraído a este lugar.

Meg terminó su tercer trago y le indicó otro.

Deseó saber lo que estaba pasando. Había visto a esa mujer que se parecía a su madre de nuevo en el camino al bar. ¿Quién era ella? ¿Estaba imaginando todo el asunto? ¿Podría ella estar tan lejos?

Meg volvió la cabeza cuando alguien se sentó a su lado y se sorprendió al ver a Mark Stevenson. Estaba tan apuesto como siempre, con una camisa azul oscuro y un par de pantalones negros. Era la primera vez, aparte de en la boda de Nicole, que lo había visto sin uniforme. Se veía guapo con ropa de calle, pensó para sí misma. Pero entonces, se veía increíble cada vez que ella lo veía, así que no debería ser una gran sorpresa. Era uno de los pocos hombres que podía hacer que un uniforme de policía se viera bien en lugar de lo contrario. Ella arqueó una ceja y preguntó: "¿Vienes aquí a menudo?" antes de que ella estallara en una risita. Dejándose caer sobre el mostrador, esperó la respuesta de Mark.

Mark estudió a Meg de cerca, notando la apariencia vidriosa de sus ojos. Se había cambiado su equipo de ejercicio por unos jeans y una blusa blanca y rosa en capas. A pesar de que había limpiado desde su último encuentro, no parecía estar mucho mejor. En todo caso, se veía peor, y el alcohol obviamente no estaba ayudando. Al captar varios de los pensamientos extraviados de Meghan, era evidente que estaba muy ebria porque él podía abrirse paso en su mente casi sin resistencia. Algo culpable, se retiró, pero no antes de enterarse de que Meghan generalmente estaba en contra de beber alcohol. Incluso ahora, se estaba condenando a sí misma y usando su comportamiento como un ejemplo más de lo lejos que había caído. Él respondió a la pregunta de Meghan. "No, no vengo mucho aquí, y tú tampoco. ¿Qué haces aquí esta noche? Este no eres tú, Meghan. No bebes ".

Meg hizo girar el contenido del vaso con la pajita y se encogió de hombros. "¿Y qué? No es que importe, de todos modos ". Tomó un momento o dos antes de que ella juntara las cejas y mirara a Mark, entrecerrando los ojos. "¿Cómo sabes que no bebo?"

"Nicole lo mencionó", dijo, sin perder el ritmo. "Vamos, déjame llevarte a casa".

Meg puso los ojos en blanco. "¿Hogar? Que broma. No tengo un hogar. Ni siquiera tengo lo que alguien podría llamar una vida. Soy una cáscara patética y vacía, que ocupa espacio y oxígeno. Simplemente fingí tenerlo todo junto, o al menos lo hice ". Ella se rio secamente. "Engañé a todos, incluso a mí mismo".

Mark se inclinó hacia ella, tratando de prestar cualquier consuelo que pudiera sin asustarla. La resignación que había escuchado en su tono y fluyendo de ella era casi insoportable. Quería ayudarla, hacer desaparecer estos feos pensamientos, ver el alma enérgica y optimista que había sentido desde el momento en que se conocieron. "¿Qué pasó?" preguntó en voz baja.

Sin molestarse en mirar lo que estaba haciendo, Meghan sacó la nota y la carta de su bolsillo y las dejó sobre la barra. Mientras Mark los leía, ella miró su reflejo en el espejo detrás de la barra. Ella no reconoció a la persona que le devolvía la mirada. "La nota se dejó debajo de mi puerta hace un tiempo. No sé quién lo escribió. Acabo de recibir la carta.

Mark leyó las dos hojas de papel, tratando de entender lo que significaban. La carta era razonablemente directa: alguien que ella conocía había sido liberado de la prisión, pero no podía adivinar qué significaba eso para Meghan. La nota, por otro lado, era completamente críptica. No tenía idea de a qué se refería. "¿Quiénes son esas personas?"

"Edmond Marlay", pronunció el nombre con articulación deliberada, asegurándose de que cada sílaba fuera clara y distinta, "puso a mi madre en coma cuando tenía cuatro años ... la misma noche que casi me mata. Y lo están dejando salir ". No había rastro de emoción en su comportamiento o emanando de su psique. Ella podría estar enumerando artículos en una lista de compras.

Mark mantuvo su propio tono igualmente desprovisto de emoción cuando respondió. Había temido algo así. Desde el día en que conoció a Meghan, había sabido instintivamente que estaba lidiando con un trauma en su pasado. Había esperado estar equivocado acerca de lo malo que sospechaba que era, ahora sabía que no lo estaba. ¿Pero de qué se trataba la nota? "¿Y Tammy Knight?"

"Mi madre. Todavía está en coma, al menos creo que lo está. No la he visto desde que Edmund Marlay la puso en coma, a menos que cuentes que me estoy volviendo loco y creo que la veré siguiéndome esta semana ". Ella se encogió. Ahora sonaba aún peor cuando lo había dicho en voz alta.

Mark se sentó en silencio, incapaz de pensar en ninguna respuesta. Ciertamente explicaba mucho. Los eventos que estaba describiendo fueron sin duda increíblemente angustiantes, y no podría ser fácil revivirlos nuevamente con la liberación del hombre que la había atacado a ella y a su madre. Todas las cosas consideradas; No era de extrañar que pensara que estaba viendo cosas.

Meg se levantó y recuperó la carta y la nota,

sorprendentemente firme sobre sus piernas, y salió de la barra. No adivinarías que había bebido nada, a menos que vieras la expresión distraída en su rostro.

"¿A dónde vas?" Mark la alcanzó afuera del bar. No podía dejarla irse sola, no en el estado en que se encontraba.

"¿Huh?" Ella lo miró, como si solo se diera cuenta de que estaba caminando con ella.

"¿Estaría bien si caminara contigo?"

Ella se encogió de hombros y lo miró. "Camina por donde quieras. Es un país libre". Ella se congeló en el acto,

Girando sobre sus talones, Mark no pudo ver lo que llamó su atención. No había nadie aquí excepto los dos y nada parecía fuera de lo común.

Meghan corría hacia un afloramiento de árboles y de la nada, una espesa niebla surgió, envolviéndola rápidamente. Experimentando un mal presentimiento, Mark rápidamente corrió tras ella.

Meg corrió entre los árboles, vislumbrando a la mujer que había espiado un momento antes. Pero no importa lo rápido que corriera, la mujer seguía desapareciendo detrás de los árboles antes de que Meg pudiera alcanzarla. Sin darse cuenta de la niebla que se acumulaba a su alrededor,

Meg siguió corriendo. Estaba decidida a ponerse al día con esta mujer y descubrir, de una vez por todas, lo que estaba sucediendo.

La mujer se lanzó detrás de un árbol cercano. Meg aceleró repentinamente y la siguió casi al instante, segura de que la atraparía esta vez.

Solo había un claro abierto. No había nadie allí, y no había indicios de hacia dónde se había ido la mujer. Meg no sabía qué camino tomar ahora. ¿Cómo podría haberla perdido? Había estado tan cerca esta vez, estaba segura de eso.

"¿Buscándome?" una voz habló desde detrás de ella.

Meg se dio la vuelta y se encontró cara a cara con la mujer que había estado siguiendo.

Era la viva imagen de la madre de Meg, o al menos, cómo creía que sería su madre con un par de décadas adicionales de edad. Pero en la mente de Meg no había duda: era ella. La mujer vestía un vestido blanco transparente y fluido, que parecía ser casi una aparición en la niebla oscura. Pero ella no era una aparición. Ella estaba allí, parada frente a Meg, lo suficientemente cerca como para tocarla. "¿Mamá?" Meg apenas reconoció su débil voz cuando habló.

"Dígame usted. Después de todo, tendrías una mejor idea de cómo me veo, en lugar de al revés. Soy yo quien estaba en coma. Podías verme cuando quisieras venir a visitarme. Hizo una pausa, dándole a Meg el tiempo suficiente para provocar su propia culpa y arrepentimiento. "¿O tal vez no viniste a verme? Tal vez estabas contento de deshacerte de mí, contento de deshacerte de tu propia madre. En los ojos de Tammy Knight ardieron fuertes condenas y se llevó a Meghan al lugar.

"Mamá, no ... yo ... no podía ... ¿cómo pudiste?" La garganta de Meg se contrajo con un sollozo silencioso y las lágrimas corrían por su rostro, con los ojos muy abiertos por la sorpresa y la confusión.

"¿Despierta?"

Meg asintió, incapaz de hablar.

Tammy Knight se encogió de hombros y miró a lo lejos, con una sonrisa extraña, carente de humor. "Tal vez lo sabrías, si te hubieras molestado en preocuparte por lo que me pasó". Con ese último y amargo comentario, se volvió y desapareció en la niebla cada vez mayor.

"¡No!" Meg lloró, golpeando su hombro contra el tronco de un árbol cercano en su prisa por seguir a su madre. Derrumbándose sobre sus rodillas, sostuvo su brazo dolorido, incapaz de reunir la energía para hacer otra cosa que no fuera mirar la hierba. Sintiendo una mano gentil tocar su rostro e inclinar su barbilla hacia arriba, se encontró mirando a Mark, y él la envolvió suavemente en un abrazo reconfortante. Sus brazos la apretaron y el dolor en su hombro desapareció rápidamente.

"¿Estoy loco? Mi mamá estaba aquí, hablando conmigo, pero ahora es como si ella no estuviera aquí en absoluto. Ella solo está ... caca, se fue como si nunca hubiera existido ". Miró profundamente a los ojos de Mark en busca de consuelo. "¿Estoy loco?"

Mark examinó el claro, recogiendo rastros débiles del olor de otra persona, junto con la impresión de otra presencia cercana. Mirando de nuevo a los ojos de Meghan, respondió tan honestamente como pudo. "No lo creo. No creo que estés loco en absoluto ". La sostuvo con fuerza contra su pecho y su cuerpo se sacudió cuando ella soltó lágrimas silenciosas. Varios minutos pasaron en silencio, ninguno de los dos dijo una palabra.

Sus lágrimas finalmente se redujeron a resoplidos hipo, Meg se apartó de su agarre e intentó ponerse de pie. Al darse cuenta de lo inestables que eran sus movimientos, Mark se puso rápidamente de pie y ayudó. Por una vez, Meg no rechazó su oferta de ayuda. Tampoco rechazó el brazo que él envolvió alrededor de su hombro mientras caminaban de regreso a la calle.

Mark abrió el camino, aunque la miraba constantemente, prestando todo el consuelo que podía, tanto consuelo como ella aceptara. La niebla había comenzado a dispersarse, pero todavía era lo suficientemente espesa como para confundir o desorientar a la mayoría de las personas, pero Mark encontró su camino con poco esfuerzo. Sin decir una palabra, la acompañó en silencio de regreso a su departamento. En la puerta, tomó suavemente las llaves de Meghan y abrió la puerta. Ella no se resistió cuando él le quitó los zapatos y la chaqueta, dejándola sola el tiempo suficiente para que pudiera cambiarse de ropa antes de que él la acurrucara en la cama. Giró la mejilla hacia la almohada y cerró los ojos, sin mostrar preocupación de que Mark todavía estuviera de pie en su habitación. Él observó en silencio mientras ella se quedaba dormida, aunque todavía era relativamente temprano. Obviamente estaba agotada, mental y físicamente. Podía sentir el agotamiento saliendo de ella en oleadas, chocando contra las costas de su conciencia. Caminando de regreso a la sala, se dispuso a limpiar un poco. Lo último que Meghan necesitaba cuando se despertaba era lidiar con un departamento desordenado. Había montones de ropa y montones de correspondencia por todas partes. No pudo evitar notar que varias de las cartas eran facturas y que el "Último aviso" estaba impreso en la parte superior de la página. Recogiéndolos a todos en un montón al final de la mesa de café, notó otra hoja de papel que venía de la universidad. Por todas las apariencias, fue un aviso de renuncia a las clases. Mirando hacia la puerta del dormitorio, Mark negó con la cabeza. No es de extrañar que ella fuera un desastre. Todo parecía estar acumulándose sobre ella a la vez.

Mark extendió sus sentidos a la forma dormida de Meghan, calmando suavemente la ansiedad que aún brotaba de su subconsciente. Lentamente, comenzó a relajarse, liberando parte de la tensión mientras caía en un sueño más profundo. Mark experimentó un momento de paz y se preguntó cuán natural se sentía el simple contacto. Era casi como si hubiera conocido a Meghan durante años. La familiaridad en este toque mental fue reconfortante, trayendo consigo un sentido de pertenencia. La mente de Meghan volvió a su toque, devolviendo su consuelo con gratitud. Su mente se relajó aún más, y las paredes comenzaron a caer, permitiéndole un mayor acceso.

Volviendo al presente, Mark se dio cuenta con un sobresalto de que había mantenido contacto durante más tiempo del que pretendía. Solo había querido consolarla, calmar sus miedos. No había tenido la intención de empujar tan profundo, aprovechar sus defensas bajas mientras ella dormía. Alejándose, comenzó a desconectarse lentamente de su mente, con cuidado de no despertarla con un abrupto retiro.

La mente de Meghan volvió a llegar a él, con un toque delicado pero poderoso. La fuerza de su mente era asombrosa. Era familiar de una manera que no tenía sentido. Centrándose una vez más, buscó la causa de la familiaridad y comenzó. Había algo en su mente que sugería que era más que una mortal común, pero eso no podía ser cierto. Seguramente, ¿habría sentido algo antes ahora si ese fuera el caso? Además, pensó que conocía a todos los de su clase en la zona. Respirando hondo, tomó el aroma de Meghan y sonrió. Eso era cierto. Se rió de sí mismo, por no darse cuenta antes. Ella nació de forma natural, como Nicole, como él. Estaba diluido, probablemente solo uno de los padres, pero estaba allí, una capacidad latente. Estaba impresionado: era una bloqueadora espectacular si podía ocultar automáticamente su naturaleza durante tanto tiempo sin siquiera tener la intención de hacerlo.

Pasaron otros minutos, antes de que él sintiera que su toque retrocedía y su mente se relajó por completo en el sueño. Confiado en que ella no despertaría, él se retiró de su mente por completo y la dejó a sus sueños.

Mark caminó en silencio hacia la ventana, debatiendo sobre lo que debía hacer. Ahora estaba dormida, así que estaría bien por el resto de la noche, pero algo le decía que debía quedarse. Una gota de duda anudada en sus entrañas y no la soltaba. El movimiento exterior llamó su atención, atrayendo su mirada a través de la calle hacia las sombras de un callejón oscuro. Vio como un gran lobo con pelaje oscuro y una figura delgada desaparecía en la oscuridad. No había duda de quién era. Pocos de su clase eran tan impresionantes. Pocos fuera del Consejo eran tan poderosos. El lobo era Artemis, el tío de Nicole. Había matado a su padre, su hermano Richard, muchos años atrás. No mucha gente vio a Artemis en su forma de lobo, por lo que la mayoría no lo reconocería. Casi todos miraban a Artemis con tanto desprecio y ridículo que esperarían que fuera un lobo igualmente patético, pero Mark sabía la verdad. A pesar de lo patético que podía ser Artemis, todavía era increíblemente poderoso, lo suficientemente poderoso como para enfrentarse a la mayoría de su tipo en caso de que fuera necesario. Él era de una línea de sangre extremadamente poderosa. Aunque Richard había heredado un mejor conjunto de

genes en lo que a eso respecta, Artemis nunca
debería ser subestimado. Había escapado de alguna manera del Consejo después de ser entregado para enfrentar el castigo por asesinar a
Richard y Caroline e intentar matar a Nicole.
Ahora, parecía que había vuelto.

Espiando de nuevo a la habitación, Mark decidió que sus instintos anteriores eran correctos.
Si Artemis estaba vigilando el apartamento de
Meghan, solo podría significar que había problemas cerca. Combinado con los eventos anteriores de la noche, Mark estaba nervioso. Tendría
que vigilar a Meghan y asegurarse de que Artemis no la pillara sin preparación. Tomando
asiento en el sofá, Mark se acomodó en una larga
noche.

# CUATRO

El portero mantuvo la puerta abierta para Artemis, luego sacudió la cabeza confundido un segundo después. Miró el pomo de la puerta que tenía en la mano, sin saber por qué lo había abierto. Girando en dirección a Artemis, vio solo un vestíbulo vacío.

Artemis se dirigió a su habitación en silencio, el personal de limpieza y el recepcionista ignoraron su presencia. Cuantas menos personas supieran dónde estaba, mejor. Hubo un tiempo en que había vivido en un relativo lujo, con personal para atender todas sus necesidades. Pero nunca se había ganado su respeto. Hablaron mal de él y se burlaron de todo, desde su elección en las comidas hasta su atuendo. Aun así, había sido mejor que esto.

La habitación estaba tenuemente iluminada por dos lámparas de pared, controladas desde el interruptor principal al lado de la puerta principal. La decoración fue menos que inspirada. Un edredón verde de espuma de mar con detalles dorados se complementó con papel tapiz beige y dorado, con diseños de trabajo de desplazamiento. El mobiliario era simple, pero eficiente. Una cama king size era el punto focal de la habitación y, a un lado, descansaba una silla verde claro con patas y brazos de madera tallada. Al otro lado había una mesita de noche manchada de arce, completa con el requisito previo de la Biblia en el cajón. La alfombra marrón claro reunió todo para crear una habitación moderadamente atractiva.

Artemis se sentó en la silla al lado de la cama y ordenó el servicio de habitaciones. No era necesario recordarles que llamaran, y luego dejar la orden fuera de la puerta. El personal se estaba acostumbrando a su deseo de privacidad. Una vez hecho esto, tomó un libro sobre filosofía existencial y se instaló para una tranquila noche de lectura. Durante, sin duda, encontraría alguna falla en la forma en que pasaba su tiempo, pero no le importaba. Había revisado a esa chica,

Meghan, según los deseos de Durante. No había nada allí excepto Marcus que la rodeaba. Nicole no estaba en la ciudad. Si se suponía que Meghan sería útil para él, no sabía cómo. No había razón para que ella confiara en él. Todo lo que sabía sobre Artemis era lo que Nicole le había dicho, y no sería nada bueno. Pensó que perseguir a Meghan era una tremenda pérdida de tiempo y energía.

Artemis frunció el ceño. ¿Qué le pasaba? Estaba corriendo, escondiéndose, siguiendo todas las órdenes de Durante sin ninguna duda. Artemis era miembro de una de las familias más poderosas que su especie conocía. Era fuerte, educado, inteligente y capaz de hazañas que solo unos pocos elegidos podían intentar. Frustrado, cerró el libro y lo dejó a un lado. Ya no podía pensar con claridad. En su juventud, solía participar en debates y debates con poetas, filósofos y académicos de todo tipo. Ahora, no podía concentrarse en nada más que su deseo de ser mejor que Richard. Se había obsesionado.

Un suave golpe sonó en su puerta. Esperó a que el hombre se fuera antes de ir a la puerta y recoger su comida. La carne era rosa y sangrienta, como a él le gustaba. Vertió un poco de Cabernet en un vaso y lo hizo girar, inhalando el aroma. Delicadamente sorbiendo el líquido carmesí, suspiró. Este fue un buen vino. Después de siglos de experiencia, había desarrollado una paleta refinada y solo los más sublimes podían satisfacerlo. No siempre fue algo bueno. Podía apreciar las cosas buenas de la vida, de una manera que muy pocos mortales podían reclamar, pero a menudo lo dejaba decepcionado por las comidas y bebidas que le faltaban y esa decepción sucedió con una creciente regularidad a lo largo de los años. Tomó un bocado de la comida, degustando lentamente el sabor. Al menos este hotel sabía cómo cocinar buena comida. Era caro, pero valió la pena. Después de todo, ¿en qué más iba a gastar su dinero? También podría darse el gusto en una cosa que todavía le daba cierta sensación de satisfacción.

Después de completar su comida, Artemis colocó la bandeja en silencio fuera de su habitación para que la recogieran. Salió al balcón y miró inquieto el cielo nocturno. La comida había sido exquisita, pero ahora no sabía qué hacer consigo mismo. El cielo se extendía a lo lejos, sobre la ciudad oscura. Su vista elevada podía distinguir fácilmente los contornos de edificios y árboles y podía ver sombras de personas moviéndose en sus hogares, preparándose para la cama. La ciudad dormía mientras él estaba solo en este mar de oscuridad, perdido en un océano negro de arrepentimiento y deseo. Cerró los ojos y escuchó los sonidos de la noche, sonidos que se ahogaron en el bullicio del día pero que cobraron vida ahora. Este era el mejor momento del día, cuando uno podía pararse y escuchar y no ser molestado por los pensamientos y acciones de todos los demás. Era el único momento del día en que podía cerrar los ojos y fingir que aún conservaba una pequeña semilla de humanidad en su interior. No era tan malvado como todos pensaban que era. Era un hombre que podía disfrutar de una buena comida y los sonidos de la noche.

Artemis permaneció en el balcón hasta que perdió la noción del tiempo. No se movió hasta que escuchó al personal levantar su bandeja fuera de la habitación. Respirando por última vez, volvió a entrar y dejó las puertas abiertas al aire nocturno. Sintonizando la radio con una estación de música clásica, se volvió a pasar la noche.

———

LAS NOCHES ERAN A MENUDO LAS PEORES, tranquilas y aburridas, sin mucho que hacer. Los días no eran mucho mejores, pero al menos generalmente podía encontrar a alguien con quien jugar. Cuando ya había hecho todo un millón de veces antes, nada tenía mucho interés. Nada era nuevo

Durante se recostó contra un árbol y examinó el área. Aún no había mucha gente despierta. Ese era uno de los muchos problemas con los mortales, dormían sus cortas vidas solo para desperdiciar sus pocas horas de vigilia en trabajos serviles sin sentido que despreciaban. Eran criaturas estúpidas. Distraídamente, se pasó una mano por la cara y descubrió el crecimiento de varias semanas allí. Por lo general, lo mantenía recortado, ya que era su preferencia, pero nunca puso mucho esfuerzo en su apariencia. ¿Por qué molestarse? Nunca se mostró a nadie, y si lo hiciera, podría fácilmente ver exactamente cómo quería para cualquier situación. Solo se preocupaba por su apariencia si tenía ganas de hacerlo. Su cabello apenas le llegaba al hombro desde la última vez que se había molestado en cortarlo. Probablemente ya no reconocería su propio reflejo.

A un par de cuadras, un individuo solitario condujo por las calles vacías. Sonriendo, Durante se metió en la mente del hombre, alentándolo a hojear sus estaciones de radio. Le pidió que se detuviera en uno tocando música heavy metal y subiera el volumen hasta que pudiera ser escuchado por los oídos mortales durante varias cuadras. Moviendo su cabeza al ritmo de la música, Durante se rió cuando se encendieron las luces en varias casas cercanas. Gritos furiosos resonaron en la noche, apenas audibles por la música a todo volumen. Algunas personas incluso arrojaron cosas al auto que pasaba. De pie, Durante comenzó a cantar junto con la música. En realidad, era una buena canción, con un buen ritmo fuerte y letras maravillosamente oscuras. Bailando por la calle en la dirección que tomó el automóvil, ordenó al hombre que subiera el volumen aún más. Se dirigió al centro de la ciudad de esa manera, bailando y cantando. Finalmente, justo cuando la canción estaba a punto de terminar, Durante saltó sobre un muro de piedra que corría junto a una serie de escalones y se deslizó hacia la plaza del pueblo.

Con la canción terminada, renunció a su control sobre la mente del hombre y escuchó que el volumen bajaba instantáneamente a niveles inaudibles. A su alrededor, las luces se apagaron y la gente volvió a la cama. Durante caminó por las calles durante un rato más, su estado de ánimo un poco mejor después del interludio en una noche sin incidentes. Al no encontrar nada más interesante que hacer, se volvió en dirección a su casa. Bien podría dormir un poco. No lo necesitaba, pero ¿qué más iba a hacer? Se dirigió a su casa, en las afueras de la ciudad, el bloque rodeado de árboles hasta el punto donde no se podía ver el edificio desde la calle. Era simple y aislado, como a él le gustaba.

Con gracia, saltó al balcón del segundo piso y entró a su habitación sin hacer ruido. Quitándose las prendas exteriores, Durante se quitó las mantas de piel y se metió en la cama. Se durmió casi al instante.

———

Esponjosas nubes blancas salpicaban el expansivo cielo azul sobre su cabeza. Algunos se retorcieron en formas irreconocibles, parecidas a manchas de tinta en una hoja de papel. Otras nubes formaban caras y animales, una colección de nubes en el cielo. Meg observó cómo un conejo se transformaba en un perro somnoliento con orejas caídas y ojos grandes y redondos. Ella movió los dedos de los pies desnudos y cerró los ojos, disfrutando de la sensación de la hierba fresca debajo de la espalda y entre los dedos de los pies. Giró la cabeza hacia un lado y se frotó la mejilla contra la hierba. A pesar del frío que se filtraba en su piel, no tenía ningún deseo de moverse. Se sintió bien, reconfortante y refrescante. Ella podría quedarse así todo el día.

Algo rozó su rostro y Meg abrió los ojos. Mark le sonrió, sosteniendo una rosa sobre su nariz, haciéndole cosquillas con sus pétalos blancos y sedosos. Meghan se rió y se volvió de lado. Esto fue absolutamente perfecto. Ni siquiera podía recordar lo que la había estado molestando antes. "¿Es esto un sueño?" preguntó ella, aunque ya sabía la respuesta.

Mark se puso de lado y le pasó la flor por la cara, trazando su pómulo y siguiendo la línea del cabello hasta la barbilla y el cuello. "Si." Sus ojos siguieron el camino de la flor antes de volver a encontrarse con su mirada.

Meghan tembló cuando las sensaciones la recorrieron. "Se siente real". Ella lo estudió detenidamente, examinándolo con el mismo ojo fresco que había usado en las nubes un momento antes. Nunca antes se había dado cuenta de lo guapo que era Mark. Con una mirada igualmente intensa, la estaba mirando. Ella lo miró a los ojos llenos de pasión y supo que era un sueño, pero fue maravilloso.

"Es tan real como quieres que sea". Con la flor aún en la mano, Mark extendió sus dedos sobre la piel suave de su brazo, deslizando su palma hacia su mano, agarrando sus dedos en los suyos.

Meg apretó hacia atrás y levantó sus manos unidas para descansar entre sus cuerpos, la flor descansando entre sus caras en el suelo. Su otra mano se alzó hacia su rostro, explorando las curvas de la línea de su mandíbula, sus dedos tocando suavemente sus labios llenos y sensuales. Sus labios se separaron, permitiendo que su lengua lamiera suavemente el borde de sus dedos, lo suficiente para calentarlos con el aliento y la humedad. Un suave gemido de satisfacción escapó de su boca. Ella dejó que su mano bajara, los dedos jugaban en su duro y ancho pecho. Incluso podía sentir el latido uniforme de su corazón, el constante ascenso y caída de su pecho con cada respiración que tomaba, y tenía la necesidad de besarlo. "Quiero besarte", dijo en voz alta.

Mark sonrió y acercó su cabeza, sus labios al lado de su oreja. "Quiero que me beses." Su aliento le hizo cosquillas en los pelos de su cuello, y su sangre calentó todo su cuerpo. Vacilante, ella acercó sus labios a los de él, deteniéndose un momento antes de que se tocaran. "¿Que estas esperando?"

"Solo quiero disfrutar este momento mientras dure. Me siento muy feliz en este momento, y ese sentimiento nunca me dura mucho, incluso en sueños. Me temo que, si nos besamos, me despertaré y todo habrá terminado. Pero si no nos besamos, tal vez pueda aguantar este momento un poco más".

Mark le soltó la mano y le enmarcó la cara con las palmas. "Te prometo que no te despertarás hasta que quieras".

Meg contuvo el aliento rápidamente. Ella le creyó. Mark era solo una parte de su sueño, pero ella le creyó. Envalentonada por su afirmación, ella cerró la distancia restante y lo besó. Ella no se despertó. Sonriendo, profundizó el beso y lo encontró tan satisfactorio como había imaginado.

Mark le devolvió el beso con ternura, abrazándola, pasando las manos de su cara por sus hombros y espalda. Con una mano alrededor de los hombros y la otra en la parte baja de la espalda, hizo rodar a Meg, tomando el control del beso. A ella no le importaba lo más mínimo. Cada momento fue pura felicidad. La textura de sus labios le prendió fuego a las terminaciones nerviosas mientras besaban sus labios y cuello, rozando suavemente la parte posterior de su oreja. Podía sentir su toque en todas partes, a través de su ropa, hasta el centro de su ser. Su mano inferior se movió hacia arriba, deteniéndose al lado de su pecho, tocándose sin tocarla.

Ella se arqueó contra él y sus labios capturaron el jadeo cuando salió de su boca. Ella quería más. Ella quería esto. Ella quería que estos sentimientos nunca se detuvieran. Cuando pensó que la experiencia no podía volverse más intensa, sintió que sus sensaciones se acumulaban dentro de ella como una tormenta frenética en busca de liberación. Corrientes cegadoras de placer atravesaron su cuerpo, y ella tembló en lugares que él nunca había tocado. Cuando pudo pensar de nuevo, encontró los labios de Mark besando suavemente los de ella, sus dedos peinando su cabello humedecido por el sudor. Su sonrisa fue lo último que vio antes de que el mundo a su alrededor se desvaneciera, de vuelta a su habitación.

Meg se sentó, pero no podía soportarlo. Aún no. Estaba temblando, de pies a cabeza. Le había parecido increíblemente real. El sueño había sido más real que cualquier cosa que recordara haber experimentado. Recordó que Mark había dicho que sería tan real como ella quería que fuera. Había estado en lo cierto.

Sintiéndose un poco más estable, Meg se puso de pie y se dirigió a la ducha. Tal vez debería repensar su actitud de "hazlo solo" y darle una oportunidad a Mark después de todo. Si su sueño era una indicación, podría estar perdiéndose algo muy especial. Pero ella se estaba adelantando a sí misma. No había garantía de que él estuviera interesado en ella, y después de lo que vio ayer, probablemente nunca lo volvería a ver.

Ah, bueno, fue un pensamiento agradable mientras duró. Tal vez, si tenía suerte, al menos podría volver a verlo en sus sueños.

———

MARK SE DESPERTÓ CON EL SONIDO DEL AGUA corriendo y cantando. La luz del sol entraba por la ventana. Una sonrisa tiró de sus labios cuando se dio cuenta de que estaba escuchando a Meghan cantar en la ducha. Pensó en su sueño y contuvo la necesidad de imaginar a Meghan desnuda, con el agua corriendo sobre su piel. Sabía que ella había compartido su sueño. Nunca tuvo la intención de invadir su mente, sucedió accidentalmente. Se quedó dormido y allí estaba ella, tendida pacíficamente a su lado, casi como si hubiera querido compartir el momento con él. Quizás ella lo hizo. Pero para ella, solo había sido un sueño. Para Meghan, nunca había sucedido, y la mente consciente no siempre estaba de acuerdo con las elecciones hechas en la seguridad del mundo de los sueños. Solo el tiempo diría cómo se sentía por él. El agua se cerró y él escuchó mientras ella bajaba la cortina y se secaba. Lo que no daría por estar allí ahora mismo. Reprimió el impulso y esperó tan pacientemente como pudo a que ella emergiera. Le daría tiempo. Ella necesitaba tiempo.

Meg abrió la puerta de la sala y se detuvo a medio paso. Mark estaba sentado en su sala de estar. Soltó un ligero chillido de sorpresa y agradeció en silencio a las estrellas que pensó ponerse una bata antes de salir del baño. "¿Qué estás? ¿Por qué has ...? ¿Te quedaste aquí anoche?"

Mark se levantó y se encogió de hombros disculpándose. "No pensé que debías estar sola después de lo que sucedió".

Meg se lamió los labios y miró hacia otro lado, sin saber qué decir. Fue agradable de su parte pasar la noche allí, y ella no desconfiaba de él, pero una parte de ella todavía estaba un poco inquieta. Se había quedado dormida con un pariente desconocido en la otra habitación. Al menos él era un oficial de policía. Ese hecho, y saber que era uno de los buenos amigos de David, ayudó a tranquilizarla un poco. Al mirar hacia abajo, vio la pila de correo y al instante se sintió vulnerable. Caminando hacia la mesa, recogió los billetes y otras cartas, solo entonces se dio cuenta de que su movimiento la puso directamente al lado de Mark. Descubrió que podía tocarlo fácilmente desde esta distancia, si quería. De repente, la túnica no parecía suficiente ropa. Retirándose detrás de su audaz defensa exterior, se encontró con sus ojos directamente con su propia mirada. "Perdón por haberte descargado sobre todo anoche. Realmente, no deberías sentirte obligado a asegurarte de que estoy bien ni nada ".

Mark encontró su mirada de frente y esa misma conexión de la noche anterior comenzó a encenderse nuevamente. Luchando por mantener cualquier distancia, sacudió la cabeza. "No me siento obligado".

"Oh." Apartó los ojos de los de él, tomó las cartas y las guardó en un cajón.

Mark la examinó por un momento o dos y se dio cuenta de que no parecía estar sufriendo ningún efecto negativo por beber la noche anterior.

"Sí, nunca tengo resaca". Meg respondió a su pregunta no formulada. De espaldas a él, no se había dado cuenta de que su observación no se había hecho en voz alta. "Al menos, no las pocas veces que bebo algo. El alcohol me golpea fuerte y rápido y luego sale de mi sistema, generalmente en un par de horas como máximo. Por supuesto, nunca he puesto esa hipótesis a prueba real. No me gusta cómo me hace sentir beber.

Nunca estoy relajado o tranquilo. Simplemente me marea y desenfoca. No entiendo por qué a la gente le gusta tanto. Odio sentirme fuera de control".

Hubo un breve silencio incómodo, sin que ninguno de los dos supiera qué decir a continuación. Mark observó a Meg cerrar cuidadosamente el cajón, intentando esconder sus problemas de la luz del día y pudo sentir su tensión. Obviamente estaba incómoda porque él la había visto beber. De hecho, el tema la puso nerviosa. Finalmente, Mark decidió optar por una conversación informal para romper el silencio. "¿Siempre cantas en la ducha?"

Meg miró a Mark y vio la leve sonrisa jugando en sus labios. Una sonrisa propia tiró de las comisuras de sus labios ante el cambio de tema. "Muy gracioso, pero no cantaba en la ducha".

"¿De Verdad?" Meg asintió y Mark se dio cuenta de que no estaba bromeando. Pensó en los momentos posteriores al despertar y supo que lo que había escuchado era real. No lo había imaginado. "Definitivamente te escuché cantar, tarareando realmente. Era una canción de rock, creo. No reconocí la melodía".

Meg vio la confusión jugar en su rostro y recordó que una canción había pasado por su cabeza antes. Su descripción se ajustaba, había sido una canción de rock. "No me digas que me estás imponiendo una" Nicole "." Meg se echó a reír ante la expresión confundida en el rostro de Mark que empeoró. "Nicole tiene la mala costumbre de culparme por tener canciones atrapadas en su cabeza, porque resulta que las estoy pensando", aclaró. "Soy como una radio que no se apaga. Siempre tengo una canción u otra corriendo por mi cerebro, y de alguna manera, ella siempre logra tocar y escucharlas. Hmmm, supongo que Nicole no es la única rara en lo que a eso respecta, ¿eh?"

Mark dejó que la información se asimilara. Para que Nicole "se conecte", como dijo Meg, Meghan y Nicole deben estar muy cerca, de hecho. Había experimentado las barreras en la mente de Meghan, y no eran insignificantes. Probablemente solo había escuchado el canto esta mañana porque pensaba que estaba sola en el departamento y había relajado sus barreras un poco. No era una situación probable que se repita. "¿Cuánto tiempo hace que se conocen?"

"¿Nicole y yo? Oh, hemos sido amigos desde siempre, desde el orfanato". Su estómago eligió ese momento para gruñir ruidosamente, llenando el silencio en la habitación. Meg se tapó el abdomen con la mano en vano. "Lo siento."

Mark sonrió abiertamente. "No te preocupes por mí. Deberías comer algo."

Meg se apoyó contra una silla y soltó un suspiro cansado. "Lo haría, pero no tengo idea de lo que quiero. No tengo hambre de nada".

Los labios de Meg se habían fruncido en sus pensamientos, y ella miró un punto al azar en la alfombra. La luz de la ventana iluminaba sus rasgos y él sabía que ella era el ser más hermoso de toda la existencia. Su piel suave y gentil lo llamó. Quería pasar sus dedos sobre sus mejillas y labios. Quería capturar este momento para siempre en un boceto. "Bueno, ¿qué tienes?"

Sin darse cuenta de la continua lectura de Mark, Meg bostezó e inclinó la cabeza, descansando sobre su mano. "No mucho. No quiero tostadas ni un sándwich. Realmente no quiero nada con queso en este momento, así que eso cuenta la pizza sobrante, y si como una comida de pasta de microondas más, probablemente me enfermaré".

Mark se rió de la conversación casual. Podía sentir que ella estaba considerablemente más cómoda. "¿Qué pasa con una manzana?" el sugirió.

Meg puso los ojos en blanco. "Como si tuviera fruta fresca. ¿Sabes lo caro que es mantener alimentos saludables? Es como un lujo de una vez cada tres meses". Aunque, pensó para sí misma, una manzana y tal vez algunas uvas sonaban bien en este momento.

Pensó en todas las facturas atrasadas que vio. Hacía mucho tiempo que no le preocupaba cuánto costaba su comida, pero aún podía recordar cómo era. No es un estado de existencia muy agradable. Sin embargo, era un tema delicado para discutir. Él quería ayudar, pero no sería probable que ella aceptara ninguna ayuda que él pudiera brindarle. Él guardó algunas ideas para hacer cosas más tarde y decidió que era hora de cambiar de tema nuevamente. Mark miró por la ventana y luego volvió a mirar a Meghan. Había pospuesto este tema durante el tiempo suficiente. "¿Cuánto te contó Nicole sobre lo que pasó con ella y su tío?" preguntó, volviendo a su tren de pensamiento anterior.

Meg entrecerró los ojos. "Todo. No guardamos secretos entre nosotros. ¿Por qué?" Ella lo vio volver su atención a la ventana otra vez y se preguntó si estaba viendo algo que ella debería saber. Todo lo que vio fue un corredor de la mañana y algunos autos que pasaban, pero nada le llamó la atención. "¿Qué es? ¿Qué pasa?"

Mark se dio cuenta de que ella lo estaba estudiando durante varios momentos mientras sopesaba sus elecciones en silencio. Finalmente, tomó una decisión, Mark le prestó toda su atención.

"Artemis estuvo afuera anoche. No sé lo que quería, pero él estaba allí".

El pulso de Meg se aceleró y ella miró en la dirección que él le había indicado. Su mente se aceleró, tratando de poner los detalles en orden. "Pero pensé que lo cuidaron. ¿No era él ... " ella consideró sus siguientes palabras cuidadosamente, sin estar segura de cuánto de su conocimiento podría revelar a Mark, "... ¿llevado a algún lugar para enfrentar sus crímenes?" Mirando por el rabillo del ojo, vio a Mark observándola atentamente.

"Sí, pero logró escapar. Alguien lo ayudó".

Meg se preguntó si Nicole estaba al tanto de esto, pero rápidamente apartó el pensamiento de su mente. Ella no mantendría algo como esto en secreto, no después de todo lo que él le había hecho pasar. De repente, Meg se alegró de saber que Nicole estaba fuera de la ciudad. No necesitaba volver a lidiar con esto tan pronto después de todo lo que le sucedió. "¿Qué querría él conmigo?"

Mark negó con la cabeza. "No lo sé. Puede que quiera usarte para llegar a Nicole. Tal vez la estaba buscando. Es posible que no sepa que ella está lejos en este momento. De cualquier manera, pensé que deberías saberlo.

"Gracias." Meg se pasó una mano por el pelo

todavía húmedo y se miró los pies descalzos. Mark estaba haciendo todo lo posible por cuidarla. "Y gracias por verme en casa anoche y por quedarme para asegurarme de que estaba bien". No quería volver a pensar en la noche anterior, ni llamar más la atención sobre lo que sucedió, pero él merecía su gratitud.

"¿Es usted?" Mark colocó una mano sobre su hombro e inclinó la cabeza para verla mejor. Ella continuó evitando el contacto visual nerviosamente.

"Realmente no." Volvió a mirar a Mark y se echó a reír nerviosamente, endureciendo su voz para ocultar la mayor ansiedad posible. "Pero no hay nada que nadie pueda hacer al respecto. Gracias por intentarlo, sin embargo.

Mark asintió y retiró la mano. "Muy bien, debería ir y dejar que te vistas. Llámame si hay algo que pueda hacer para ayudar, o si quieres hablar ". Excavando en su billetera, sacó una tarjeta de visita. Fue usado alrededor de los bordes y arrugado por la exposición previa a la lluvia y el tiempo en su bolsillo. Necesitaba obtener algunas cartas nuevas. Había más en sus bolsillos de trabajo, pero eran tan malos como este, si no peor. Al menos el número era legible.

Tomó la tarjeta y leyó su nombre, pasando el pulgar sobre la superficie de la tarjeta. "Voy a."

Mark le dirigió una sonrisa encantadora y se fue sin mirar atrás.

Meg cerró la puerta y se sentó en el sofá, mirando la tarjeta. Cuando respiró hondo, pudo oler el aroma persistente de su loción. Acercó la almohada, inhaló su aroma por segunda vez y sonrió, pero fue fugaz. Tenerlo aquí, dentro de su casa se había sentido tan bien, tan bien, que casi había logrado aliviar algo de la preocupación de su mente. Pero ahora que se había ido, las dudas y la ansiedad lentamente comenzaron a aparecer nuevamente.

¿Qué iba a hacer ella? No tenía trabajo, ni escuela, y no tendría un hogar por mucho más tiempo. Meg sacudió la cabeza e intentó aclarar su mente nuevamente. Necesitaba pensar en algo. Bien, entonces ella estaba en el fondo del barril. Ella había estado aquí antes. Cuando no tenías nada que perder, también podrías probar cualquier cosa.

Levantó el teléfono y marcó el número del hermano de Nicole, Billy. Los tres habían sido amigos cercanos cuando eran más jóvenes, aunque Billy se había mudado para convertirse en profesor en una universidad hace algunos años. Cuando sus padres murieron, dejando a Nicole con su casa y demasiadas facturas para mantenerla, Billy había aceptado quitársela de las manos. Después de muchos años, finalmente estaba planeando regresar a casa y arreglar el lugar, pero eso no sería por unos meses al menos.

"¿Hola?" La voz de Billy respondió al otro lado del teléfono. Meg casi colgó el auricular allí, odiaba pedir favores. "¿Hola?" dijo de nuevo, sonando un poco impaciente.

"Uh ... hola ... Billy. Soy yo ... Meg ". Tragó saliva y se aclaró la garganta lo más silenciosamente posible.

"¿Meg? Hola, es genial saber de ti. ¿Qué pasa? ¿Qué has estado haciendo?" Su voz emocionada ayudó a romper la última vergüenza de Meg y le dio el coraje que necesitaba para continuar.

"Billy, necesito pedirte un favor".

"Claro, cualquier cosa. ¿Que necesitas?" preguntó sin dudarlo un momento.

Meg sonrió. A pesar de que ella había tenido un pequeño enamoramiento por Billy a lo largo de los años, él siempre la había tratado a ella y a Nicole como si fueran hermanas reales. Como Nicole y él no estaban realmente relacionados, con Nicole siendo adoptada en la familia de Billy, él había sido el hermano mayor que ambos necesitaban desesperadamente a lo largo de los años. Las cosas habían cambiado cuando se había alejado, pero ahora estaba tratando de hacer las paces por eso. "Me preguntaba si podría quedarme en la casa por un rato. Tengo algunos problemas de flujo de efectivo y no puedo permitirme mantener mi departamento. No debería ser por mucho tiempo".

"Por supuesto, pero sabes que puedo prestarte algo de dinero si necesitas algo que te ayude".

"Es un poco peor que eso". Ella rezó para que él no pidiera más detalles. Toda esta conversación la estaba haciendo increíblemente incómoda.

"¿Qué ha pasado?" preguntó. Su voz tenía el tono claramente preocupado que solo un hermano podía dominar.

Meg tragó saliva y trató de evitar el estrés de su voz. "Un revés momentáneo. Volveré a mis pies en poco tiempo. Solo necesito reagruparme".

Billy estuvo callado por un largo momento. "Bueno." No parecía convencido, pero conocía a Meg lo suficientemente bien como para saber que no debería presionar sobre el tema cuando estaba siendo vaga. "Te daré la llave de la noche a la mañana, así que deberías tenerla mañana. Avísame si necesitas algo más, ¿de acuerdo?

Meg liberó el aliento que había estado conteniendo y pronunció un silencioso "gracias" a su habitación vacía. "Seguro. Ah, ¿y no puedes mencionarle esto a Nicole si hablas con ella? No quiero que se preocupe".

"Seguro. Tengo que irme ahora, pero llámame si necesitas algo.

"Gracias. Adiós." Meg colgó el teléfono y suspiró. Esa fue una crisis evitada, solo quedan trescientos más. Respirando hondo, se levantó y fue a vestirse, poniéndose el primer par de jeans que encontró y un suave top azul y morado. Ahora ella necesitaba algo de comer.

Al oír tocar a la puerta principal, regresó a la sala de estar y miró por la mirilla para ver a Mark parado en la puerta. Su corazon salto un latido. Ella abrió la puerta y lo miró con una sonrisa irónica. "¿No te fuiste, como hace cinco minutos?"

Mark levantó una manzana roja brillante de la bolsa de plástico que colgaba de su brazo. "¿Manzana?"

Meg se derritió, sus ojos se humedecieron con lágrimas no derramadas. "Eso es tan dulce. No tenías que hacer eso".

"Tienes hambre, ¿verdad?" Mark vio la forma en que ella miraba a la manzana con una mirada depredadora y descubrió que no podía evitar sonreír. Ella era adorable Por mucho que trató de mantener todo dentro, tratando de evitar que la gente se acercara a ella, también fue extremadamente abierta y honesta con muchas de sus reacciones. Estar cerca de ella era refrescante.

"Si." Su estómago gruñó suavemente de nuevo para confirmar su respuesta.

"Bueno, yo también, así que comamos".

Ella tomó la manzana que él le ofreció y caminó con él hacia el sofá. Mientras disfrutaba de su primer bocado, lo masticaba lentamente y saboreaba el sabor, observó mientras Mark colocaba el resto del contenido de la bolsa. Había dos manzanas más, dos peras y algunas uvas verdes. "Gracias."

Mark le dirigió una gran sonrisa y se sentó, tomando una de las manzanas. "De nada."

Meg intentó recordar la última vez que alguien hizo algo tan considerado por ella. No podía recordar una sola instancia. Entonces, ¿por qué ahora? No podía entender por qué Mark se interesaba tanto por ayudarla. Sabía que no había sido particularmente amigable recientemente, pero Mark seguía haciendo cosas buenas por ella de todos modos. "¿Por qué estás siendo tan amable conmigo? ¿Nicole te puso a prueba? exigió

Mark sacudió la cabeza y la miró con seriedad. "Nadie me puso a nada. Me gusta pasar tiempo contigo." Meg levantó una ceja incrédula. "Es verdad. Tienes una personalidad muy cautivadora. Aquí." Le arrojó una uva y se rió cuando sus ojos se abrieron con sorpresa.

Meg atrapó la uva y quedó levemente impresionada de haberlo logrado. Sus reflejos eran buenos después de años de ejercicio, pero nunca había sido buena para atrapar. Se encontró riéndose del comportamiento juguetón de Mark y se metió la uva en la boca con una sonrisa traviesa. Todavía sonriendo, recogió unas pocas uvas y se echó hacia atrás. Sin embargo, en lugar de comerlos, arrojó uno, seguido rápidamente por los otros dos a Mark. Para su sorpresa, Mark atrapó hábilmente las tres uvas con facilidad. "Gracias." Se metió las uvas en la boca con un guiño y comenzó a trabajar en una pera.

Meg luchó contra el impulso de reírse. En cambio, tomó la última manzana y rápidamente la devoró, seguida de la otra pera y algunas uvas más. Ella trató dos veces más de sorprenderlo con uvas arrojadas, pero él las atrapó cada vez, sin perder una sola. Impresionada, se recostó y lo observó arrojar un poco al aire y atraparlos en su boca. No queriendo quedarse atrás, Meg esperó hasta que arrojó otra uva y extendió la mano, arrebatándola del aire antes de que pudiera caer en su boca de espera. Ella se rió de su expresión de sorpresa y arrojó la uva para atraparla en su propia boca, pero Mark la sorprendió al inclinarse hacia adelante y atrapar primero la uva en su boca. Ambos se rieron, antes de darse cuenta de que su movimiento había colocado su rostro excepcionalmente cerca del de ella. Agarró el brazo del sofá detrás de ella, su cuerpo se inclinó sobre el de ella. Ella lo observó inhalar profundamente antes de que él se alejara de ella. Sin decir una palabra, sacó el resto de las uvas y le entregó la mitad a Meg con una sonrisa. Juntos, terminaron la comida restante sin más discusión. Mark recogió la basura y la llevó a la cocina y Meg suspiró contenta mientras lo veía desaparecer a la vuelta de la esquina. Esta había sido una de las comidas más satisfactorias que recordaba haber comido en mucho tiempo.

Mark tiró la basura y se recostó contra la pared de la cocina, necesitando un momento para recuperar el aliento. Todavía estaba nervioso por su posición accidental mientras agarraba la uva. Le había costado cada onza de autocontrol no inclinarse hacia adelante el resto del camino y ceder ante los intensos impulsos que lo volvían loco. La música romántica sonaba en su cabeza, acercando aún más sus sentimientos a la superficie. Se contuvo, dándose cuenta de inmediato de que la canción estaba siendo proyectada por Meghan. Riéndose en voz baja para sí mismo, sacudió la cabeza. Meg le había dicho que a menudo le pasaba una canción por la cabeza. Reprimió una oleada de emoción al pensar en lo que esto significaba. Meg estaba lo suficientemente cómoda a su alrededor como para bajar la guardia lo suficiente como para que él pudiera captar sus pensamientos superficiales. Sabía que no sucedía a menudo. Fue una buena señal. Envalentonado, regresó a la sala de estar. Meghan se frotaba los hombros y se sentaba casualmente en el sofá. Estaba tan concentrada en lo que estaba haciendo que no se dio cuenta de que él caminaba detrás de ella. ¿Te están molestando los hombros?

Meg levantó la vista sorprendida. Parecía que estaba haciendo un hábito distraerse. Al menos no estaba tan nerviosa como había estado con John en la sala de reuniones. Odiaba cuando se sobresaltaba fácilmente, le hacía sentir como si estuviera sufriendo de una conciencia culpable o algo así. Meg giró la cabeza hacia atrás y sufrió una punzada de dolor en el hombro. "Oh, siempre me molestan. Tengo mucha tensión".

Sentado en el sofá a su lado, usó su dedo para indicarle que se diera la vuelta. "Déjame ver qué puedo hacer al respecto".

"Oh, está bien", protestó Meg. "Muchos han intentado y fallado. Realmente no necesitas hacer eso". Nunca nadie pasó un par de minutos tratando de masajearla. El programa de terapia en la universidad le había prohibido recibir masajes gratuitos de los estudiantes de terapia, debido a que varios estudiantes abandonaron el programa después de trabajar en ella. Tan bueno como Mark podría ser, no tenía ninguna posibilidad contra sus músculos contraídos.

"Sí, sí, sí, solo date la vuelta".

Meg hizo a regañadientes lo que le pidió, doblando las piernas hacia arriba en el sofá frente a ella y recostándose en las manos de Mark. Se daría cuenta de que ella tenía razón, muy pronto.

Mark comenzó frotando suavemente sus manos sobre su cuello, hombros y parte superior de la espalda, calentando suavemente su piel sin aplicar demasiada presión. Incluso a ese nivel de presión, podía discernir varios de los nudos a los que ella se refería. "Wow, realmente estás tenso". Con este tipo de tensión, no era de extrañar que siempre tuviera dolor. El único misterio era cómo había mantenido el dolor para sí misma durante tanto tiempo. Llevó años desarrollar tensión muscular como lo estaba experimentando Meg.

"Te lo dije. Es una causa desesperada ". A pesar de sus afirmaciones, tuvo que admitir que sus manos se sentían bien. Agregó presión lentamente, trabajando las áreas que fueron anudadas peor. A diferencia de otros que habían trabajado en ella, él no parecía estar agotado o lastimado tratando de profundizar demasiado rápido. Se tomó su tiempo y gradualmente alivió un poco la tensión.

"Solo cállate y relájate". Mark cerró los ojos y dejó que sus manos se movieran donde se necesitaban. Suaves gemidos escaparon de la boca de Meg mientras trabajaba en algunas de las áreas extremadamente anudadas. Él visualizó la tensión dejando su cuerpo, los músculos relajándose. Casi al instante, ella descansó más pesadamente contra él, se echó hacia atrás, su cabello rozando sus brazos mientras giraba su cabeza de lado a lado en respuesta a sus movimientos. Podía oler la fragancia de su champú con cada golpe. Al abrir los ojos, Mark tuvo la compulsión de inclinarse hacia adelante y besar suavemente la piel ligeramente bronceada de su cuello. Distraído por el pensamiento, no notó que sus manos dejaban de moverse.

"Waw, eres increíble". Ella lo miró por encima del hombro y sonrió. "Lamento haber dudado de ti".

"¿Te sientes mejor?" Mark luchó para mantener la aspereza de su voz.

"Um hmmm". Meg cerró los ojos y se apoyó contra él por completo. "Tienes algunas manos mágicas. Siéntase libre de masajear mis hombros en cualquier momento".

Mark se echó a reír y apoyó la barbilla sobre su cabeza. "Me alegro de poder ayudar". Antes de poder detenerse, besó suavemente su cabello. Los ojos de Meg se abrieron al contacto, su rostro se volvió para mirarlo. Se miraron el uno al otro por varios momentos, con caras separadas solo unos centímetros. "Debería irme", susurró, incapaz de hablar en voz alta sin arriesgar su voz.

"Está bien", dijo ella igualmente en voz baja. "Te acompaño afuera". Meg tomó sus manos y dejó que la ayudara a ponerse de pie. Todo el tiempo, nunca se quitaron los ojos de encima. Sin decir una palabra, caminaron hacia la puerta, Meg mantuvo la puerta abierta para Mark. "Gracias por la comida y el masaje", dijo al fin. "Ah, y Mark, tú ayudaste".

Mark sonrió y se inclinó hacia adelante, besando ligeramente el costado de su cabeza. "Me alegro", dijo suavemente en su oído. Retirándose lentamente, Mark soltó sus manos y salió por la puerta. "Adiós, Meg".

"Adiós". Meg se quedó en el umbral hasta que se perdió a la mitad de su auto antes de cerrar la puerta y caminar de regreso al sofá. No podía recordar la última vez que había sentido tan cómoda o relajada con alguien. Era como si

Mark hubiera curado cada onza de tensión y dolor en su cuerpo. Se había rejuvenecida, mejor de lo que había estado en años. Y luego estaba la comida a considerar. Había sido un gesto reflexivo. Meg sonrió y rodó sobre su espalda en el sofá. Tal vez las cosas funcionan después de todo. Ella solo estaba atravesando un mal momento, podría superarlo. Ella siempre lo hizo. Ella solo necesitaba seguir intencionado. Al menos ahora, su esperanza se renovó. El futuro podría estar bien, y tal vez Mark sería parte de él.

# CINCO

La mirada de Billy se posó en el teléfono y consideró llamar a Meg. Ella había sonado estresada antes. Si Nicole todavía no estuviera en su luna de miel, él la habría llamado y le habría pedido que chequera a Meg. Meg le había pedido que mantuviera su llamada privada, pero tenía la sensación de que ella necesitaba más ayuda de la que podía darle en este momento. Estaba a unos cinco minutos de sus propias dificultades financieras. Se estaba convirtiendo en la oveja negra de la universidad y los otros profesores estaban haciendo lo mejor que podían para distanciarse, tanto personal como profesionalmente de él. Por mucho que todos negaran que se estaban comportando de manera diferente, era extremadamente obvio en momentos como este. Cuando entró en la pequeña cafetería y se sentó, a su alrededor la gente comenzó a susurrar y mirar furtivamente en su dirección. Fue bueno que hubieran elegido carreras como profesores. Actuar no era su fuerte.

Billy apuñaló con un tenedor la lechuga de su ensalada, adicionando un pan frito y un poco de mozzarella antes de llevarse el tenedor a la boca en silencio. No importaba lo que dijera. No pudo convencer a nadie de que no robó el libro. Sus problemas comenzaron hace varios meses, cuando se le concedió un permiso especial para examinar un manuscrito extremadamente antiguo de otra universidad. Tener permiso para ver el manuscrito fue un gran honor y toda su reputación profesional se basó en el regreso seguro del libro.

Solo que nunca lo había recibido. El libro desapareció poco después de ser entregado. La oficina principal no sabía lo que le había sucedido. Al principio, alegaron que no lo habían recibido en absoluto, pero después de que el agente de envío confirmó que se entregó, hubo una presión considerable para encontrar al culpable. Billy había sido un hombre conveniente para la caída. La oficina principal había razonado que tomó el libro cuando no había nadie cerca y cubrió sus huellas, por lo que parecía que no lo tenía en absoluto. Una búsqueda en la oficina de su universidad y en su casa no encontró nada, pero la mitad del personal no estaba convencido. Los rumores abundaban, sugiriendo que lo había escondido en una caja de seguridad en algún lugar o había vendido el manuscrito en el mercado negro. Por supuesto, la universidad no pudo probar nada de eso. No había constancia de que obtuviera el manuscrito, por lo que la universidad se vio obligada a darle el beneficio de la duda. Por el momento, su trabajo estaba a salvo. Sin embargo, como iban las cosas, esa no sería la situación por mucho tiempo. El presidente del departamento seguía sospechando de Billy y tener un presunto ladrón en el personal era malo para la publicidad. Buscaban cualquier excusa que pudieran encontrar para deshacerse de él. Un pequeño error le costaría su carrera. Una vez que perdió este trabajo, ninguna otra universidad se atrevería a contratarlo. Él estaría terminado, un hazmerreír en el mundo académico. Por el lado positivo, finalmente tendría todo el tiempo libre que quisiera para comenzar esa carrera de escritor de la que siempre habló. Lástima que no pudiera pagar las cosas pequeñas, como comida y refugio, mientras escribía la próxima gran novela estadounidense. Tal vez debería haber dejado que Nicole vendiera la casa de sus padres, después de todo. Su tenedor se apoyó contra su plato. Sus padres. No había pensado mucho en ellos desde el accidente. Al menos no vivieron para ver qué desastre había hecho de su vida.

Algunos estudiantes pasaron junto a su mesa, empujándose unos a otros, bromeando y riendo unos con otros. Entonces uno empujó un poco demasiado fuerte. Una niña con coletas y vasos cayó contra su mesa, tirando el resto de su bebida con su mochila. El refresco anaranjado se derramó por todas partes, arruinando lo que quedaba de su comida, junto con la adición de una mancha naranja muy notable en la manga de su camisa blanca. La niña se disculpó, arrojando algunas servilletas sobre la mesa antes de salir corriendo con sus amigas. Alrededor de la sala, los profesores se rieron y asintieron sabiamente. De la forma en que lo vieron, merecía cualquier retribución kármica que el universo pudiera arrojarle por manchar la reputación de la universidad con su engaño. Tiró el tenedor y buscó la bandeja, ya no tenía hambre. No podía hacer nada acerca de que hablaran de él, pero no se sentaba a mirar cómo ocurría. Faltaron algunos meses más hasta el final del semestre. Solo necesitaba durar un poco más. Luego, volvería a casa por un tiempo e intentaría dejar todo este desastre detrás de él. Al final del verano, ya no estaría trabajando o no tenía noticias. Tal vez alguien más haría algo escandaloso, o el verdadero ladrón sería atrapado, y todos dejarían de señalarlo con los dedos y lo dejarían continuar con su trabajo. O lo despedirían. De cualquier manera, todo habría terminado.

Agarrando las llaves de su auto, Billy se dirigió a la oficina de correos para enviarle la llave de la casa a Meg. Normalmente, llamaría a un asistente para que lo hiciera por él, pero con la forma en que iban las cosas en este momento, probablemente era mejor cuidarlo él mismo. Además, podría tomar una camisa limpia y quizás relajarse en casa con algunos juegos.

Terminó su recado rápidamente, motivado por la idea de llegar a casa, lejos de los problemas en el trabajo. Frustrado y cansado, Billy encendió su computadora e inició sesión en el juego de rol en línea al que recientemente se había vuelto adicto. Uno de sus alumnos se lo recomendó el semestre anterior, y desde entonces estaba enganchado. Fue divertido ver qué tipo de personajes crearon sus alumnos. Había aprendido mucho sobre ellos, especialmente sobre sus personalidades, al observar cómo jugaban. Aprendiste quién cargaría adelante, dejando a los compañeros de equipo pelear solos y quién se quedaría atrás, matando a su propio personaje para salvar a alguien más. También aprendiste quién era lo suficientemente tonto como para activar a todos los malos en la sala cuando el equipo ya estaba siendo derrotado. El juego fue un buen indicador de lo bien que trabajaba la gente en equipo. También mostró quién hizo buenos líderes y quiénes eran los seguidores. Planeaba incorporar el juego a sus clases en el futuro, alentando a los estudiantes a crear personajes basados en las tareas actuales de la clase. La idea tenía mucho potencial si podía quedarse el tiempo suficiente para hacerlo.

Ninguno de sus estudiantes estaba hoy, así que Billy decidió hacer algunas misiones en solitario para subir de nivel a su personaje. En su camino al sitio de la misión, captó el brillo de un personaje oculto. Después de una mirada más cercana, pudo distinguir un poco de su aspecto, pero estaba rodeada por el brillo de varios efectos. Teniendo en cuenta eso, no era muy interesante de ver, pero su nombre, Alarice Nightwatch, era pegadizo y se ajustaba a su apariencia. Ella se dio la vuelta, mirándolo también. *"Buen nombre"*, el cuadro de mensaje apareció sobre su cabeza. *"¿Es indio o literario?"*

Billy sonrió. Se refería al nombre de su personaje, Madero Amarillo. *"Literario"* escribió en respuesta. Había elegido el nombre de una línea en su poema favorito. A primera vista, estaba completamente en desacuerdo con la apariencia de su personaje. Era de aspecto alienígena, con piel verde, ropa marrón y resistente, y sus piernas y torso estaban envueltos en enredaderas. No parecía parecerse a un personaje basado en la literatura, pero teniendo en cuenta los elementos de la naturaleza del poema, funcionó.

*"Robert Frost?"*

Billy se detuvo sorprendido. 'Wow, eres la primera persona en conseguirlo. Es de "El camino no tomado". "

'Hum, elección interesante. Eres la madera amarilla en lugar de uno de los dos caminos ".

'Carcajada, sí, esa fue la idea. Por lo general, siento que llegué a la encrucijada y luego decidí quedarme ".

Los efectos de su personaje se borraron, permitiéndole una visión clara de ella por primera vez. Su piel era azul claro con diseños de tatuajes que se parecían al arte de henna. Llevaba una túnica púrpura y negra con mallas y sandalias negras. Mientras él miraba, ella se sentó en el suelo y tomó una pose meditativa. 'Me he sentido así también. El secreto es que incluso cuando eliges un camino para viajar, de alguna manera siempre terminas en el bosque amarillo, esperando en la encrucijada ".

Billy se rió para sí mismo y miró la hora. Tenía un poco más de tiempo para jugar, antes de que tuviera que irse y hacer algo de trabajo. "¿Quieres hacer una misión rápida?", Escribió.

Alarice Nightwatch se puso de pie y volvió a activar sus efectos. "Claro, estoy listo para un momento".

Una hora y tres niveles después, ambos se desconectaron y se agregaron a sus listas de amigos para más tarde. Hicieron un muy buen equipo, reflexionó Billy. Con suerte, ella estaría en la próxima vez que él jugara. Al menos eso le daría una cosa que esperar.

———

MEG SE SENTÓ EN EL BANCO DEL PARQUE Y sacó su monedero, contando cuánto le quedaba de su último cheque de pago. Mientras revisaba el resto de su bolso, encontró un billete de cinco dólares doblado en su compacto y diez dólares revueltos con algunos recibos. Con los cuartos y otras monedas que encontró, debería haber suficiente para comprar algunos comestibles. No sería mucho, pero debería ayudarla a pasar la semana. Puso todo de nuevo en su bolso y se recostó, respiró hondo y dejó que sus ojos se cerraran. Tal vez debería decir adiós a su existencia cargada de tarjetas de crédito de servidumbre por contrato y huir y vivir de la tierra. No necesitaría preocuparse por un lugar donde quedarse. Podía dormir bajo las estrellas, con el cielo enmarcado como una manta y la hierba y las flores como cama. No tendría que preocuparse por las facturas. Si no tenía dirección, ya nadie podría enviar sus facturas por correo. No le importaban los elementos, pero si el clima se volvía más de lo que podía soportar, siempre podía encontrar refugio temporal en una cueva o algo así. Por supuesto, todavía se enfrentaría con ese pequeño problema simple de qué comer. Era una lástima que ella nunca fuera una niña exploradora o que hubiera aprendido a cazar todo algo útil como eso. Era el único defecto en un plan por lo demás perfecto.

"¿Disfrutando del sol?"

Meg abrió los ojos cuando Mark se sentó casualmente a su lado en el banco. Se entregó la camisa abotonada y los pantalones que llevaba antes, a favor de su uniforme de policía. Se veía bien sin importar lo que llevara puesto, admitió para sí misma. "¿Nunca trabajas?"

Mark se echó a reír y vio pasar a los corredores. "Estoy trabajando, más o menos". Él la miró y sonrió. "He estado haciendo algunas patrullas fuera del reloj por la ciudad".

"¿Y acabas de pasar a patrullar por aquí?" ella preguntó con escepticismo.

"De hecho, sí, lo hice. Y, te vi sentado aquí, así que pensé que vería cómo te iba ".

"Me viste hace unas tres horas". No es que se estuviera quejando. Ella estaba disfrutando mucho este pequeño juego de ellos. Fue agradable que alguien mostrara tanto interés en su bienestar.

Mark se encogió de hombros, imperturbable. "Las cosas pueden cambiar en tres horas".

"Si me preguntas si todavía estoy estresado, la respuesta sería" sí ". Pero ciertamente te quitaste la ventaja. Dicho de esta manera, mi relajado es el estrés de una persona normal ". Un sonido de llamada llamó su atención, distrayéndola momentáneamente de la conversación. Apareció un carrito de helados; El vendedor, un hombre de mediana edad con cabello gris y un uniforme a rayas rojas y blancas, lo empujó a su lugar a través de la acera desde donde se sentaron. Meg miró las fotos de paletas cubiertas de chocolate y sándwiches de helado y su estómago se retorció de hambre. Realmente podría usar la fortificación de chocolate para combatir el estrés, pero desafortunadamente, necesitaba sus fondos restantes para comida real.

Mientras ella contemplaba lo bueno que sería un cono de vainilla cubierto de chocolate y nueces, Mark se puso de pie y caminó hacia el carrito. Meg observó mientras saludaba al hombre y compraba dos conos del helado exacto en el que había estado pensando. Cuando regresó y se sentó, le entregó uno de los conos. "Gracias", dijo ella, escuchando la sorpresa en su voz. En realidad, le había comprado un helado. Ningún hombre le había comprado un helado antes. Fue un gesto dulce, muy conmovedor e increíblemente amable.

Meg mordió la capa de chocolate duro, gimiendo suavemente mientras el delicioso chocolate se derretía contra su lengua. Mark se rió suavemente con su propio helado, sus ojos llenos de alegría. "¿Qué?" ella exigió más allá de un bocado de helado, una mano sostenida discretamente sobre sus labios. Mark sonrió y se inclinó hacia adelante, limpiando suavemente una servilleta sobre la punta de su nariz, quitando el helado depositado allí. "Oh gracias." Meg se rio con él.

Mark escuchó el sonido melódico de su risa y sonrió aún más. Meg siempre fue hermosa, pero aquí, con su rostro iluminado y relajado, era impresionante.

Una pelota rodó hacia ellos y Meg se inclinó hacia adelante, devolviéndola a la niña que la perseguía. "¡Gracias!" La niña se rió antes de volver corriendo hacia su madre.

Meg sonrió, pero al ver a la niña jugando con su madre, la tristeza comenzó a asentarse sobre ella nuevamente. Mark colocó una mano de apoyo sobre su hombro, pero permaneció en silencio. En respuesta, Meg levantó las piernas debajo de ella en el banco y apoyó su peso contra Mark, dejándolo abrazarla. Permanecieron así, observando en silencio a las personas que pasaban y terminaron su helado.

Meg respiró profundamente, preguntándose por qué estaba tan cómoda con Mark. Estaban sentados en un agradable silencio, y ella sospechaba que podía quedarse aquí todo el día. Eso sería una gran hazaña, dado que hablar era uno de sus pasatiempos favoritos. Es cierto que solía hablar sobre lo que tenía en mente en un momento dado, y en este momento las cosas en su mente eran cosas de las que prefería no hablar, o incluso pensar si podía evitarlo. Ella eligió un camino diferente. "¿Tienes alguna familia?" preguntó ella, rompiendo el silencio.

"Tuve una hermana, una vez, pero eso fue

hace mucho tiempo", respondió Mark suavemente. Aunque su voz no traicionó ninguna emoción, Meg detectó el más mínimo indicio de pesar detrás de sus palabras.

"¿Estuviste cerca?" Al ser anti familia, nunca asumió relaciones familiares cercanas con otras personas. Era mejor aclarar, en lugar de asumir cosas basadas en su experiencia.

"Ella era mi gemela, pero yo era la mayor por unos minutos. Supongo que se podría decir que traté de cuidarla siempre que pude. Aún éramos jóvenes cuando ella murió.

Meg deseó poder pensar en algo que decir. Quería hacer más preguntas, averiguar qué sucedió, pero no tenía derecho a investigar los detalles privados de su historia cuando no podía hablar sobre su propio pasado. No estaba bien. Pensó en disculparse por su pérdida, pero era un sentimiento tan inútil. Por supuesto que lo lamentaba, no necesitaba decirlo y si lo hacía, no cambiaría nada. Ella lo dijo de todos modos.

Mark apretó su hombro y apoyó su cabeza contra la de ella. Levantando la mano, apartó un cabello suelto de su frente.

Se miraron el uno al otro, los rostros casi tocándose, durante varios minutos. Mark cerró los ojos y Meg sintió que un estremecimiento casi imperceptible se abría paso por su cuerpo.

Cuando los abrió de nuevo, ella lo miró profundamente a los ojos color avellana y consideró inclinarse esa pulgada extra para presionar sus labios contra los suyos. Antes de que ella pudiera reunir el coraje, él retrocedió de mala gana y respiró hondo, secándose las manos en los pantalones.

"¿Como estas ahora?"

"Me siento un poco mejor. Gracias." Meg se rio. "Simplemente sigan estas sesiones de treinta minutos y, en poco tiempo, podría ser capaz de funcionar como un ser humano normal".

La sonrisa de Mark se amplió. "Podría hacer eso. Llámame si necesitas algo." Se puso de pie, ayudando a Meghan a ponerse de pie, y le dio un delicado beso en los nudillos de las manos. Sus rodillas se debilitaron ante el gesto extremadamente romántico.

Meg asintió con la cabeza. "Lo haré." Meg miró sus ojos, mirándola con los dedos y supo que no quería que este momento terminara.

Como en respuesta a su deseo silencioso, una extraña bruma se apoderó de Meg, una sensación de incongruencia no muy diferente de lo que había experimentado al mirar su reflejo en la escuela. Las voces y los sonidos a su alrededor comenzaron a desvanecerse. Por el rabillo del ojo, vio al hombre de los helados entregando un cono de helado de chocolate a un niño pequeño de cabello castaño, vestido con una camisa de lunares rojos y amarillos y jeans. Ellos también desaparecieron, reemplazados por un hermoso jardín, el cielo sobre ellos oscureciéndose en el crepúsculo. Meg bajó la mirada hacia su ropa, se habían cambiado y vestía un ligero y sedoso vestido blanco, cubierto con un material transparente y tenue. Miró a Mark y vio que su ropa también se había cambiado. Llevaba una camisa de algodón azul oscuro con cordones y pantalones negros. Él continuó observándola por encima de su mano. Su cálido aliento contra la piel de ella envió un ligero escalofrío en su brazo.

"¿Es esto real?" ella preguntó.

"Es tan real como quieres que sea".

Meg parpadeó ante sus palabras. Eran las mismas palabras que había escuchado en su sueño la noche anterior. ¿Era esto también un sueño o era algo? ¿Había sido anoche más que un sueño también? "¿Eres real?"

"Sí", respondió con ferocidad, antes de acercarla a él y capturar su boca con la de él. Había algo liberador en estar en un sueño, incluso en uno real. Había querido besarla, desde su sueño compartido la noche anterior, pero solo ahora se sintió lo suficientemente envalentonado como para hacerlo. Solo aquí, en este mundo de sueños que Meg había creado tan inocentemente, sin darse cuenta del poder que ejercía con tanta facilidad, tenía el coraje de mostrarle cómo se sentía realmente.

Meg sonrió, llena de una sensación de paz y asombro que normalmente no experimentaba. "No entiendo. Este lugar, no es real. Es un lugar que imagino a veces, como un lugar seguro dentro de mi cabeza. Pero no es real. Nunca antes había parecido tan real".

"Si hay una cosa que he aprendido, todo es posible". Mark miró a su alrededor por primera vez, observando su entorno. Ambos estaban parados descalzos en un campo de hierba suave, en un jardín lleno de luciérnagas en el aire y mariposas de colores brillantes revoloteando entre la multitud de flores. Había árboles cubiertos de enredaderas y fuentes de piedra. Bajando la colina desde donde se encontraban había un gran árbol, rodeado por un anillo de flores de hadas en su base, y más allá, más abajo, vio un pabellón de piedra con columnas circulares que sostenían el techo adornado. Toda la escena fue hermosa y maravillosamente detallada. "Este lugar es increíble". Se volvió hacia Meg y tomó las dos manos de ella entre las suyas. "Eres increíble."

"¿Te gustaría ver más?" Su voz era suave, vacilante, pero la incertidumbre se desvaneció rápidamente. Ella quería mostrarle todo, incluso si era un poco consciente de hacerlo.

"¿Hay más?"

Meg asintió y lo condujo colina abajo, pasando el árbol, llevándolo al pabellón. Una vez que doblaron la esquina, Mark notó un gran lago que se extendía hasta las orillas distantes de una montaña, visible más adelante a su izquierda. Por los sonidos, parecía estar alimentado por una cascada en algún lugar cercano. Cuando se acercaron al pabellón, vio que las viñas estaban entrelazadas con luces blancas centelleantes que rodeaban cada columna desde la base hasta el punto más alto. Cada vid brillante se alimentaba de un enorme dosel de luces suspendidas del techo. El piso de piedra, estaba cubierto de polvo brillante, brillando aún más bajo las luces centelleantes en todas partes. Subieron los pocos escalones en la base de la gran estructura y Mark notó con cierta sorpresa que, aunque la piedra estaba fría contra sus pies descalzos, no era incómodo. Cuando entraron al pabellón, la delicada música de la orquesta llenó el aire.

Meg se rió de la expresión de sorpresa de Mark. "Lo siento. Me olvide de eso. Imaginé este pabellón como un lugar para venir a bailar. Entonces, cada vez que estoy aquí, la música comienza a sonar".

"En ese caso, ¿puedo tener este baile?" Mark se inclinó levemente, esperando su respuesta.

Las mejillas de Meg se calentaron. Se mordió el labio inferior nerviosamente mientras consideraba su respuesta. No quería obligar a Mark a hacer nada con lo que no se sentía cómodo. "Solo si quieres".

Mark sonrió y tomó su mano, llevándola al centro del piso. Con absoluta gracia, mucho más de lo que Meg poseía, la condujo a través de varios bailes. Cuando la bajó a un chapuzón al final del tercer baile, su respiración se detuvo ante su cercanía. A la luz de la luna, porque siempre había una luna llena con cielos despejados, sabía que podía permanecer perdida en este momento para siempre.

Mark sonrió y tomó su mano, llevándola al centro del piso. Con absoluta gracia, mucho más de lo que Meg poseía, la condujo a través de varios bailes. Cuando la bajó a un chapuzón al final del tercer baile, su respiración se detuvo ante su cercanía. A la luz de la luna, porque siempre había una luna llena con cielos despejados, sabía que podía permanecer perdida en este momento para siempre.

Mark la levantó lentamente y le acarició la mejilla. "Tienes un lugar hermoso aquí. Gracias por compartirlo conmigo."

"Oh, esto no es todo". Meg sonrió ampliamente. Si le gustara esto, le encantaría lo que ella
le mostraría a continuación. "Sígueme." Con un
ligero salto en su paso, rápidamente abrió el camino desde el pabellón hasta la costa y regresó a
la ladera. Retirando una cortina de musgo que
colgaba de las rocas, reveló la entrada a una pequeña cueva debajo de donde se encontraban
por primera vez. Mark la siguió al interior, y
cuando el musgo volvió a su lugar, observó su entorno con asombro. El musgo bioluminiscente
cubría las rocas de las paredes y proyectaba un
extraño resplandor verde-amarillo sobre la cueva.
Antes de que pudiera decir algo, Meg lo tomó de
la mano y lo llevó más adentro de la cueva. El
sonido del agua corriendo era más fuerte aquí,
llenando la cueva con su eco. Meg contuvo el
aliento emocionado y se detuvo. Señalando un
giro en la cueva, dejó que Mark fuera primero.

Él vio lo que la emocionó tanto. Al final de la
cueva había una abertura en la parte posterior de
la cascada. La cueva llegó hasta el agua, por un
lado, con una parte del piso empotrada lo suficiente como para crear una pequeña piscina.
Aquí, en esta pequeña sección de la cueva, la luz
de las rocas se reflejaba en el agua y bailaba en
las paredes y el techo en una exhibición verdade-
ramente única. "Guau."

Meg asintió, obviamente complacida por su reacción. "Este es mi lugar favorito. Me encanta todo aquí en mi pequeño mundo, pero el campo y el pabellón están abiertos. Quería un lugar escondido, seguro. Aunque es una cueva, no está demasiado cerrada. Más allá del musgo están la hierba y las colinas abiertas y la costa, y más allá de la cascada está el extenso lago. Entonces está abierto, pero oculto al mismo tiempo".

Meg se acercó a las cataratas y se sentó junto a la piscina, metiendo la mano en el agua y moviéndola tranquilamente. El agua lamió sus dedos. Siempre imaginó la sensación de tocar el agua, pero hoy podía jurar que el agua era real. Fue como ver fotos de un lugar y luego visitarlo por primera vez. Todo era familiar, pero nuevo al mismo tiempo.

"¿Cuánto tiempo has estado trabajando en este lugar?" Mark se sentó a su lado, junto a la pequeña piscina.

"Mucho tiempo. Tomé karate durante aproximadamente un año cuando era niño. Mi maestra me dijo que debería intentar la meditación para ayudar a reducir mis niveles de estrés. Fue entonces cuando creé este lugar por primera vez. Cada vez que volví, añadí algo hasta que cobró vida propia". Meg inspeccionó el área con melancolía. "Ha pasado mucho tiempo desde que re-

gresé. Casi me había olvidado de cómo era aquí ".
Miró a Mark y tomó su mano entre las suyas.
"Gracias por ayudarme a recordar".

Mark levantó su mano hacia sus labios y la
besó suavemente. "Gracias."

Meg experimentó una oleada de sensaciones
y se llevó la mano libre a la cabeza, repentinamente mareada. Abrió los ojos, que no recordaba
haberse cerrado y parpadeó contra el brillo del
sol. Mark todavía sostenía su mano, pero ya no
estaban sentados en la cueva, estaban de vuelta
en el parque.

"¡Gracias!" una pequeña voz llamó. Era el
niño pequeño con la camisa roja y amarilla y el
cabello castaño, saltando del hombre de los helados con su golosina. No había pasado tiempo
en absoluto. Todo era exactamente como era,
antes de encontrarse en el mundo de sus sueños.
Luchó por reconstruir lo que había sucedido. Su
interludio mágico parecía demasiado real como
para haberse jugado solo en su cabeza. Además,
¿podría haberlo imaginado todo en una fracción
de segundo?

Se volvió hacia Mark, sin saber qué decir. Él
sonrió, y completamente imperturbable, le soltó
la mano con una leve reverencia. "Que tengas un
buen día, Meghan".

"Uh, tú también", tartamudeó.

Sin comentarios, Mark sonrió de nuevo y se alejó.

Ella se volvió para hacer lo mismo. "Era real." Escuchó la voz de Mark, pero cuando ella se volvió, él se había ido.

De pie allí, contemplando su propia cordura, una brisa sopló contra su rostro. Ella sacudió su cabeza. Por un momento, la brisa se había sentido exactamente como la suave caricia de Mark del sueño del departamento. Tocándose la mejilla ligeramente, sonrió. Puede que se esté volviendo loca, pero para bien o para mal, estaba empezando a gustarle.

Con eso, Meg se dirigió a la ciudad. Todavía necesitaba comprar víveres, pero primero, intentaría encontrar un trabajo.

———

Durante miró de cerca la fotografía en su mano y luego otra vez al hombre sentado en el bar. Una rápida lectura de su mente fue todo lo que se necesitó para confirmar la identidad del hombre. Este fue el hombre que casi mató a Meghan Freeman cuando ella había sido una simple niña.

Durante se recostó y observó al hombre comer en silencio. Tenía una comida sencilla de tostadas, salchichas y huevos. No era la hora del desayuno, pero este era uno de esos establecimientos que servían el desayuno a todas horas. ¿Qué pensaría el hombre si supiera que esta será su última comida? ¿Hubiera elegido algo más, se preguntó Durante? No importa. Se merecía lo que le venía. Durante sonrió al pensar en el destino que le esperaba a este hombre, este Edmond Marlay, una vez que terminara su comida.

De pie, Durante salió del edificio y se acercó a la mujer que lo esperaba en las sombras. "¿Está él ahí? ¿Va a venir? ella preguntó emocionada.

"Hmm, hmm, hmm", se rió entre dientes. "Tener paciencia. Estará aquí pronto ". Vio el brillo peligroso en sus ojos y sonrió. Esto debería ser muy entretenido. Acercándose detrás de ella, se inclinó cerca, tirando de su cabello hacia atrás cuando le susurró al oído y a la mente. "Solo recuerda todo lo que te quitó, todos los años que permaneciste inconsciente en tu cama de hospital, perdido en el mundo exterior. Gracias a él, perdiste todo, incluso a tu hija. Tu único pariente se volvió contra ti. Sus recordatorios fueron apenas necesarios. Ella ya estaba muy emocionada, pero en general era más divertido ver una confrontación cuando los incendios se habían avivado primero. Él escuchó el latido acelerado de su corazón y sintió la sangre latiendo por sus venas. Cuando la puerta se abrió y Edmond salió, ella soltó un grito de anticipación. "Ahora, toma tu venganza".

Sin más indicaciones, se fue, transformándose instantáneamente en un lobo. Su abrigo era tan oscuro como la noche, similar al abrigo de Artemis, pero luego, sin darse cuenta, le había proporcionado la muestra que la había convertido. Durante nunca convirtió a nadie con su propia sangre: tan viejo como era, no había certeza sobre lo que iba a crear. Además, si aparecían más criaturas como él, sus siglos de escondite pronto terminarían. Fue un hecho que no se explicaría fácilmente.

Al escuchar los gritos, Durante erigió casualmente un escudo humectante a su alrededor, confinando todos los sonidos solo a sus oídos. Nadie ayudaría a Edmond ni interferiría en esta tan esperada justicia.

Una vez que el cuerpo de Marlay dejó de moverse, ella se transformó y se limpió la sangre de la boca cuando regresó a Durante. Sus ojos brillaban con oscura satisfacción. Recogiendo las piezas rotas de lo que había sido el cuerpo de Edmond Marlay, abandonaron el área.

———

Meg salió de la tienda y respiró hondo, reuniendo sus pensamientos. Cinco tiendas y nadie estaba contratando. O, al menos, nadie quería contratar a una chica sin experiencia en caja registradora y con muy pocas referencias. ¿Cómo se suponía que debía pagar sus cuentas si nadie se arriesgaba con ella? Ella podría hacer cualquiera de esos trabajos bien, probablemente mejor que las personas que los hacen ahora. ¿Y qué si ella nunca había trabajado un registro antes? Ella pudo aprender. No era como si ella fuera a desprenderse de ellos y renunciar sin previo aviso. Con múltiples facturas que pagar y sin ahorros de los cuales sacar, ella necesitaba cualquier trabajo que pudiera conseguir.

Por una fracción de segundo pensó en volver al restaurante de mariscos. Trabajando allí, había ahorrado suficiente dinero para ir a la escuela en primer lugar, no es que los fondos hubieran durado mucho. Sabía que la contratarían si ella preguntaba, había sido su mejor camarera. Imaginándose allí, Meg sintió repentinamente náuseas. Había sido un lugar miserable para trabajar y la apagaba por completo. El lugar había sido asqueroso y el jefe completamente irracional, sobre todo. Ella se encogió ante el recuerdo de cómo él la agarraba por el trasero y hacía oberturas sexuales a diario. Con su piel y cabello grasos, y su físico con sobrepeso, sería asqueroso, incluso si no fuera completamente inapropiado. El día que renunció fue uno de sus mejores recuerdos. Ella nunca podría volver a ese lugar.

Vio un letrero de "Se busca ayuda" en una ventana cercana y la esperanza surgió en su corazón. De prisa, descubrió que el trabajo era para una recepcionista en una pequeña oficina de contadores y vendedores.

Cinco minutos después, salió del edificio más abatida que antes. ¿Cómo podría no estar calificada para contestar el teléfono? Ella tenía un teléfono. Ella contestaba todo el tiempo. Colocaba llamadas sobre él, de vez en cuando. ¿Qué más querían? Hubiera sido perfecto. Le encantaba hablar y era amigable. Ella sería una gran recepcionista.

Dejándose caer en la acera, vio a la gente pasar junto a ella, mirándola extrañamente por estar sentada en el suelo. No le importaba lo que pensaran. Necesitaba pensar, y estaba cansada de caminar solo para ser constantemente rechazada. El cielo de arriba se oscureció. Sería de noche en unas pocas horas, y todavía necesitaba comprar comida. Simplemente tendría que comenzar de nuevo mañana y esperar que algo salga a la luz. Debe haber algo que ella pueda hacer.

Poniéndose de pie, Meg caminó en dirección a la tienda de comestibles. Mañana era otro día, y al menos podría quedarse en la casa de Billy por un tiempo. Las cosas funcionarían eventualmente. Solo podía seguir intentándolo y no ceder ante la desesperación. Y, si todo lo demás fallaba, podría recurrir a su plan anterior de vivir en el desierto. La idea sonaba mejor por minutos. Si tan solo pudiera obtener comida para llevar en el bosque.

# SEIS

Mark revolvió el archivo en su escritorio, sacudiendo la cabeza. El caso tenía dos décadas de antigüedad, pero podía ver la misma mirada embrujada en los ojos de Meghan que ella todavía llevaba hoy. Las fotografías de Meg cuando era niña, bajo custodia protectora después de que el novio de su madre los atacó brutalmente, fueron inquietantes por decir lo menos. Ella había recibido varios cortes que necesitaban puntos y fue sometida a más de unos pocos moretones. Pero no había lágrimas en su rostro, solo la expresión atormentada y tranquila de alguien que nunca esperó nada más de la vida y nunca se le había dado una razón para elevar sus bajas expectativas. Después de todos estos años, Meg todavía sentía la necesidad de mantener un lugar seguro escondido dentro de su mundo imaginario.

Se dio la vuelta y cerró el archivo, incapaz de soportarlo más. Los detalles del incidente, según lo dicho por un niño de cuatro años, eran incompletos, pero lo suficientemente claros como para comprender lo que había sucedido. Una parte de él estaba enojada, queriendo encontrar a Edmond Marlay y repartir algunas de las torturas que había otorgado esa noche. Mark contuvo el impulso y se obligó a disminuir la respiración. No podía ceder a los impulsos violentos, necesitaba controlar su ira.

Una vez que pudo soltar las manos, miró el archivo cerrado. Había pasado mucho tiempo desde que había tenido una fuerte necesidad de dañar a alguien. Trataba con todo tipo de escoria todos los días, pero de alguna manera, siempre podía distanciarse. Se concentró en ayudar a las personas cuando pudo y llevó a los malos ante la justicia. Pero esta vez, no pudo encontrar su objetividad. La ley hizo su trabajo, alejando a un individuo violento y atendiendo a la víctima. El hombre había cumplido su mandato y los tribunales lo habían liberado. No había nada más que hacer. Y, sin embargo, se debe hacer algo. Quería encontrar alguna forma de ayudar a Meg a lidiar con esto.

Mark se obligó a dar otro paso mental hacia atrás e intentó, una vez más, descubrir por qué esto era tan importante para él. Le vino a la mente una imagen de Meghan, y se maravilló de la fuerza que sintió en ella. Con todo lo que sucedía, ella había estado totalmente compuesta esta mañana. Cuando él le preguntó sobre Artemis, ella respondió con cuidado. Sintió que ella sospechaba que era como Nicole. Ella no dio nada, manteniendo la confianza de su amiga. Ella era leal y confiable y merecía mucho más de lo que la vida le estaba dando.

El sonido del teléfono interrumpió su melancolía y lo trajo de vuelta al presente. "¿Hola?"

"Hola, este es Kevin del Centro Médico Starview. ¿Has llamado antes para preguntar por una paciente, una señorita Tammy Knight?

Mark se enderezó, instantáneamente al prestar atención. "Si. ¿Podrías decirme su estado?

El hombre sonaba cauteloso. "En realidad, es lo más extraño, pero ya no está aquí".

"¿Qué? ¿Se despertó de su coma?

"Uh, no, quiero decir, no lo creo, pero cuando hicimos un chequeo de cama de rutina la semana pasada, ella ya no estaba. Hubo una tormenta la noche anterior, y un rayo frio las cámaras de seguridad, por lo que no tenemos idea de cuándo se fue o cómo. Presentamos un informe policial al respecto, pero nadie apareció ninguna noticia. La señorita Knight nunca ha tenido una sola visita para que la vea desde que estuvo aquí, y los archivos que enumeran los detalles de su pariente más próximo no estaban actualizados, por lo que no hemos dedicado demasiado tiempo a buscarla. Francamente, a nadie le importó lo que le sucedió todos estos años, y no hay nadie a quien le importe ahora que está desaparecida. Ella es una de las olvidadas".

Un nudo frío se instaló en el pecho de Mark ante las palabras del hombre y lo que significaban. "Gracias por la información." Aunque las ruedas giraban en su cabeza, procesando lo que esto significaba, trató de mantenerse lo más cortés posible. No podía culpar al chico por su actitud. El cinismo desapasionado era común en cualquier profesión que se ocupara de la muerte de manera regular. Lo vio suceder con la frecuencia suficiente para saber que era la norma. El hombre simplemente estaba haciendo su trabajo y Mark no podía culparlo por eso.

"No hay problema. Si pudiera preguntar, ¿por qué preguntaste por ella?

"No es nada. Estoy siguiendo un asunto no

relacionado y estaba tratando de atar algunos cabos sueltos. Gracias."

Mark desconectó la llamada y se recostó. Entonces, la madre de Meg desapareció aproximadamente al mismo tiempo que Meg comenzó a ver a una misteriosa mujer que se parecía a su madre. Esto no podría ser una coincidencia, pero ¿qué estaba pasando aquí? ¿Artemis estaba detrás de todo esto? ¿Y con qué fin? ¿Qué podría ganar él jugando con la cabeza de Meghan así?

"Alguien no vino a mi cena de celebración". Susan se dejó caer en la silla frente a Mark y le dio uno de sus mejores ceños fruncidos.

Mark respiró hondo y le prestó atención a Susan, dejando a un lado sus preocupaciones por el momento. Susan tenía un ojo perspicaz y lo acosaría sin piedad, si pensaba que necesitaba hablar de algo. Incluso si su evaluación fuera correcta, no estaba de humor para hablar, e incluso si lo fuera, no podría decirle lo que estaba pensando. Un paciente de coma desaparecido, inquietante a una mujer que estaba siendo observada por hombres lobo, no era exactamente una conversación casual. "Lo siento, las cosas surgieron".

"Umm, hmmm. Bueno, supongo que te perdonaré esta vez, pero solo porque necesito tu ayuda ". Ella sonrió dulcemente y dejó un archivo en el escritorio frente a él. "¿Recuerdas el caso del que te hablé?"

"¿El caso del estrangulador?" Una ola de temor bombeó a través de su pecho. Que Susan regrese pronto no fue una buena señal.

"Sí, voy a necesitar ayuda después de todo. La evidencia no cuadra, Mark. Mi jefe está sobre mí para ignorar los problemas, pero cuando profundicé un poco más, encontré una conexión inquietante entre mi jefe y uno de los policías del caso".

"¿Conexión?" No le gustaba a dónde iba esta conversación. Un escándalo policial fue lo último que necesitaban en este momento, especialmente si una investigación de asesinato estaba involucrada en la mezcla.

Susan inhaló bruscamente y se preparó para expresar las sospechas que había desarrollado, hablando en voz baja. "El primo del oficial Bryant tuvo problemas legales hace un tiempo. Gary Robertson, mi jefe, hizo que desaparecieran los cargos en su contra. No hay ninguna razón en el archivo para explicar por qué lo hizo. Casi todo el papeleo correspondiente se ha ido, como si nunca hubiera existido".

Mark hojeó el archivo e inmediatamente vio varios de los problemas que Susan había mencionado. Las listas de pruebas tomadas en las escenas del crimen diferían de los elementos a los que se hace referencia en descripciones posteriores, sin explicaciones de dónde provenían las pruebas adicionales. Los relatos de testigos han cambiado de descripciones iniciales a descripciones que se ajustan más al hombre que se encuentra actualmente retenido por los crímenes. Y eso fue solo lo que se le ocurrió a partir de una lectura casual del archivo. Susan tenía razón, esto parecía un mal trabajo policial o un encubrimiento. Tan alto como era este caso, este último era más probable. "¿Crees que este primo tiene algo que ver con los asesinatos?"

"Si y no. No creo que haya sido directamente responsable de las muertes. Su historial criminal no sugiere nada de eso. Hay algunos robos menores, algunas infracciones de tráfico, es estrictamente pequeño ". Susan hizo una pausa, todavía sin poder creer lo que estaba a punto de sugerir. "Estoy pensando que Bryant tiene algo sobre Gary o viceversa. De cualquier manera, no me gusta. Quieren usarme, alejar a un hombre inocente, y no me gusta que me usen ".

"¿Estás seguro de que es inocente? Definitivamente hay algo extraño aquí, pero eso no significa que el tipo no sea culpable ". Alguien tenía que jugar al abogado del diablo para poder explorar todos los escenarios posibles.

Además, no sería la primera vez que un oficial de policía manipula evidencia para atrapar al verdadero asesino. La frustración y un sentido equivocado de justicia podrían recorrer un largo camino.

"Hubo otro ataque". Su voz adquirió una fría frialdad cuando le pasó otro archivo. "Katie Sullivan fue atacada. Parece que logró escapar de su asaltante de alguna manera, pero estaba en mal estado cuando la encontraron. Ella habría muerto por sus heridas, pero un trabajador del hospital la descubrió. Ella todavía está inconsciente".

Mark estudió la foto de la niña en el archivo y su estómago se revolvió. No la conocía bien, pero había visto a la niña varias veces antes. Era miembro del SES y amiga de Nicole y Meghan, lo que significaba que Susan probablemente también la conocía, y John definitivamente la conocería. "¿Cuál es su pronóstico?"

"No lo saben. Ella sufrió varios huesos rotos y algún trauma en la cabeza. Si se despierta, aumentará sus probabilidades considerablemente".

Mark escuchó la preocupación en la voz de Susan y deseó tener algunas palabras de aliento que decir. No podía prometerle a Susan que Katie mejoraría. Incluso si sus heridas sanaron, ella siempre viviría con el trauma psicológico del ataque. "¿Cómo sabes que esto tiene algo que ver con el caso?"

Susan desvió la mirada. "No, pero lo siento en mis entrañas. Se clasificó como un simple atraco, pero si tengo razón sobre el encubrimiento, no importa cómo se haya clasificado ". Ella volvió a mirarlo a los ojos y le suplicó. "John está realmente desgarrado por esto. Fue la última persona en ver a Katie antes del ataque. Se siente responsable Por favor, mire esto y vea si hay una conexión ".

Mark cerró el archivo y asintió. "Veré lo que puedo averiguar.

———

DURANTE ENTRÓ EN LA PEQUEÑA habitación del hospital, donde el olor a antiséptico era fuerte. La niña yacía en silencio en la cama, conectada a varios monitores, pero en general parecía mucho mejor desde la última vez que la había visto, ensangrentada y muriendo en el barro. Sin embargo, todavía no estaba fuera de peligro. Sus heridas habían sido graves y quien le hizo esto le había hecho un buen trabajo. Su respiración era superficial y su piel tenía una palidez malsana. La mayoría de las personas ya se habrían dado por vencidas, pero esta no. Obsti-

nadamente, se negó a ceder ante la fragilidad in-
herente de su propio cuerpo y a aceptar la
derrota. Durante sospechó que podría terminar
sobreviviendo a esto, pero no sería fácil. Ella so-
portaría un gran sufrimiento antes de poder reclamar una victoria merecida y reanudar su
existencia mortal sin sentido.

El sonido de pasos acercándose distrajo a
Durante de sus pensamientos. Rápidamente se
deslizó en las sombras, convirtiéndose en uno
con la oscuridad. La puerta se abrió con un suave
clic, admitiendo a un hombre con uniforme de
policía. Mientras observaba, el hombre caminó
hacia la cama y recogió el gráfico de la niña, ho-
jeándolo. Durante el estudio minucioso del hombre, reconociéndolo como un antiguo conocido
de Richard, el problemático hermano menor de
Artemis. También estaba cerca de la hija de Richard y ese niño, David. Este hombre había estado presente cuando entregaron a Artemis al
Consejo, después del intento fallido de Artemis
de atraer a Nicole a su lado.

Había pasado por Marcus alguna vez,
aunque ahora se hacía llamar Mark. Los cambios
de nombre eran comunes entre su tipo. Simplifi-
caba las cosas si las personas no podían conec-
tarte con un pasado en el que no deberías ser lo
suficientemente mayor como para haber vivido,

no es que Durante tuviera que molestarse con esa práctica muy a menudo. Claro, había cambiado su identidad varias veces durante los años casi interminables, pero prefería trabajar detrás de escena siempre que fuera posible, manipulando y observando con anticipación cómo el hombre y el lobo destruyeron sus propias vidas por codicia, miedo y estupidez descarada. Fueron guiados fácilmente: no era necesario cambiar su identidad si nadie sabía quién era. Esa fue una lección que nadie aprendió. Cambiaron de nombre, se movieron de un lugar a otro, comenzando de nuevo y desarrollando un sinfín de apegos con los mortales, solo para agonizar por romper esos apegos más tarde cuando repitieron el proceso nuevamente.

Mark levantó la vista del gráfico hacia Katie y frunció el ceño. Sus signos vitales eran estables, pero no buenos. Ella necesitaría sus poderes curativos, si iba a sobrevivir la noche. Se acercó a un lado de la cama y colocó sus manos sobre su cuerpo, cerrando los ojos y reuniendo energía. Esto sería complicado, pero tenía que hacerlo, no solo porque era amiga de Susan y Meg, sino porque si Susan tenía razón, Katie podría ser su única prueba de que todavía había un asesino suelto. Ella podría ser el testigo ocular que necesitaban para encontrar al verdadero asesino.

Mark estaba cada vez más convencido de que el hombre bajo custodia no era ese hombre. De cualquier manera, necesitaban estar seguros. Centrándose en sus heridas, se curó lo suficiente como para levantar sus signos vitales, pero tuvo cuidado de no curar nada que su médico pudiera notar fácilmente. No podía arriesgarse al personal médico haciendo preguntas sobre una recuperación milagrosa sin explicación, a menos que ella estuviera en peligro inminente de morir. Incluso entonces, a veces la gente tenía que morir. No podía curar a todos sin arriesgarse a exponerse a sí mismo y a otros de su clase, pero podía hacer un poco para intentar darle a Katie una mejor oportunidad de sobrevivir. Una vez que estuvo seguro de haber tenido éxito, retiró su energía y retiró las manos de la piel de Katie. Comprobando los monitores, confirmó que ella ya estaba empezando a mejorar.

Justo cuando estaba a punto de irse y dejarla descansar, se congeló, de repente convencido de que estaba siendo observado. Inspeccionó la habitación, tratando de aislar de dónde provenía la sensación, pero la habitación parecía estar vacía.

Durante observó a Mark con curiosidad. Nunca había pensado mucho en el joven lobo, pero podría necesitar reevaluar su opinión. Para sentir a Durante cerca, de la forma en que obviamente lo hizo, Mark era más fuerte de lo que Durante se había dado cuenta. Centrándose en el hombre, Durante captó el leve aroma de Meghan Freeman. Al captar los pensamientos superficiales de Mark, Durante descubrió que ella estaba muy en su mente. Profundizó aún más, evitando fácilmente las defensas del hombre sin que Mark se diera cuenta de la intrusión. Allí encontró un afecto creciente por Meghan. Ella llenaba casi cada pensamiento consciente. Pero fueron sus pensamientos subconscientes los que más atrajeron el interés de Durante. Violencia, rabia, odio, vergüenza, impregnaron sus primeros recuerdos y acciones. Actuaba calmado y refinado, pero debajo de la superficie, sus pensamientos no podían estar más lejos de la verdad. Era un caldero hirviendo de frustraciones y emociones acumuladas, listo para estallar con el catalizador adecuado.

Durante sonrió. Esto era demasiado bueno para ser verdad. Caminando hacia adelante, se colocó detrás de Mark y empujó aún más en su mente, distorsionando sutilmente sus percepciones y conciencia general. Mark negó con la cabeza, claramente perturbado, pero confundido sobre por qué.

Durante se rió para sí mismo cuando Mark salió a trompicones de la habitación. Esto iba a ser muy divertido. Estaba a punto de irse cuando algo rozó su mano y se congeló. Se volvió hacia la cama y encontró dos pequeños dedos envueltos alrededor de los suyos. Mirándola en estado de shock, vio que los ojos de la niña aún estaban cerrados. Todavía estaba dormida, pero de alguna manera, sabía que él estaba allí. Mirando más de cerca, no podía decir qué era tan diferente acerca de esta chica que ahora sentía su presencia dos veces. Ni siquiera fue regalada por el lobo. ¿Cómo podía sentirlo, cuando tan pocos podían?

La sintió luchando por recuperar la conciencia y liberó su mano de su agarre. Casi al instante, volvió a caer en un sueño tranquilo y profundo. Sin saber qué hacer con este extraño giro de los acontecimientos, Durante retrocedió silenciosamente de la habitación, dejando a la niña descansando.

---

MEGHAN MOVIÓ LAS BOLSAS DE LA COMPRA A un brazo, sosteniéndolas en su lugar con el codo y la rodilla opuestos mientras se balanceaba sobre un pie tambaleante y giraba el pomo de la puerta para entrar en su apartamento. Un olor rancio asaltó instantáneamente su nariz. Respirando en la parte superior de la manga de su camisa, entró en la cocina. Algo debe haber muerto en sus paredes para causar un olor así, reflexionó. No podía pensar en ninguna otra explicación. Al menos ella no se quedaría aquí mucho más tiempo. Una cosa buena era perder su departamento. Amordazada por el olor, no estaba tan segura. Tal vez no sería tan malo en el dormitorio. Podría aguantar allí por la noche y trasladar todas sus cosas a la casa de Billy mañana.

Echó un vistazo a la tarjeta de visita que Mark había dejado, pensó en llamarlo e inmediatamente descartó la idea. Ya había lidiado con su drama lo suficiente. Ella no debería acosarlo más. Puede que no le importe, pero ella no estaba cómoda. Si bien era dulce y divertido pasar el rato, ella no quería huir de él todavía por ser necesitado y molesto. Además, si mantenía su patrón actual de actividad, la visitaría o volvería a llamar antes de mucho más tiempo.

Miró a través de la habitación y se detuvo. Las bolsas de la compra se le escaparon de las manos, pero no le importó. Una botella se hizo añicos y oyó que el jugo se derramaba por el suelo. Apenas se dio cuenta. "Eso explica el olor". Su voz era simplemente un susurro, pero no importaba. No había nadie aquí para escucharla. Al menos, no había nadie vivo para escucharla.

Miró más de cerca las muchas piezas de

carne humana desgarrada y huesos rotos reunidos en una pila detrás de su sofá. Habían sido un hombre una vez. Ahora, apenas eran reconocibles como humanos en absoluto. Un escalofrío recorrió su cuerpo cuando encontró lo que había sido una cara.

Ella conocía esa cara. Ella siempre lo recordaría. Era el rostro de su torturador, el hombre que había arruinado su vida sin ayuda, y él estaba aquí, ahora, muerto en su sala de estar. Alcanzando a ciegas, tiró del receptor del teléfono de la base y, sin darse cuenta, sacó la base de la pared con él. Agarrando la tarjeta en el mostrador, marcó los números, apenas mirando el teléfono, luego se congeló. ¿Que estaba haciendo ella? ¿El hombre que más odiaba en el mundo estaba muerto en su departamento y estaba llamando a la policía? Querrían respuestas, una explicación, y ella no tenía una. Nunca creerían que ella no participó en esto. La situación parecía demasiado sospechosa. Ella sería culpada y "probablemente terminaría yendo a la cárcel por su asesinato. ¿Quién pudo haber hecho esto? ¿Quién querría hacer esto, a Eddie o a ella? Su piel se congeló cuando otro pensamiento entró en su mente. Alguien había entrado en su casa. Un asesino había estado en esta misma habitación, y no hace mucho. Quienquiera que fuera podría matarla si así lo deseaban. Una oleada de miedo paralizante se derramó por su torrente sanguíneo. Tal vez esto también era lo que le esperaba.

Dejando caer el teléfono de su mano, no oyó la voz en el otro extremo que decía: "¿Hola?" Con la pared a la espalda, se deslizó hacia el suelo, con las rodillas pegadas al pecho, incapaz de apartar los ojos de los pedazos de cuerpo destrozados que tenía delante.

———

MARK VOLVIÓ A MARCAR DE NUEVO, SIN éxito. Todo lo que estaba recibiendo era una señal de ocupado. El teléfono de Meg debe estar descolgado. Comprobó la hora mientras se detenía brevemente en una señal de alto. Solo habían pasado cinco minutos desde que Meghan lo llamó. Ella no había dicho nada, pero el identificador de llamadas reveló que la llamada provenía de su número. No sabía por qué había llamado, pero sabía que algo andaba mal. Había sentido fuertes sensaciones de miedo y pánico por teléfono. El hecho de que ella no le respondiera cuando hablaba solo aumentó su propio miedo a lo que podría haber sucedido. Necesitaba llegar a Meg lo antes posible.

Atravesando un par de calles secundarias, pasó por alto la mayor parte del tráfico restante y corrió rápidamente por la escalera abierta a su departamento. Antes de entrar, ya podía oler el hedor de la muerte y su pulso se aceleró. Antes de entrar, se recordó a sí mismo la necesidad de evaluar la situación antes de precipitarse impulsivamente. Tensando sus sentidos, encontró a una sola persona, Meghan, en el departamento. Hecho esto, se preparó para lo que podría encontrar.

La puerta se abrió sin protestar. Simplemente había sido cerrado, no completamente cerrado. El olor era más fuerte por dentro, pero lo había esperado. No le llevó mucho tiempo encontrar a Meghan acurrucada en una bola, balanceándose hacia adelante y hacia atrás. Estaba en el fondo de la habitación, en la esquina de la cocina, con una bolsa de supermercado derramada en un charco a su lado. Estaba mirando a algún lugar en la distancia, sin pestañear, sin reconocer su presencia. El teléfono seguía sonando suavemente a su lado.

Siguiendo su mirada, descubrió lo que llamaba su atención. Sin perder un momento, se inclinó y agarró a Meghan, llevándola rápidamente a su habitación y cerrando la puerta detrás de ellos. Le pasó la chaqueta por los hombros, le tomó la cara entre las manos y la miró a los ojos. Le tomó varios minutos y una punzada mental de él antes de que llamara su atención. "Meghan, tienes que decirme qué pasó", dijo con calma.

Ella parpadeó un par de veces para enfocarse en su rostro y respondió suavemente: "¿Quién podría haber hecho eso? ¿Cómo llegaron a mi departamento? Era vagamente consciente de que estaba hablando con Mark. Ella lo había llamado, recordó, antes de que todo pensamiento la abandonara por completo. Ella llamó y él vino por ella. Todo estaría bien ahora. Él la ayudaría a darle sentido a esto. Ayudaría a que las cosas volvieran a tener sentido.

Mark examinó sus pensamientos inconexos e hizo una mueca, juntando lo que sucedió, cómo se había encontrado con el cadáver destrozado después de estar fuera por el día. Quienquiera que estuviera jugando con ella se estaba poniendo serio. Podía oler rastros de Artemis cerca, pero este tipo de asesinatos no era su estilo. No destrozó a la gente, prefirió dispararles por la espalda. Estaba más limpio y menos peligroso. Mark consideró lo que debería decir a continuación y decidió que debería ser lo más directo posible. Tal vez conocer todos los hechos la ayudaría a lidiar con el shock y superarlo.

"Meghan, necesito decirte algo". Hizo una

pausa, asegurándose de que su atención aún estuviera centrada en él antes de continuar. "Alguien se llevó a tu madre de su habitación del hospital. Nadie sabe dónde está ni cómo desapareció. Creo que alguien está tratando de volverte loco. Es la única explicación que tengo que tiene sentido, dado todo lo que ha sucedido".

Meghan apenas escuchó el resto de lo que dijo Mark. Todavía estaba atrapada en lo que su comentario sobre su madre. ¿Mi madre se fue? ¿Está despierta?

"No lo sé, pero por lo que me has dicho, diría que es una posibilidad distinta". Mark sospechaba que su madre era probablemente el fantasma misterioso de Meghan, pero quedaban demasiadas preguntas sin responder.

"¿Cómo? Ella ha estado en coma. ¿Cómo podría estar despierta ahora? Meg sabía que estaba empezando a entrar en pánico, pero no le importaba. Ella no podía entender lo que estaba pasando. Nada tenía sentido. Aparentemente, su madre estaba despierta y Eddie estaba muerto.

Mark reflexionó sobre sus preguntas por un minuto, pensando en las posibilidades. Finalmente se decidió por la teoría que tenía más sentido y trató de descubrir la mejor manera de explicárselo a Meghan sin asustarla aún más. "Creo que el escenario más probable es que alguien la haya convertido en lo que es Nicole. Alguien la convirtió y eso curó sus heridas cerebrales. Observó cualquier indicio de que estaba equivocado con respecto a cuánto Nicole le había contado a Meg, pero ella no dio ninguna reacción que sugiriera que no lo sabía. Distraída por los acontecimientos recientes, Meg no estaba tratando de negar lo que sabía. Soltó un suspiro que había estado conteniendo. Era bueno saberlo, porque facilitaría la explicación de las cosas si no estuviera completamente a oscuras sobre el mundo sobrenatural que la rodeaba.

Meghan se estremeció. No tenía ningún problema con Nicole y lo que era, pero el concepto de que alguien le hiciera lo mismo a su madre, sin su consentimiento, para meterse con Meg, era intrínsecamente incorrecto. Aunque en última instancia significaba que su madre estaba sanando y despertando, Meg no pudo conciliar la idea de ser violada por tal abuso de poder. "¿Quién haría eso?"

Mark negó con la cabeza. "No lo sé." Inhaló y notó que el olor se estaba haciendo más fuerte en el dormitorio. La puerta se había cerrado inicialmente, manteniendo el peor olor en la sala de estar, pero los había seguido cuando abrió la puerta. No pasaría mucho tiempo antes de que Meg lo notara. Necesitaba sacarla del apartamento lo antes posible, tanto por su propio bien, como para poder ocuparse de las cosas antes de que otros humanos supieran lo que estaba sucediendo. No necesitaba la molestia de oficiales, médicos forenses y la prensa que investigaba un ataque de hombre lobo. "¿Tienes algún otro lugar al que puedas ir?"

"Sí, tal vez, me iba a mudar a la antigua casa de Nicole y Billy por un tiempo, pero todavía no tengo la llave". Ella cerró los ojos con fuerza, tratando de pensar en algún lugar al que ir. No podía permitirse una habitación de hotel. Nicole nunca había llegado a dejarle a Meg una llave de repuesto para la casa en la que ahora vivía con David antes de irse. Ella no tenía a dónde ir.

Mark rechazó su preocupación. "No te preocupes por eso. Si necesita una llave, organizaré un cerrajero para que lo deje entrar".

Meghan sintió una oleada de gratitud. Desapareció cuando su mirada cayó sobre la puerta cerrada del dormitorio. ¿Y el cuerpo b? tartamudeó, comenzando a temblar de nuevo. La bilis se le subió a la garganta y luchó para no agitarse.

Mark tomó su rostro en sus manos y le dio la espalda para mirarlo. "Intenta no pensar en eso. Yo me encargaré de todo. En este momento, voy a sacarte de este lugar". Ayudando a Meg a ponerse de pie, rápidamente la alejó de la horrible escena que había tenido que soportar.

———

Tammy observó al hombre que había entrado en el complejo de apartamentos diez minutos antes, salir con Meghan en su brazo. Meghan caminaba por su propia voluntad, pero apenas. Que chica tan patética. Debería estar saltando de alegría, complacida con el regalo que su madre le había dejado. En cambio, la niña parecía mareada y desorientada. Tammy no sabía cuál era el gran problema: era solo un cadáver. No podía ver por qué Meghan estaría tan conmocionada por eso. Eddie se merecía lo que ella le hizo. Y dado que había sido su primer asesinato, Tammy estaba muy orgullosa del logro. Casi había sido como crear arte, o al menos lo que Tammy imaginaba que sería artístico. Ella nunca fue muy aficionada. Tal vez debería tomar uno o dos, ahora que estaba de vuelta en la tierra de los vivos. Después de todo, tenía una larga vida por delante: podría probar algunas cosas nuevas.

El sonido de un auto en marcha sacó a Tammy de sus pensamientos descarriados. Ella los vio a los dos alejarse y sacudió la cabeza.

Meghan era una niña ingrata. Si no hubiera sido por la solicitud de ayuda de Durante, a cambio de su maravilloso regalo de una nueva vida, Tammy se iría de la ciudad ahora mismo. Ella todavía podría. Respirando profundamente, Tammy pensó en la idea. Ella podría irse. ¿Qué le importaba ayudar a un hombre misterioso que nunca revelaba su rostro, cuando podía ir a cualquier parte y hacer lo que quisiera? Era tan rápida y fuerte que podía desaparecer fácilmente antes de que la echara de menos. Gracias a su regalo, Tammy pudo defenderse, por lo que no necesitaba que nadie la cuidara. Y lo que quisiera, podría tomarlo. ¿Quién la detendría?

Pero él la había ayudado. Durante le había dado una segunda oportunidad en la vida, y ella podía disfrutarla por la eternidad. Tal vez ella esperaría un poco más antes de irse. Además, ella siempre podía cambiar de opinión mañana. Es cierto que ella no sabía de lo que era capaz Durante. Nunca había hecho nada tremendamente impresionante frente a ella, pero algo en él sugería que podía ser muy poderoso. Romper su palabra para ayudarlo podría no ser algo sabio. Esperaría un poco más para salir de esta miserable ciudad. Mientras tanto, era libre de explorar y hacer lo que quisiera, y planeaba aprovechar al máximo esa libertad. Ella decidió establecer exactamente lo que era capaz de hacer.

Comenzando a correr, Tammy saltó tan lejos como pudo, limpiando fácilmente dos vehículos estacionados cerca. Riendo, ella comenzó a correr de nuevo. Vio a la gente mirar hacia arriba cuando pasó corriendo, pero se fue antes de que pudieran concentrarse en ella. Ella se dio cuenta con una sonrisa que podía hacer lo que quisiera, y nadie sería capaz de detenerla o atraparla. Al doblar la esquina hacia una parte menos acomodada de la ciudad, Tammy se detuvo frente a un estacionamiento abandonado, el suelo cubierto de basura y vidrios rotos. Aquí era donde su casa había estado una vez. Era el único lugar en el vecindario que era diferente a lo que ella recordaba. A su alrededor, los residentes del barrio, jóvenes y viejos, se drogaron y se emborracharon en las esquinas, a la vista de cualquiera que se molestara en mirar. Las prostitutas y los vagabundos proponían extraños. Las discusiones y el olor a basura en descomposición llenaban el aire. Un pesado velo de desesperanza pesaba sobre todos y todo.

Curiosa, Tammy caminó por la calle hasta las tiendas donde había comprado una vez. Muchos de los viejos negocios habían cerrado. Los edificios fueron abandonados o habían sido renovados en viviendas para los desesperados, las personas que no tenían a dónde ir. No reconocía a nadie, pero el promedio de vida de las personas aquí era corto, y se había ido hace muchos años. Todos los que había conocido probablemente ya habían muerto hace mucho tiempo.

"Serán diez". La voz de un hombre habló desde un callejón cercano.

Tammy se detuvo en seco, había reconocido esa voz. Un niño flaco y asustado salió corriendo del callejón y la pasó, pero ella permaneció inmóvil. Ella sabía quién estaba en el callejón, a solo quince pies de distancia.

Tammy se giró hacia el oscuro callejón y miró al hombre, vendiéndole drogas a otro niño mientras observaba. El niño tomó su escondite y corrió en la misma dirección en que se había ido el primer niño, y solo entonces el hombre notó a Tammy. Él le dirigió una sonrisa de vendedor y cerró la distancia entre ellos. "¿Y qué puedo hacer por ti?"

Tammy sonrió. No la había reconocido, pero ¿por qué lo haría? Solo habían dormido juntos durante unos meses, antes de que se convirtiera en su distribuidor a tiempo completo. Sus breves interacciones nunca habían significado mucho para ninguno de ellos. Si él no hubiera sido su principal proveedor de drogas en ese entonces, ella también lo habría olvidado. "En realidad, estaba planeando hacer algo por ti".

"¿Oh?" Su expresión se volvió esperanzada. Era fácil adivinar lo que estaba pensando. "¿Y que sería eso?"

"Matarte." Ella observó sus ojos hincharse cuando incrustó su mano en su pecho, perforando un agujero en su corazón. La sangre roja oscura brotó del agujero alrededor de su brazo, fluyendo sobre su piel y cayendo en un charco que se extendía rápidamente a sus pies. Al liberar su brazo, vio su cuerpo caer, todo indicio de vida desaparecida. Sus dedos brillaban rojos bajo la tenue luz que alcanzaba el callejón desde la calle. Ella contempló el color por un minuto. Se vería bien en sus uñas, si pudiera encontrarlo en un esmalte. Ella recordaría la sombra para más tarde. Tammy se agachó y limpió la sangre de su mano en el borde de su abrigo, antes de volver a la calle. Había un poco de sangre en su ropa, pero no llamaría mucho la atención en este vecindario. Los lugareños estaban acostumbrados a ver cosas mucho peores y mientras no hubiera disparos ni sirenas a todo volumen, nadie miraría dos veces. Echando un último vistazo a su antiguo hogar, Tammy regresó a través de la ciudad. Era hora de cerrar el libro sobre ese capítulo de su vida. Finalmente había conseguido su boleto y no iba a volver. Pronto, ella dejaría esta ciudad para siempre.

———

LA NIÑA ENTRÓ EN LA PEQUEÑA TIENDA Y sonrió al empleado detrás del mostrador, saludándolo por su nombre. Después de un breve intercambio, comenzó a caminar sin rumbo por los pasillos. Recogió varios artículos y los dejó nuevamente antes de llevar su compra al mostrador. Todo el tiempo, ella nunca se dio cuenta de que él la miraba, por encima de su papel, sentado en una silla junto al mostrador de la tienda. Nunca nadie le prestó atención, pero él ciertamente les prestó atención. Él conocía sus hábitos, sus nombres. Sabía dónde vivían la mayoría de ellos.

Se llamaba Karen. Ella prefería el cabello rubio decolorado y un bronceado embotellado. Él lo sabía, porque ella compró esos artículos aquí. Estaba eso, y la recordaba de cuando era una niña de doce años con cabello castaño y pecas. La puerta sonó, el simple timbre de una campanilla de viento aparejo en la puerta, y ella se fue con un saludo final al empleado. Casualmente, dobló su papel y se puso de pie, también saliendo de la tienda.

Karen caminó suavemente hacia sus caderas y saludó a varios admiradores masculinos. Balanceó su bolso de un lado a otro, moviéndose al ritmo de la música desde una radio afuera de una de las tiendas. Parecía completamente a gusto. Fingiendo revisar su agenda, la siguió por varias aceras hasta el parque. Karen siempre cruzaba el parque camino a casa. Ella vivía al otro lado, en una casita de madera blanca y verde con persianas y un pequeño porche en la parte delantera. La casa fue habitada por varias personas a lo largo de los años, a menudo alquiladas a estudiantes universitarios, como Karen. Hasta hace dos meses, ella había compartido la casa con un compañero de cuarto, pero su compañero de cuarto se había graduado y se había mudado, así que Karen estaba sola.

Inspeccionó el área para confirmar que no había nadie alrededor y guardó su agenda. A esta hora del día, el parque estaba relativamente vacío, especialmente en esta sección que daba a varias casas. Los árboles se alineaban en la frontera entre el parque y el vecindario residencial, por lo que no le preocupaba que nadie lo observara desde la ventana de la cocina o desde un patio trasero. Estaban completamente solos.

Ella luchó cuando él le tapó la boca y la nariz con la mano, pero él era fuerte y tenía el beneficio del elemento sorpresa. Su cuerpo rápidamente se quedó sin fuerzas en sus brazos. La escondió brevemente debajo de los árboles mientras recuperaba su auto. Diez minutos después, ambos se habían ido.

# SIETE

Meg dejó su bolso y caminó por la casa. Mark había revisado todas las habitaciones antes de irse, pero todavía se encontraba mirando en cada armario y detrás de cada cortina de baño, antes de que pudiera relajarse. Acostada en el sofá de la sala de estar, se llevó una almohada al pecho y miró en silencio por la ventana. La tenue luz del sol poniente brillaba a través de las cortinas abiertas. Pensó brevemente en cerrar las persianas y las cortinas, pero estaba demasiado cansada para molestarse en volver a levantarse.

Dejando que sus ojos se cerraran, cuando los abrió de nuevo fue para descubrir que había caído la noche. Desde la profundidad de la oscuridad exterior, razonó que debió haber dormido al menos un par de horas. Había sido un sueño maravillosamente profundo y sin sueños. Estirando la grieta en su cuello, se puso de pie. No pasó mucho tiempo para que los recuerdos volvieran rápidamente. Él estaba muerto. Edmond Marlay estaba muerto. Nunca podría lastimarla de nuevo. Meg tuvo una extraña sensación de alivio al saber eso. Claro, todavía estaba el asunto de quien lo había matado y lo había dejado en pedazos para que ella lo encontrara, pero no podía evitar pensar que quien había matado a un monstruo como Marlay no podía ser tan malo. Incluso cuando el pensamiento cruzó por su mente, ella sabía que no estaba pensando con claridad. Estaba matando a alguien que lo merecía, y lo que le hicieron a Eddie fue algo completamente diferente. A menudo se había imaginado destrozándolo, pero pensando que no era lo mismo que hacerlo. Incluso Eddie no merecía morir así, probablemente. Al menos esa parte de su vida había terminado ahora, algo por lo que estar agradecido.

Meghan suspiro. ¿Qué iba a hacer ella? Caminando hacia la ventana, presionó su frente contra el vidrio, dejando que el frío se filtrara a través del vidrio y dentro de su piel. Miró hacia la oscuridad y suspiró. La ventana se empañó con su aliento, oscureciendo su vista para que todo lo que podía ver fueran sombras. A través del cristal empañado, vio movimiento en la distancia. Curiosa, dio un paso atrás y frotó la palma de la mano sobre la ventana para despejarla.

Su madre la miró desde el otro lado de la calle.

Meg dejó su bolso y caminó por la casa. Mark había revisado todas las habitaciones antes de irse, pero todavía se encontraba mirando en cada armario y detrás de cada cortina de baño, antes de que pudiera relajarse. Acostada en el sofá de la sala de estar, se llevó una almohada al pecho y miró en silencio por la ventana. La tenue luz del sol poniente brillaba a través de las cortinas abiertas. Pensó brevemente en cerrar las persianas y las cortinas, pero estaba demasiado cansada para molestarse en volver a levantarse.

Dejando que sus ojos se cerraran, cuando los abrió de nuevo fue para descubrir que había caído la noche. Desde la profundidad de la oscuridad exterior, razonó que debió haber dormido al menos un par de horas. Había sido un sueño maravillosamente profundo y sin sueños. Estirando la grieta en su cuello, se puso de pie. No pasó mucho tiempo para que los recuerdos volvieran rápidamente. Él estaba muerto. Edmond Marlay estaba muerto. Nunca podría lastimarla de nuevo. Meg tuvo una extraña sensación de alivio al saber eso. Claro, todavía estaba el asunto de quien lo había matado y lo había dejado en pedazos para que ella lo encontrara, pero no podía evitar pensar que quien había matado a un monstruo como Marlay no podía ser tan malo. Incluso cuando el pensamiento cruzó por su mente, ella sabía que no estaba pensando con claridad. Estaba matando a alguien que lo merecía, y lo que le hicieron a Eddie fue algo completamente diferente. A menudo se había imaginado destrozándolo, pero pensando que no era lo mismo que hacerlo. Incluso Eddie no merecía morir así, probablemente. Al menos esa parte de su vida había terminado ahora, algo por lo que estar agradecido.

Meghan suspiro. ¿Qué iba a hacer ella? Caminando hacia la ventana, presionó su frente contra el vidrio, dejando que el frío se filtrara a través del vidrio y dentro de su piel. Miró hacia la oscuridad y suspiró. La ventana se empañó con su aliento, oscureciendo su vista para que todo lo que podía ver fueran sombras. A través del cristal empañado, vio movimiento en la distancia. Curiosa, dio un paso atrás y frotó la palma de la mano sobre la ventana para despejarla.

Su madre la miró desde el otro lado de la calle.

Meghan salió corriendo de la casa, corriendo hacia la farola donde su madre había estado parada un momento antes. Mirando a su alrededor, Meg confirmó que estaba sola. Era tarde y no había tanto como un automóvil que pasaba. Casi descartó esto como otra alucinación, cuando recordó lo que Mark le había dicho. Su madre estaba desaparecida, probablemente convertida en ... una especie de hombre lobo, como Nicole. Ella se estremeció. ¿Cuándo cambió su vida de trágica a extraña?

Pero si Mark tenía razón, ¿por qué le estaba haciendo esto a Meg? ¿Por qué su madre la atormentaría y jugaría con sus emociones así?

Meg tropezó cuando su cabeza comenzó a nadar. Mirando a su alrededor, parpadeó, su visión se volvió borrosa. Se tapó la boca con la mano para evitar una repentina oleada de náuseas. Desesperadamente, Meg buscó la casa, pero no pudo verlo. Dando unos pasos en la dirección que pensó que debería ser, Meg tropezó con la pierna del pantalón y cayó. Estaba inconsciente antes de tocar el suelo.

Durante levantó a Meghan del suelo y la arrojó sobre su hombro.

"¿Qué vas a hacer con ella?" Tammy preguntó, saliendo de los arbustos.

Durante hizo una mirada burlona a la mujer. "¿Te importa?"

Tammy se encogió de hombros, examinando el cuerpo inerte de Meghan con desprendimiento. "No particularmente."

Durante casi sufrió una punzada de tristeza por Meghan. Estaba completamente sola en el mundo y ni siquiera a su propia madre le importaba lo que le sucediera. Tan solo como estaba, al menos había conocido el amor de una madre. No importaba de una manera u otra. Había trabajo que hacer.

———

"¿DÉBITO O CRÉDITO?" PREGUNTÓ EL CAJERO, sin darse cuenta de que Mara tenía dinero en efectivo en la mano.

"Efectivo." Mara notó la expresión de sorpresa en el rostro de la niña. Ella tomó el dinero de Mara con un movimiento cansado, como si hacerlo fuera una gran carga. Mara tomó su cambio y su bolso y sonrió cortésmente. "Gracias." La niña ofreció una rápida sonrisa a cambio y se volvió hacia su próximo cliente.

Mara caminó apresuradamente a casa, ansiosa por ir a trabajar. Ella sabía que no había prisa. Ella estaba dotada con todo el tiempo del mundo, pero hacía mucho tiempo que había aprendido cuando sintió la necesidad de comenzar un nuevo proyecto, no estaría satisfecha hasta que estuviera terminado. Tirando de la tela que compró de la bolsa, Mara comenzó a cortar y coser, trabajando a mano sin un patrón. Dejó que el material suave corriera por sus manos y, cerrando los ojos a veces, cosido solo por instinto. Era un hábito que había aprendido unos siglos antes, y había producido algunas de sus mejores obras. Sus habilidades de costura habían sido lo que la llevó a abrir su tienda, Cleo's Clothing Hunters. Por supuesto, ninguno de sus clientes sabía que ella producía su propio inventario. Su trabajo se perfeccionó hasta el punto en que parecía ser fabricado profesionalmente. Se había convertido en un tipo de meditación de trabajo, donde cosía sin un plan, dejando que sus instintos la guiaran. Ella nunca forzó el tema y solo cosió cuando se sintió obligada a hacerlo.

Mara dejó su mente en blanco, seleccionando diferentes telas para usar sin pensamiento cognitivo, sus manos moviéndose por su propia cuenta. Después de un tiempo, ella comenzó a salir de su estado meditativo. Abriendo los ojos, miró hacia abajo a su creación con un sobresalto.

Sin pensarlo conscientemente, había recreado su propio vestido de novia. Era un vestido simple para los estándares de hoy, nadie pensaría mucho en mirarlo, excepto que se parecía a algo que podría encontrar en una tienda de disfraces o en una película ambientada en el pasado distante. Pero fue mucho más. En su día, había sido el colmo de la extravagancia, digna de una reina.

Mara levantó el vestido y examinó su trabajo maravillada. No había pensado en ese período de su vida en mucho tiempo. Y sin embargo, eso fue cuando ella tomó la decisión más importante de su vida. Al estudiar el vestido, casi podía recordar a la niña inocente que había sido antes de que las responsabilidades de la vida y la muerte cayeran en sus manos. El recuerdo desapareció rápidamente: ya no era esa chica.

Doblando cuidadosamente el vestido, lo dejó a un lado. Ella no estaría vendiendo este vestido. Nadie lo querría de todos modos. Sin embargo, reflexionó, con algunas modificaciones podría ser un vestido muy bonito, uno que no destacaría por ser tan extraño. Podría ser un bonito vestido de novia otra vez algún día ... para otra persona. El matrimonio era un camino que nunca más estaría abierto para Mara. Considerando cómo habían ido las cosas la última vez, tal vez nunca debería haber sido una opción para ella. Suspirando, Mara se levantó. Necesitaba volver a la tienda, y no había necesidad de detenerse en eventos que no podía cambiar.

Aun así, no pudo evitar preguntarse qué le había hecho coser una copia de ese vestido.

Su tienda estaba abajo, debajo de su casa. Había comprado este edificio cincuenta años antes, no tenía planes específicos para él en ese momento, pero funcionaba bien como tienda y hogar. Pudo vigilar las cosas de abajo, desde la comodidad de su sala de estar. El constructor había diseñado originalmente el piso superior para alquilarlo como un negocio separado, por lo que había acceso externo. Mara había agregado un conjunto de escaleras, bajando de su estudio para poder llegar a la trastienda de la tienda sin salir. Eran esas escaleras las que ella usaba, ahora.

Mara volvió a colocar el cartel en v "Abierto" y se colocó detrás del mostrador, observando cómo los clientes iban y venían. La mayoría de sus clientes eran clientes habituales, como las hijas de Murney. Hubo comprar vestidos de fiesta de nuevo. Esas chicas, hermanas que terminaron en el mismo grado debido a un episodio de una larga enfermedad infantil que detuvo a la hermana mayor, habían asistido al baile todos los años desde antes de su primer año de secundaria. Habían sido una fuente regular de ingresos durante los últimos seis años, pero ahora eran personas mayores, por lo que a menos que se les pidiera ir al baile de graduación después de graduarse, lo cual era completamente posible dados sus registros, este podría ser el último vestido de baile que jamás hayan hecho. compró.

Las chicas y su madre parecían muy conscientes de ese hecho, se tomaron el tiempo para probarse todos los vestidos formales de la tienda y dejarlos rápidamente en los vestuarios. Nunca habían sido muy corteses. Cuando terminaron, trajeron sus cuatro vestidos, dos para usar y dos como respaldo, al mostrador para pagar. La madre la seguía, lista y dispuesta a pagar lo que sus hijas quisieran, sin importar el costo.

"Lo juro", exclamó la madre, dirigiéndose a Mara, "no has envejecido un día desde que empezamos a venir aquí. ¿Cuál es tu secreto? ¿Vas al Dr. Collins? Porque he oído que es el mejor ".

Mara sonrió cortésmente pero no dijo responder. Probablemente debería comenzar de nuevo en una ciudad diferente, pronto. Se habría quedado aquí el tiempo suficiente si la gente comenzara a notar su falta de envejecimiento. Al menos ahora, con la cirugía plástica tan común, podría salirse con la suya en un lugar un poco más de tiempo que en el pasado. Aún así, no debería tentar problemas más de lo necesario.

Mara los observó irse y luego volvió a colocar el cartel en "Cerrado", cerrando la puerta. No tenía ganas de tratar con ningún otro cliente hoy. Necesitaba comenzar a planificar a dónde iría después. Era hora de seguir adelante.

———

"¿Qué deseas? Te daré lo que quieras. Por favor, solo déjame ir. Karen luchó contra la cama, tirando débilmente de las correas atadas alrededor de sus muñecas y tobillos. Su mirada siguió al hombre cuando él cruzó la habitación y abrió un maletín, sacando las cosas que necesitaba. "¡Ayuda!" Karen gritó cuando se dio cuenta de que estaba ignorando sus súplicas.

Inclinándose sobre la cama, enderezó las sábanas debajo de ella y comenzó a tararear su canción. Todavía no era hora de cantar, pero podía tararear.

Se puso un par de guantes quirúrgicos con un chasquido y comenzó a alisar su cabello, tirando de él hacia donde pudiera verlo. Las lágrimas corrían por su rostro y sus protestas continuaron sin cesar. Con cuidado, él trenzó su cabello, asegurándose de incluir cada cabello suelto para una trenza suave y ordenada. Lo ató con cintas en la parte superior e inferior.

Karen volvió a gritar, sorprendida por el frío metal contra su piel, cuando él le cortó la trenza. Una vez que la trenza fue guardada en su bolso, se volvió hacia la cama. Ahora comenzó a cantar.

Sintiendo un cambio en su comportamiento, las luchas de Karen aumentaron con urgencia. Tiró bruscamente de las correas que sujetaban sus muñecas y tobillos, sin éxito. El hombre continuó cantando e ignoró sus luchas, colocando sus manos firmemente alrededor de su cuello.

Podía sentir la fuerza vital que abandonaba su cuerpo, su voluntad de vivir sin rival para su fuerza y poder. Podía detenerse en este momento y perdonarle la vida, o podría seguir adelante. La elección era suya. Él solo poseía el poder de determinar su destino.

Cuando terminó, cuando su cuerpo dejó de moverse y sus ojos lo miraron sin comprender, él apartó las manos de su cuello y sonrió. Tomándose un momento para admirar su trabajo, rápidamente se dispuso a deshacerse del cuerpo.

———

El olor a descomposición lo rodeaba. Se aferraba a su ropa y piel como goma de mascar en el cabello. Nadie más pareció darse cuenta, pero sus narices eran solo humanas. No podían saber que había pasado tres horas desechando un cuerpo, o más bien, partes de un cuerpo. Le había tomado más tiempo limpiar el departamento.

Dos duchas y un cambio de ropa más tarde, y Mark todavía podía oler a Edmond Marlay. Normalmente no encubriría un crimen, pero ningún humano común había matado a ese hombre. No podía arriesgarse a lo que podría aparecer una investigación.

Al reenfocar su atención en los archivos frente a él, Mark se obligó a revisar su documentación rápidamente. Con todo lo que sucedía, se estaba quedando atrás y no podía permitir que eso sucediera. Necesitaba terminar un poco de trabajo, luego podría volver a ayudar a Meg. Era donde realmente necesitaba estar, ahora mismo.

Después de haber llegado a la mitad de la pila de archivos, Mark pensó que había hecho lo suficiente por la noche. Mientras se dirigía a la puerta, se cruzó con un niño que reconoció como empleado de una tienda local. El niño parecía estar molesto, la preocupación se proyectaba desde cada poro y atrajo la atención de Mark como un faro. Mark lo miró brevemente antes de salir por la puerta. Con suerte, no fue nada serio.

Pete captó la mirada del oficial de policía por un momento antes de cerrar la puerta, pero el oficial se iba. Examinando rápidamente el área, Pete localizó la recepción y caminó hacia ella, solo para descubrir que no había nadie allí. "Disculpe. ¿Puede alguien ayudarme?"

"¿Sí?" Una recepcionista de mediana edad con cabello gris recogido en un moño, una blusa de seda negra y una falda con estampado floral salió de la esquina y se sentó en el mostrador.

Pete respiró hondo e intentó hablar con la mayor calma posible. "Me dijeron que encontraron a un amigo mío. Ella ", hizo una pausa," encontró el cuerpo. Karen Michaels. ¿Puedes decirme qué le pasó a ella?

"Solo un minuto." La mujer se dio la vuelta y llamó a alguien al fondo del pasillo. "Hola, Bryant, el niño está aquí para identificar a la niña muerta".

Pete se encogió, pero no dijo nada. Apenas se registró cuando el oficial se acercó a él y lo condujo por varios pasillos a una fría sala de examen gris. Lo siguiente que supo fue que estaba mirando la cara de Karen. Cayó de rodillas y dejó que las lágrimas vinieran. Durante lo que pareció una eternidad, se quedó así, ajeno a todo lo que lo rodeaba. Finalmente, se dio cuenta de que el oficial revisaba su reloj y golpeaba su pie con agitación. Pete se levantó para irse.

"Entonces, tomo eso como una confirmación de que ella es Karen Michaels".

Sorprendido por la insensibilidad en la voz del hombre, Pete entrecerró los ojos al oficial. "Sí, esa es ella. ¿Lo que le pasó a ella?"

"Asalto. Parece que fue herida en una lucha ".

"¿Pero por qué se corta el pelo?" Mientras hacía la pregunta, Pete recordó fragmentos de conversación que escuchó en la tienda. También se había encontrado a otras chicas con el pelo cortado. Al menos, ese era el rumor.

El oficial revisó el informe y sacudió la cabeza. "No hay nada de eso aquí. Debes estar equivocado."

No estoy equivocado." Pete se estaba cansando de la forma en que lo trataban, de cómo trataban a Karen. Ella merecía algo mejor que eso. Acabo de verla ayer. Tenía el pelo largo.

El hombre se encogió de hombros, ignorando la información. "Ella debe haberlo cortado. Ahora, si no te importa, tengo trabajo que hacer ".

Pete sintió que su ira hervía en la superficie. ¿Te gusta encontrar a su asesino?

"Sí, como encontrar a su asesino", respondió Byant con un toque de sarcasmo cansado.

Pete volvió a mirar a Karen por última vez antes de seguir al oficial Bryant. Después de todo, ¿qué más iba a decir? El oficial estaba siendo un imbécil, pero no había nada que Pete pudiera decir para cambiar eso. Tendría que encontrar a alguien más que tomara sus preguntas en serio.

"Que tengas un buen día", llamó la recepcionista mientras salía por la puerta.

———

Mark reunió rápidamente algunas de las cosas de Meghan en una pequeña bolsa de lona. Se había llevado una bolsa de viaje con ella a la casa de Billy, pero necesitaría más de sus cosas para mañana y al día siguiente, y él no quería que volviera aquí antes de que estuviera lista. Se tomó un momento para mirar alrededor y ver si estaba olvidando algo. Fue entonces cuando se dio cuenta de lo poco que había notado sobre este lugar. Cada dos veces que había estado aquí, estaba completamente distraído por Meghan y, aunque había estado limpiando piezas del cuerpo, no había tenido tiempo de mirar a su alrededor. Ahora que tenía tiempo para estudiar el lugar, vio artículos relacionados con el ejercicio, como pesas para manos y tobillos, una bicicleta estática que parecía haber sido recuperada de una tienda de segunda mano o una venta de garaje, y el saco de boxeo que ' Lo había visto en su primera visita, repartidos por todo el departamento. Obviamente, puso mucha atención en mantenerse en forma. Todo el equipo parecía estar en uso regular.

Pero eso no fue lo único que notó. Había una personalidad definida de "Meg" en este lugar. En su habitación, una pared estaba casi completamente cubierta de fotografías de varias personas, tomadas en su mayoría alrededor del campus. Algunos eran simples fotos grupales, mientras que otros mostraban atuendos locos y poses extrañas, ya que solo los estudiantes universitarios podían pensar. Del mismo modo, todo el apartamento estaba decorado en una mezcla de estilos con cojines de color rosa brillante en su sofá verde bosque y cortinas de rayas amarillas y azules. Para agregar un extraño contraste con el motivo de color no coincidente, había un jarrón antiguo con rosas de vidrio enmarcadas a cada lado por elegantes candelabros de cristal y altas velas rojas. Todo era muy extraño, pero de alguna manera encajaba cuando considerabas a quién pertenecía.

Mark volvió a la habitación para agarrar la bolsa. Debería ponerse en marcha, Meg lo necesitaba. Alcanzando la bolsa, inadvertidamente golpeó una carpeta del escritorio de la computadora. Varias hojas de papel cayeron al suelo a su alrededor. Agachándose para recuperar las páginas, se dio cuenta de que era una pila de poemas, escritos a mano con fechas del año anterior. Incapaz de resistirse a leer un poco, se sentó en el borde de la cama y los examinó, leyendo en silencio para sí mismo.

"MI MENTE"

MI MENTE ES MI PEOR ENEMIGO.
   *Piensa demasiados pensamientos.*
   *Incluso cuando el día parece bueno,*
   *Mi mente recorre el camino oscuro.*
   *Me esfuerzo por disfrutar cada día con un éxito marginal.*
   *Algunos días nada puede deprimirme.*
   *En otros días, nada puede sacarme de mi pozo de desesperación.*
   *Esos son los días que peleo.*
   *Puedo sentir que la opresiva nube oscura comienza a asfixiarme.*

*Quiero llorar*

*Quiero romper su control sobre mí.*

*Quiero rendirme y caer en el olvido.*

*Pero algo no me deja caer.*

*Algo me saca de mi desesperación.*

*Mis miedos se derriten.*

*Entro en un mundo de sueños donde los miedos no pueden existir.*

*Pero la vida no se puede vivir en sueños.*

*Tarde o temprano, los pies deben encontrar el suelo.*

*Escucho que los pensamientos comienzan en el borde de la conciencia.*

*Los alejo rápidamente.*

*Aún me dejan su impresión.*

*Pensamientos inacabados nadan en mi cabeza.*

*Temores sin decir me asaltan.*

*La desesperación se arrastra entre las grietas de mi resistencia.*

*Lucho lo mejor que puedo*

*Tratando desesperadamente de resistir,*

*Buscando y rezando por algo que me haga retroceder.*

--MEG

· · ·

## "El mañana vivió hoy"

Me preocupa la preocupación, el futuro y los objetivos.

Cualquier cosa que posiblemente pueda ser controlada.

La preocupación y el estrés son enfermedades crónicas.

Reprimen el disfrute, una nube oscura sobre la vida.

Hacen cada momento

Uno para pasar, sobrevivir.

Con esa progresión, ¿estamos realmente vivos?

Cada momento es un regalo

Todos los encuentros, importantes,

Todas las cosas tienen algún significado en el gran esquema de las cosas.

Sin embargo, nunca estamos satisfechos con lo que tenemos.

Todos estamos conectados, mientras caminamos por la vida.

Estamos caminando cadáveres,

Nuestros días llenos de desesperación.

Planeamos para el futuro

Sin embargo, rara vez lo disfrutamos.

Como una zanahoria sostenida por un palo,

*Solo fuera de nuestro alcance,*
*Siempre queremos*
*Lo que no tenemos.*


--MEG


'EL TIEMPO'


CASI FUERA DE TIEMPO.
   *Cuando sabes que el mundo está mintiendo.*
   *Todos estaremos bien.*
   *En alas del odio, estoy volando.*
   *desmoronadas esperanzas,*
   *Acuéstate a tus pies.*
   *Eres un asco*
   *No alguien a quien deberías conocer.*
   *Decídete.*
   *Todos estaremos bien.*
   *¿Ahora quién miente?*
   *En la apatía, te estás muriendo.*
   *Sabes que este es el final.*
   *Cuando toda la esperanza se pierde.*
   *No volverás a ir allí de nuevo.*
   *Destino desmoronado,*
   *No es lo que harías.*

*La máscara se está desgastando.*
*El momento de rendirse.*


--MEG


UNA LECTURA RÁPIDA DEL RESTO DE SUS poemas mostró que eran igualmente abatidos. Algunos eran incluso más oscuros y más inquietantes. Apenas podía creer que esta poesía provenía de un individuo tan enérgico. Pero entonces, él de todas las personas podía entender la oscuridad que una persona podía esconderse del mundo. Sacudiendo la cabeza, llamó a Meghan, necesitando asegurarse de que estaba bien, pero nadie contestó el teléfono. Con una sensación de malestar en la boca del estómago, agarró la bolsa de suministros a medio archivar y salió del departamento.

# OCHO

"CREO QUE VOLVIMOS CON EL DOBLE DE
cosas con las que nos fuimos". David sacudió la
cabeza ante la pila de bolsas que se encontraban
en la mesa y puso el resto de la ropa sucia en la
lavadora.

Nicole se echó a reír y comenzó a descom-
primir las bolsas y vaciar una buena libra de botellas de champú y acondicionador gratis.
"Sabes", sonrió ella, "somos ricos. Podemos permi-
tirnos el champú ".

David se encogió de hombros. "¿Qué son
unas vacaciones sin algunos regalos de hotel ro-
bados? Además —se acercó a Nicole y la tomó en
sus brazos, apoyando su frente contra la de ella.

"Te dije que era un ladrón", dijo conspirador, acariciando su oído.

Nicole soltó una risita y puso las manos sobre su pecho, con un brillo en los ojos. "Oh, sí, lo olvidé, oh gran y maravilloso ladrón del champú gratuito". Ambos se rieron y compartieron un beso lento antes de que Nicole retrocediera. "¿Estás seguro de que no te importaba llegar temprano a casa?"

"Por supuesto no. Si sientes que Meg te necesita, eso es lo suficientemente bueno para mí".

Nicole sonrió y lo besó de nuevo. "Eres la mejor."

"Lo intento." El guiñó un ojo.

El sonido de tocar la puerta interrumpió su momento de alegría. Nicole sintió la presencia de Mark afuera y sintió una sensación de temor que la llevó a regresar temprano. Había comenzado como una sensación persistente de que el tiempo se estaba acabando, pero rápidamente se hizo más insistente a medida que avanzaba la semana. Podría haber intentado llamar a Meg para ver si algo andaba mal, pero Meg era conocida por su mal hábito de ocultarle cosas a Nicole, para evitar que se preocupara. La única forma de obtener una respuesta directa era irse a casa y hablar con Meg en persona, por lo que David había aceptado generosamente que pospondrían el resto de su viaje por ahora. Saber que volvería a casa ayudó a disminuir el temor al principio, pero ahora estaba de vuelta con toda su fuerza. Lo que sea que haya sucedido, fue malo. "Lo conseguiré." Nicole corrió al frente de la casa y abrió la puerta a Mark. "¿Qué le ha pasado a Meg?" ella preguntó antes de que él pudiera siquiera ofrecerle un saludo.

Mark parpadeó, ligeramente desconcertado. "Aprendes rápido. ¿Es por eso que ustedes dos regresaron temprano?

Un tormento de emociones estaba saliendo de Mark y Nicole sintió un nudo de náuseas creciendo en su estómago. "Solo dime qué pasó". Juntos, entraron en la sala de estar y tomaron asiento.

Mark rápidamente cubrió los eventos de los últimos días, incluida la nota original, la madre desaparecida de Meg y el cuerpo que había encontrado. "Cuando ella no contestó el teléfono, fui a la casa de tu hermano. La puerta estaba abierta, pero ella no estaba allí. Había huellas afuera, pero no podía decir a dónde conducían. Cuando sentí que ustedes dos habían regresado, pensé que debería venir y informarles.

¿Y crees que Artemis la tiene? Nicole miró a David y compartieron un toque tranquilizador a través de su conexión mental. Prestó su apoyo en silencio mientras tomaban esta nueva información. David sabía lo difícil que era para Nicole escuchar que sus temores con respecto a que Meg estaba en problemas fueron confirmados.

"Sí. Lo pillé mirándola una vez antes. Mark quería abofetearse por dejarla sola en la casa de Billy sin cuidar primero a Artemis. Debería haberlo rastreado después de la primera vez que lo había visto.

"Pero pensé que se suponía que debía cuidarlo. El Ayuntamiento-."

"—Nunca lo atrapó", terminó Mark por ella. "Los correos nunca llegaron al Consejo. Alguien los mató antes de que pudieran.

La sangre se escurrió de la cara de Nicole. Ella cerró los ojos y trató de expandir sus sentidos, buscando a Meghan. Recibió un ligero parpadeo de respuesta de Meg, pero fue débil, demasiado débil para aferrarse. Nicole dejó escapar un suspiro frustrado. Estaba practicando sus habilidades de meditación con Mara, pero aún necesitaba mucho trabajo. Había muchas cosas que hacer, dado que Nicole había descubierto recientemente sobre su linaje de hombres lobo y sus habilidades psíquicas. Al abrir los ojos, se levantó y agarró su bolso. "Tenemos que ir a ver a Mara".

———

MEG SE DESPERTÓ CONFUNDIDA Y UN POCO nauseabunda por la ansiedad nerviosa. Había sido secuestrada y su madre había jugado un papel en ello. ¿Cómo podría estar pasando esto a ella? ¿Quién podría querer secuestrarla? Ella nunca le había hecho nada a nadie. Ella no tenía ninguna habilidad o conocimiento especial que alguien pudiera explotar. Era una mujer desempleada sin mucho que decir sobre su vida. ¿Por qué no podían todos dejarla sola? ¿No había pasado ya por suficiente?

Pero no hubo respuestas aquí. Meg examinó la pequeña habitación y vio solo una silla y una puerta. La habitación era pequeña. Miró ansiosamente la silla. Estaba demasiado cerca, ocupando tanto espacio, abarrotándola. Apresuradamente, se puso de pie y movió la silla a la esquina opuesta. Solo la hizo sentir marginalmente mejor.

Revisó la puerta, pero como esperaba, estaba cerrada. Con los ojos corriendo de lado a lado, inconscientemente jugueteó con sus anillos y pulseras. De repente, sintiéndose muy constreñida por su suéter, se subió las mangas, pero eso no ayudó. Se quitó el suéter, luchando contra el pánico creciente cuando un brazo quedó atrapado por un momento. Envolviendo el suéter en una bola, lo arrojó a la esquina con la silla y comenzó a pasearse. Sin espacio. No había suficiente espacio para moverse, para estirarse. Las paredes estaban tan cerca, demasiado cerca. Mirando con inquietud la silla, no pudo soportarlo más. Con fuerza empujó la silla más lejos de ella. Golpeó ruidosamente contra la pared y rebotó a una distancia sorprendente. Le dio una fuerte patada, gritó con frustración y prácticamente arrancó sus joyas, arrojándolas a la pared del fondo.

Con lágrimas en la cara, se dejó caer en la esquina y se rascó frenéticamente los brazos y las piernas. Parecía como si algo se arrastrara sobre su piel y cada centímetro picara. Cada terminación nerviosa gritaba en agitación.

Tan cerca. Todo estaba muy cerca, restringiendo sus movimientos, irritante, agitante. Tiró y se alisó cada prenda de vestir, la tela casi insoportable contra su piel. Demasiadas cosas la estaban tocando. Dejando escapar un fuerte y penetrante grito, se derrumbó en una temblorosa y sollozante bola de miseria.

"No entiendo por qué la trajiste aquí". Artemis caminó por el pasillo hasta la habitación donde estaba detenida Meghan. "Si no pudiera convencer a Nicole de confiar en mí, ¿cómo se supone que convenza a su pequeña amiga?"

Durante se detuvo frente a la puerta y le indicó a Artemis que mirara por la ventana hacia donde Tammy estaba atando a Meghan. Nunca había planeado contener a la niña, pero ella era claramente inestable. La silla ya se había roto en dos lugares y si lograba aprovechar sus poderes latentes, completamente posible dado su nivel actual de ansiedad, podría terminar estallando antes de que él estuviera listo para liberarla. "Esa mujer allí es la madre de Meghan. ¿La reconoces?

Artemis miró por el cristal. "Sí, ahora que lo mencionas, ella parece familiar. Creo que me acosté con ella una vez.

Durante gruñó ante la tosquedad de Artemis, pero por lo demás permaneció callada, esperando que Artemis hiciera la conexión. Se tomó un tiempo.

"Espera un minuto. ¿Quieres decir que ella es mi hija? Artemis experimentó una oleada de orgullo ante el pensamiento, pero fue atenuado por la incertidumbre. Seguramente, ¿sabría si hubiera engendrado un hijo?

La irritación de Durante aumentó. "Dígame usted. Maldita sea, Artemis, se supone que eres un lobo poderoso. ¿Qué piensas?"

Artemis ignoró el insulto y extendió sus sentidos hacia la mujer. Una sonrisa apareció en sus labios. "Sí, lo veo ahora. Ella será muy útil para nuestra causa ".

"Bien, ahora vete. Tengo trabajo que hacer." Envió el mismo mensaje a la madre de la niña cuando terminó con las restricciones. Durante esperó a que Tammy y Artemis se fueran antes de entrar en la habitación y caminar hacia Meghan. Todavía podía saborear el miedo en el aire. Dada su historia, él siempre supo que el tamaño de la habitación la molestaría, pero no había previsto que su reacción fuera tan extrema. Después de todo, no era como si la hubiera atado o tratado de torturarla. No había estado allí el tiempo suficiente para que Artemis y Tammy le hablaran, antes de perderlo. Por otra parte, podía ver cómo sucumbir al miedo catatónico era preferible a cualquier interacción con esos dos.

Él sonrió. Realmente no importaba, su trabajo sería más fácil de esta manera. Ella sería mucho más maleable en esta posición.

Alcanzando su mente, él peinó a través de las capas de conciencia y buscó cualquier cosa que pudiera resultar útil. Había erigido barreras sorprendentemente respetables alrededor de su mente, pero no estaba entrenada y era débil, y él era mucho más poderoso que ella. Sus barreras apenas le dieron pausa. Exploró los muchos eventos dolorosos que plagaron su mente. Había múltiples opciones para elegir, la mayoría de su primera infancia.

No le tomó mucho tiempo a Durante encontrar la raíz de sus miedos. Tenía miedo de ser débil, de ser una víctima. Este miedo condujo a un odio por aquellos que ella percibía como una amenaza. Él podría trabajar con esto. Empujando más profundo, él aumentó sus instintos, suprimiendo los temores que interferían. Sin eso para detenerla, sería interesante ver qué haría. Corriendo por instinto, ella sería más sugestiva, más fácil de manipular. Sería menos probable que adivinara los impulsos que él plantó en ella, como recuperar un colgante determinado. Le gustaría pensar que Artemis y Tammy Knight serían suficiente influencia para convencer a Meghan de completar esta tarea, pero nunca fue prudente confiar demasiado en los demás. Podrían tener éxito, pero él no contaba con eso. Necesitaba planes de respaldo si esperaba obtener esa maldita piedra. Necesitaba poner fin a esto, ya había durado lo suficiente.

Con cuidado, Durante rompió el último de

sus miedos. No podía eliminarlos por completo, solo ella podía hacerlo, pero no la molestarían de nuevo por el momento. Los enmascaró, ocultándolos de su mente. Para encontrarlos, Meg tendría que romper sus barreras y capas de influencia. Era posible, pero poco probable. A menos que sucediera algo que la sacara de su control, ella era su orden. Ahora, podría aprovechar plenamente su poder, aunque le tomaría tiempo sentir completamente los efectos. Él solo había manipulado su mente subconsciente. Cuanto más gradual sea su influencia, menos probable es que ella se dé cuenta y se resista. Por el momento, esperaría a que ella se despertara, luego podría decidir si se justificaba una influencia más fuerte.

Durante se retiró de la habitación y dejó que la niña descansara. Ella lo necesitaría. Atravesó los pasillos vacíos de su casa, subió un tramo de escaleras hasta el piso principal y bajó otro a una sección separada del sótano. Colocando su mano sobre la superficie fría de la gran puerta de acero en la parte inferior de las escaleras, deseó que el mecanismo de bloqueo se desenganchara. La puerta se abrió. Cerrando la puerta detrás de él, restableció la cerradura. Artemis y Tammy se habían ido por el momento, pero siempre podían regresar, y esta área de la casa estaba prohibida para todos menos para él. Tomó una linterna de la pared y encendió la mecha. Toda la casa había sido equipada con electricidad, pero a veces prefería las viejas costumbres. No necesitaba mucha luz, de todos modos. Colgando la linterna en su gancho, tomó una de sus espadas y comenzó a detener algunos ataques imaginarios.

Rápidamente se aburrió de la actividad. Le gustaba mantener sus habilidades frescas, pero había mucho que podía practicar solo. Necesitaba un compañero, alguien con quien entrenar, alguien que lo desafiara. Temía estar cada vez más oxidado en su soledad. Desafortunadamente, incluso si estuviera dispuesto a salir de su escondite y permitir que alguien lo suficientemente cercano a él sea un compañero de entrenamiento, no había nadie que pudiera proporcionar un desafío adecuado.

Llevando la linterna con él, entró en la habitación contigua. Las estanterías de pared a pared cubrían tres lados de la habitación. Todos estaban llenos de libros, algunos viejos y otros nuevos. Algunos eran ficticios, otros históricos. El resto cubrió una variedad de temas, desde ciencia hasta filosofía, hasta varios idiomas mundiales que había dominado siglos antes. La cuarta pared albergaba un gran centro de entretenimiento con un televisor de plasma de cincuenta y dos pulgadas, altavoces de sonido envolvente y sistema estéreo, y una importante colección de películas y música. En el centro de la habitación, había un simple sillón reclinable cubierto de terciopelo, una mesa de vidrio con una computadora portátil en la parte superior y una barra portátil en forma de globo. Caminando hacia el bar, se sirvió una bebida y se sentó en el sillón reclinable. Con un movimiento de su mano, encendió la televisión. Se acercaba una nueva película que recreaba un mito antiguo de Mesopotamia que le interesaba ver. Tan imprecisas como solían ser las películas históricas, por lo general eran buenas para reírse. Dos horas más tarde, se puso de pie y se dirigió a la final de las habitaciones del sótano: una pequeña habitación con forma de celda con dos entradas y que sugería una mazmorra. La gente encadenada allí, contra la pared de piedra, no hizo ningún movimiento cuando entró. Habían dejado de sentir su presencia hace mucho tiempo. Ahora, apenas reconocieron cuándo dejó su comida, como lo hizo ahora. Habían vuelto a una especie de estado de hibernación, despertando solo una o dos veces al mes. Aún así, sus mentes eran demasiado fuertes y él todavía tenía que romper sus espíritus. A decir verdad, estaba a punto de renunciar a su plan de utilizarlos para alcanzar sus objetivos. Por fin consideró liberarlos, pero eso sería lanzar un comodín en sus planes para lo que aún no estaba listo. Era mejor ver primero sus planes actuales para concretar y obtener el premio. Después de eso, no le importó realmente lo que les sucedió. Podrían continuar con sus vidas y hacer lo que quisieran. Algunos lo llamarían un monstruo por retenerlos durante tanto tiempo, pero no había habido malicia en sus acciones, simplemente eran un medio para un fin. A diferencia del hombre responsable de su encarcelamiento inicial, Durante no sintió mala voluntad hacia ellos. Tampoco le importó lo más mínimo.

Dejando la comida en su celda, subió los escalones hasta su biblioteca y salió del piso del sótano, apagando la linterna al salir. Se había relajado lo suficiente por la noche. Pronto, Meghan se despertaría, y luego comenzaría la diversión. Estaba ansioso por eso. Mañana sería un día muy interesante.

―――――

El olor a desinfectante y limpiador era pesado en el aire. Respiró hondo y sonrió. Ese último asesinato había sido satisfactorio, particularmente después de la pérdida de su víctima anterior. Nunca había anticipado tanta resistencia de ese. Había calculado mal, mal. No volvería a suceder.

Vació el trapeador y regresó a la habitación, reemplazando las sábanas y las correas de la cama por unas nuevas y limpias. Dobló los viejos con cuidado, los envolvió en plástico y los colocó en su bolso. Serían lavados más tarde, una vez que volviera a casa. Por ahora, irían a la cajuela de su auto.

Una vez que el piso se secó por completo, volvió a revisarlo con la escoba. Tomándose el tiempo para una ronda más de quitar el polvo, llevó todo a su auto y se dirigió a la tienda. Irónicamente, era la misma tienda desde donde la había seguido. El empleado era decididamente menos entusiasta hoy, apenas capaz de mostrar una sonrisa a ninguno de los clientes que ingresaron. Era notablemente fuera de lugar para él. Caminando casualmente hacia la Fila Ocho, tomó una caja de guantes y una caja de bolsas plásticas para emparedados. Llevó sus artículos al mostrador y esperó a que el niño llamara sus compras.

"¿Papel o plástico?" preguntó el chico. Parecía deprimido, un complemento a su disposición sombría. No hizo contacto visual cuando habló.

"Papel", respondió, como siempre. Tomó su bolsa de suministros y condujo el resto del camino a casa, donde pudo terminar el proceso de limpieza. Debe tener todo en su lugar, listo para cuando lo necesite de nuevo. La forma en que iban las cosas, eso podría ser antes de lo que había anticipado. Se hicieron demasiadas preguntas. Necesitaba poner fin a esto pronto, antes de que las cosas se salieran de control.

Guardó las cajas de guantes y bolsos, y puso la ropa de cama en la lavadora. Se necesitarían dos cargas para limpiar todo correctamente, pero se terminaría lo suficientemente pronto. Ahora, finalmente podría concentrarse en su plan nuevamente. Sí, necesitaría esas sábanas limpias muy pronto.

———

MEG ENTRÓ Y SALIÓ DE LA CONCIENCIA, apenas consciente del paso del tiempo. No podía decir si había estado aquí, atada a una mesa en esta celda de una habitación, durante horas, semanas o más. No podía permitirse pensar demasiado. Si pensara, comenzaría a entrar en pánico y no podría entrar en pánico. No podía pensar en cómo no podía moverse, cómo estaba restringida en su lugar, indefensa, vulnerable. Cerrando la mente de nuevo, apagó sus pensamientos. Ella no debe pensar. Ella no podía permitirse pensar.

Recordaba haber sentido una presencia antes, pero no había nadie en la habitación con ella ahora. Quizás ella estaba loca. Se había vuelto loca y ahora la realidad ya no tenía sentido. Tal vez ella estaría loca para siempre. Meghan volvió a abrir los ojos y tuvo la sensación de que el tiempo había pasado, aunque no había signos externos. Probablemente se había quedado dormida. No era como si hubiera algo más que hacer. Tal vez debería permitirse dormir. Podía dormir y nunca volver a pensar. A pesar de estos pensamientos, sus ojos permanecieron obstinadamente abiertos, mirando hacia la habitación vacía, poco dispuestos a cerrar para dormir.

Si cerraba los ojos, no sabría lo que estaba sucediendo a su alrededor, si alguien más entraba en la habitación. Era lo único que podía controlar. Ella podría permanecer despierta o podría dormir. Abrió los ojos para darse cuenta de que se había quedado dormida nuevamente. Rindiéndose, se dio cuenta de que no tenía ningún control sobre nada. Mirando de nuevo a la habitación vacía, borró todos los pensamientos de su mente.

Meg dejó que sus ojos se relajaran, observando todas las luces danzantes que encajaban en la habitación. Eran una vista hermosa. Suspirando, giró la cabeza hacia un lado y miró hacia donde las luces parpadeantes desaparecían gradualmente en la oscuridad de la cueva. El musgo bioluminiscente todavía iluminaba las partes más profundas de la cueva, pero parecía algo más oscuro de lo que recordaba. No estaban produciendo mucha luz. Mientras observaba, el túnel se oscureció aún más, los destellos de luz comenzaron a retirarse de la oscuridad invasora. Su pánico comenzó a aumentar y luchó para empujarlo hacia abajo. No debe entrar en pánico, necesitaba mantener la calma. Miró la oscura oscuridad de la cueva, incapaz de darse la vuelta. Se acercó, alejando toda la luz a su paso. Luego, en una ráfaga de velocidad, incapaz de contener el pánico por más tiempo, Meg corrió hacia las cataratas, atravesó la cortina de agua y chapoteó en el agua a sus pies.

La escena afuera no era lo que ella esperaba. El cielo estaba lleno de nubes gris oscuro, visibles incluso en el cielo nocturno de su mundo. El trueno se estrelló a su alrededor, la lluvia fría y dura que caía sobre su cuerpo ya empapado. Ella tembló de miedo y frío. No podía ver la costa y las montañas distantes. No podía ver el lago a su alrededor. Era completamente negro, reflejando el cielo oscuro de arriba con una intensidad aterradora. Sin pensarlo, Meg volvió corriendo a la cueva y siguió corriendo hasta que regresó al otro lado. Fue un poco mejor. Sombras oscuras cayeron sobre toda la tierra. Las luces del pabellón no pudieron penetrar esta oscuridad. Miró frenéticamente a su alrededor, tratando de encontrar un lugar para ir, un lugar para esconderse, pero no quedaba ningún lugar. Todo aquí estaba abierto. Es posible que no pueda ver en la oscuridad, pero eso no significa que no se la pueda ver si algo la está buscando. Con pocas opciones, corrió de regreso a la cueva, rezando porque aún no la habían visto.

La cueva estaba oscura, pero seguía siendo el mejor lugar para ella en este momento. Ella siempre podía dejarlo si le resultaba difícil quedarse de nuevo. Mientras regresaba a las cataratas, notó la poca luz que las rocas proyectaban en su camino. Respirando hondo, continuó. Aunque la luz se estaba atenuando, este era el lugar más iluminado que podía ir. Se deslizó por la pared para establecerse donde había comenzado, mirando hacia la oscuridad y observando si había movimiento. Balanceándose hacia adelante y hacia atrás, con las rodillas pegadas al pecho, Meg se repetía a sí misma que estaba a salvo aquí. Nadie la encontraría. Ella estaría a salvo. Thunder ahogó sus susurradas palabras de consuelo y la sacudió hasta el centro. Una vez que cesaron los retumbos, ella continuó balanceándose, mirando hacia la esquina más alejada de la habitación. "Estoy bien. Estoy a salvo. Nada me puede encontrar. Voy a estar bien ". Solo deseaba poder creerlo.

# NUEVE

Mara caminó por la habitación, encendiendo velas e incienso mientras Nicole se sentaba en el medio del piso y trabajaba para calmar su respiración. Atenuando todas las luces, Mara se sentó frente a Nicole, hablando en voz baja. David y Mark se sentaron en silencio al otro lado de la habitación, con cuidado de no molestarlos mientras Mara guiaba a Nicole cada vez más a la meditación.

"Ahora, quiero que piensen en un recuerdo que los dos compartan, algo significativo para ustedes, un momento en que estuvieran excepcionalmente cerca".

Nicole pensó en su infancia, escaneando sus recuerdos en busca de algo que sobresaliera, dejando que se le ocurriera como Mara le había enseñado a hacer. Y de repente, ella tenía tres años, de vuelta en el orfanato, llorando suavemente en su almohada.

La pesadilla todavía la perseguía, aterrorizándola, a pesar de que no podía entenderlo. Mirando inexpresivamente a través de la habitación, vio a alguien salir de debajo de una de las camas. Fue Meg, la chica que la había ayudado con los matones el otro día. En silencio, Meg se subió a la cama de Nicole y comenzó a acariciar su cabello. "¿Qué pasa?" Ella susurró.

Nicole se sorbió la nariz y susurró. "Yo ... fue una pesadilla. Los tengo todas las noches.

"¿De qué se trataba?"

"No puedo recordarlo. ¿Por qué estabas debajo de la cama?

La mano de Meg se congeló por un segundo antes de darse cuenta de nuevo de que Nicole temblaba y reanudó sus caricias para calmar a la niña. Mirando alrededor de la habitación nerviosamente, Meg respondió. "También tengo miedo por la noche. Había un hombre que quería lastimarme. Él lastimó a mi mamá. Por eso me enviaron aquí. Sigo pensando que vendrá por mí otra vez. Cada vez que cierro los ojos, me temo que estará allí cuando los abra. Entonces duermo debajo de la cama. Se siente más seguro de esa manera ".

"Oh." Nicole sollozó y se acercó un poco más a Meg

"Deberías intentar dormir un poco más. Me quedaré contigo y mantendré la pesadilla lejos para ti ".

Nicole asintió y cerró los ojos. "Mantendré al hombre malo lejos de ti también".

Nicole se aferró a las sensaciones del recuerdo, la cercanía que habían compartido en ese momento, y asintió con la cabeza a Mara. Al menos, pensó que asintió. Su cuerpo era pesado y concentrado mientras estaba en el recuerdo en su cabeza, su cuerpo y la habitación a su alrededor adquirieron una calidad claramente irreal. Se estaba volviendo menos conectada con ese mundo, con su cuerpo, con cada segundo.

Si ella realmente asintió o no, Mara recibió el mensaje y comenzó a hablar de nuevo, su voz resonando en la cabeza de Nicole.

"Sigue ese sentimiento. Concéntrate en la cara de Meg, en su espíritu. Sigue tu conexión a donde está ahora.

Nicole agarró los hilos de familiaridad y dejó que la cargaran. Soltándose, se dejó arrastrar por las corrientes que corrían entre ella y Meg, moviéndose hacia donde podía sentir la presencia de Meg más fuerte. Lentamente, una habitación comenzó a tomar forma a su alrededor. Miró a su alrededor y vio una habitación sencilla con una silla volcada en una esquina, al lado de un montón de joyas y ropa. Al otro lado de la habitación, vio a Meghan, atada a una mesa. Sus ojos estaban enfocados en la pared a su lado. Nicole podía sentir oleadas de miedo sobre Meghan, paralizándola en un caparazón aparentemente tranquilo.

Al acercarse, Nicole observó a Meghan y sintió su dolor como si fuera suyo. Nicole respiró hondo. No había visto a Meg tan mal desde ese día en la diapositiva, cuando eran niños. Extendiéndose, vio cómo su mano atravesaba el brazo de Meghan y la mesa. La falta de sensación rompió la conexión, enviando a Nicole tambaleándose de nuevo a su cuerpo, sentada en el piso de Mara. Parpadeando varias veces ante la brusquedad de todo, se llevó una mano al pecho y trató de calmar su respiración. "Lo tenía, pero lo perdí".

Mara acarició la otra mano de Nicole y sonrió. "Eso fue muy bueno para un primer intento. Intentaremos nuevamente después de que haya descansado unos minutos ".

Nicole asintió y se levantó, estirando las piernas. Estaba un poco decepcionada de sí misma por perder el contacto, pero las palabras de Mara fueron alentadoras. Ella podría hacer esto. Otro intento o dos y ella debería poder hacerlo bien.

"Mark, ¿estás bien?" Preguntó David, interrumpiendo los pensamientos de Nicole. Nicole miró a Mark, pero él miró hacia adelante con los ojos muy cerrados, sin responder a nada a su alrededor.

"Parece que está en un estado meditativo", observó Mara. "Debió haberse hundido cuando yo estaba guiando a Nicole". Caminando hacia Mark, Mara se acomodó cuidadosamente a su lado. Era evidente que él estaba profundamente hundido, y ella no quería asustarlo si podía evitarlo. "Mark", dijo suavemente, expandiendo sus sentidos hacia él, conectando su mente suavemente con la de él. "Marcus, necesito que me digas lo que estás viendo".

"Tanto miedo". Su voz era seca y su respiración se volvió errática. "Tan asustado. Las paredes están demasiado cerca, pero ella no puede alejarse". Comenzó a hablar como si fuera el que estaba siendo restringido, cada vez más agitado con cada momento que pasaba. "No puedo mover mis brazos o piernas. Pánico. Hay que moverse Necesito salir. Tengo que liberarme".

"¿Que está pasando?" David preguntó suavemente, copiando el tono de Mara. Si ella pensaba que la tranquilidad estaba justificada, era lo suficientemente bueno para él.

"Meg es claustrofóbica", aclaró Nicole, reconociendo lo que Mark describió de inmediato. "De alguna manera, debe haber aprovechado, pero ¿cómo? No pensé que se conocieran particularmente bien ". Nicole y David intercambiaron una mirada confusa, pero no hablaron. La forma en que esto sucedía no era importante.

"Marcus". Mara continuó imperturbable. "Quieres seguir mi voz. Necesito que me sigas. Separarse de estos sentimientos, no son sus sentimientos. No tienen control sobre ti. Mara mantuvo la creciente sensación de urgencia fuera de su voz y usó su conexión mental para guiarlo suavemente hacia atrás. Si Mark mantenía una conexión emocional tan fuerte con Meghan en este momento, mientras ella estaba tan agitada, fácilmente podría comenzar a perder su propia identidad ante la intensidad de su miedo. Podía sentir que ya estaba sucediendo. Se estaba convirtiendo en uno con Meg, y no en el buen sentido. Lentamente, y para alivio de Mara, comenzó a reaccionar a su guía, su sentido de sí mismo se volvió sólido nuevamente. Esperó un poco más hasta que su respiración se ralentizó y el latido de su corazón rompió la sincronía con la de Meghan, antes de volver a hablar en su tono lento y suave.

"Siente la silla debajo de ti, el piso debajo de tus pies. Respire la fragancia del incienso y permítase regresar a este lugar, de regreso a su cuerpo ".

Después de un momento, Mark abrió los ojos y respiró hondo, temblando ligeramente con pánico residual. Intentó recordar un momento en que había sentido un miedo tan abrumador, pero no se le ocurrió nada. "Eso fue intenso. Sus sentimientos eran tan fuertes ". El miedo de Meg lo abarcaba todo, una parte de su propio ser. No sabía cómo alguien podía vivir con un miedo tan fuerte, pero ella lo soportaba con aplomo y elegancia propia. Ella era una persona más fuerte de lo que él le había dado crédito.

"Si." Nicole se sentó en el sofá y se miró las manos. "Ha sido así desde que la conozco. El tipo que puso a su madre en coma, solía encerrar a Meg en un armario todo el tiempo. Ella desarrolló un caso severo de claustrofobia a causa de ello. Por lo general, puede manejarlo bien, pero cuando se agita por algo, vuelve a levantarse. Cuando es malo, ella se asusta. Cuando es tan malo como se pone, se congela. Ella no puede moverse, no puede pensar. Es como si ella quedara atrapada en su propia cabeza. Ocurre a veces cuando ve a alguien sosteniendo un cuchillo también, pero no tan mal. Esta es solo la segunda vez que la veo tan mal ".

"¿Cuchillos?" Preguntó Mark, una sensación de malestar reemplazó el pánico que recorría su cuerpo.

Nicole se tomó un momento, estudiando a Mark de cerca. Normalmente, ella nunca revelaría el pasado de Meg a nadie sin su permiso. Meg jugó cosas cerca del cofre, prefiriendo mantener el mundo a distancia. Con su historia, ¿quién podría culparla? Pero incluso un mortal podía ver cuánto se preocupaba Mark por Meg, y los instintos de Nicole le decían que Meg se preocupaba por este hombre. Con tanta incertidumbre asociada con la desaparición de Meg, ahora no era el momento de guardar secretos. Necesitaba saberlo todo. "Eddie le hizo un número. A menudo la amenazaba con su cuchillo. Él la cortaría a ella y a su madre, por el placer de hacerlo. Hasta el día de hoy, le quedan algunas cicatrices. Algunos de los cortes fueron profundos. Los cuchillos todavía la asustan. Por eso estaba tan desordenada cuando Rodney Steagel la usó para llegar a mí. La sostuvo a punta de cuchillo y la obligó a llamarme, a acosarme. Si hubiera hecho algo más, Meg le habría pateado el trasero. Ha estudiado defensa personal desde que estaba en la secundaria. Ella trabaja todo el tiempo. Ella trata de hacerse lo más fuerte e independiente que puede, para que nadie pueda volver a tener su vida en sus manos. Pero a pesar de todo el trabajo duro, ella no puede superar estos miedos suyos. Ella se asusta y se congela, y no puede obligarse a hacer nada ".

Mark recordó el informe policial que había leído. Aunque la descripción de la condición de Meg incluía múltiples laceraciones y hematomas, no tenía mucho significado para él en ese momento. Eran palabras en una página, y él leía informes policiales todos los días. Tenía una forma de desensibilizar su punto de vista sobre cómo estos eventos podrían afectar a las personas. Pero ahora, la reacción de Meg tenía sentido. Podía ver cómo su pasado y presente estaban conectados, cómo su pasado formaba a la persona que era hoy. Su dolor y miedo ya no eran conceptos abstractos para ser entendidos desde lejos. Habiendo experimentado los sentimientos de Meg de primera mano, las palabras en el informe fueron repentinamente muy reales.

Nicole observó cómo la tensión se abría paso sobre las características y la postura de Mark. Sin decir una palabra, se pasó una mano por la sien y cerró los ojos, obviamente sumido en sus pensamientos. Al ver lo difícil que era para él, Nicole se preguntó qué debía estar sintiendo Meg y por lo que estaba pasando en este mismo momento. La idea era casi más de lo que podía soportar, pero Nicole no rehuyó. En cambio, mantuvo su miedo por Meg y dejó que la impulsara a la acción. Volviendo a sentarse en el suelo, Nicole respiró hondo y volvió a meditar. No necesitando ninguna guía esta vez, ella siguió la conexión ella misma.

Todavía estaba allí desde el primer intento. Al concentrarse en la presencia de Meg como un faro de luz, Nicole se perdió. Ella bajó sus propias barreras completamente a Meghan. Ella tuvo que ayudarla. Ella encontraría un camino, sin importar lo que tomara. Siempre había una manera, era simplemente una cuestión de encontrarla.

Poco a poco, su presencia comenzó a fusionarse con la de Meghan. Ella respiró cuando Meg respiró. Ella parpadeó cuando Meg parpadeó. Se permitió convertirse en una con Meghan, tomando el miedo de Meg en sí misma. Ya no era el miedo de Meg, era su miedo. Ninguno de los dos, se convirtieron en uno. Nicole no abandonaría a su amiga; abandonar a Meg era abandonarse a sí misma. Ella experimentó un destello de reconocimiento por parte de Meg y se abrió aún más, invitando a Meg a entrar, enviándole amor y fuerza, reuniendo el amor y la fuerza de Meg dentro de sí misma. Fortalecerse era fortalecer a Meghan. Eran uno.

Hubo un repentino tirón en su cuerpo, pero Nicole apretó su conexión firmemente y fue recompensada con la sensación de que Meghan se aferraba con la misma fuerza. Juntos hicieron un voto silencioso de nunca dejar ir. El tirón se hizo aún más fuerte, hasta que sintió una presión dolorosa en el pecho de Nicole. Una repentina oleada de poder y energía la inundó, llenando sus pulmones con la respiración que tan desesperadamente necesitaba, aliviando el dolor en su pecho cuando respiró hondo varias veces. Aturdida y desorientada, Nicole abrió los ojos a una luz inmensamente brillante y al sonido del viento azotando a su alrededor. Al ver una forma dentro de la luz, una sonrisa apareció en su rostro. Entregándose completamente a la energía, cerró su mente al pensamiento consciente.

"¿Qué está pasando?" David gritó al viento aullante que soplaba alrededor de la habitación, un viento que se centró en Nicole. La buscó en la luz cada vez mayor, pero la intensidad hizo imposible distinguir nada. La cantidad de poder que se acumulaba en ella era increíble. En su larga vida, nunca tocó nada tan poderoso. Cerrando los ojos contra la luz, esperó a que el viento se calmara. Fue todo lo que pudo hacer.

"Oh, Dios mío", exclamó Mark.

Al abrir los ojos, David examinó la habitación. El fuerte viento y la luz intensa se estaban apagando. Algunos objetos habían sido volcados o estaban fuera de lugar, pero en su mayor parte, la habitación no parecía peor por el desgaste. Y luego miró al centro de la habitación donde Nicole había estado sentada. Estaba doblada de lado, con los ojos cerrados. Todos los rastros del gran poder que había sentido se estaban disipando, y podía sentir el agotamiento abrumador que atravesaba a Nicole. Pero lo más notable fue qué más vio. Acostada junto a Nicole en el suelo, sosteniendo su mano extendida, estaba Meghan, aquí en la habitación con ellas. "Oh, Dios mío", se hizo eco David.

El suelo estaba duro debajo de ella y Nicole gimió suavemente, moviéndose con cautela. Podía sentir una mano en la de ella, aunque el agarre era flojo, no tenía fuerza. No es que ella poseyera mucha fuerza tampoco, pensó. Ella no podía abrir los ojos.

"¿Nicole?" ella escuchó a David decir. Gimiendo de nuevo, ella rodó en su toque y trató de abrir los ojos con fuerza. Parecía una tarea difícil. Al dejarlos cerrarse, se dio cuenta de que alguien se estaba presionando un vaso de agua en los labios y aceptó la bebida con gratitud. El líquido fluyó por su garganta reseca, revitalizándola. Al terminar el vaso, trató de abrir los ojos nueva-

227

mente y logró la hazaña, sintiéndose mucho más fuerte. "¿Estás bien?" David preguntó. Ella asintió, todavía sin confiar en sí misma para hablar. Al mirar por encima, se dio cuenta de la mano que sostenía y trató de sentarse apresuradamente.

"¿Cómo, ¿cuándo, ¿qué pasó?" tartamudeó ella.

Mientras observaba, Mark puso sus manos sobre Meghan, tratando de curar sus heridas. Se encontró con la mirada de Nicole y sacudió la cabeza. "Sus heridas no son físicas y es mucho más difícil curar el dolor psicológico". Tendrá que resolverlo sola ".

Nicole asintió con la cabeza. Eso, al menos, tenía sentido para ella. "¿Pero ¿cómo llegó ella aquí?" ella preguntó débilmente.

"Lo hiciste", respondió Mara, sonando asombrada. "Nunca había visto algo así, pero aparentemente tu deseo de ayudar a tu amiga fue tan fuerte, una vez que hiciste la conexión con ella, la trajiste de vuelta contigo".

"¿Cómo es eso posible?" Nicole miró a los demás con incredulidad. Sabía que lo que Mara decía era verdad, pero ¿cómo podría ser? ¿Cómo podía ser capaz de algo que Mara nunca había visto antes?

"Te dije antes lo poderoso que podrías llegar

a ser. Apenas comienza a astillar en la superficie de su verdadero potencial. Agregue eso a su puro deseo de ayudar a alguien que cuida, y todo es posible. Confía en mí, han sucedido cosas más extrañas. Dicho eso, Mara tuvo que admitir que compartió la sorpresa de Nicole. Cosas más extrañas habían sucedido antes, pero no en mucho tiempo, y generalmente no sin alguna intervención divina. La niña progresaba a un ritmo rápido.

Nicole se arrastró hacia Meghan y le puso una mano en la mejilla. Mirando a Meghan con atención, Nicole trató de encontrar una manera de romper la neblina de Meg. "Hay algo diferente en ella", observó Nicole después de un momento. Ella no podía señalarlo, pero algo era extraño. Lo había notado cuando hizo contacto antes, pero ahora, con Meg en la misma habitación, era aún más notable.

David respiró hondo y asintió especulativamente. "Ella huele diferente".

"Lo noté antes", dijo Mark, confirmando sus observaciones. "Ella tiene un lobo en ella, en algún lugar en la línea. Probablemente está siendo despertada por todo lo que ha pasado recientemente".

"¿Lobo? ¿Pero cómo?" Nicole preguntó, completamente en estado de shock. "¿Quieres decir que uno de sus antepasados debe ser un lobo?"

Mark se encogió de hombros. "Un padre, probablemente. Es fuerte, por lo que no se puede diluir más de una línea. Tendría que ser su padre ", especuló Mark," no podría ser su madre, o no se habría quedado en coma todos estos años, pero su padre no figura en ningún registro, por lo que no se sabe quién es él."

"Su padre es Artemis", dijo Mara desde el otro lado de la habitación, dándoles la espalda mientras mezclaba algunas hierbas para el té. Girando con calma, ignoró las miradas atónitas y confusas de todos y les llevó dos tazas, entregándoles una a Nicole y la otra a Mark. "Dale esto a ella. Debería ayudarla a recuperar algo de fuerza. Levantando cuidadosamente el cuerpo propenso de Meghan, Mara sostuvo la cabeza de Meg quieta para que Mark pudiera verter cuidadosamente un poco del líquido en su boca. Acostumbrados a dejar que Mara haga las cosas a su propio ritmo, nadie la presionó para que respondiera a su comentario anterior, aunque ninguno de ellos tampoco le quitó la vista de encima. Una vez que Meg se había tragado un poco de té, Mara tomó la taza y consiguió que Mark lo llevara a una habitación donde podrían dejar a

Meghan para que descansara. Solo entonces ella continuó.

"Sentí la verdad sobre ella no hace mucho tiempo", explicó Mara. "Ella estaba causando algunos patrones climáticos severos sin darse cuenta. El clima simplemente estaba reaccionando a sus emociones. Seguí la tormenta hasta su origen y discerní la verdad. Es la hija de Artemis y tu prima de sangre, Nicole".

Nicole inhaló bruscamente. "Ella es mi familia?" Mara asintió con la cabeza. "Y si Artemis se enteró ..."

"... eso podría explicar por qué la estaba mirando, por qué la llevó", completó Mark.

Mara asintió con la cabeza "Todos deberían descansar un poco, especialmente usted", le indicó a Nicole. "Los sofás no se despliegan, me temo, pero son bastante cómodos. Estaré en el estudio si alguien necesita algo. Intenta descansar un poco. Puede evaluar mejor sus opciones por la mañana".

––––––––

Durante caminó hacia la cama improvisada que había sostenido a Meghan antes y examinó las restricciones vacías. Este fue un giro interesante de los acontecimientos. Él sonrió. Le encantaba cuando las cosas lo sorprendían, cuando las cosas no iban según el plan. Fueron estos momentos los que dieron cierto significado a su existencia infinita. No valía la pena vivir la vida sin sorpresa. Pero esto, podría divertirse con esto. Identificando su ubicación con facilidad, Durante se fue. Tenía una noche ocupada por delante.

———

DAVID COLOCÓ LAS SÁBANAS ALREDEDOR DE Nicole y la observó mientras dormía tranquilamente durante unos minutos antes de salir al balcón donde estaba Mark, apoyado en la barandilla. Mark asintió cuando salió, pero permaneció en silencio. Los dos hombres permanecieron juntos durante varios minutos, mirando hacia el cielo nocturno. David mantuvo cuidadosamente su distancia, tanto mental como físicamente, dándole a Mark el espacio que obviamente necesitaba. Aun así, estaban demasiado cerca para que Mark no supiera lo que tenía en mente. Se conocían desde hace mucho tiempo.

"¿Soy tan obvio?" Mark preguntó por fin, todavía mirando las estrellas.

David se encogió de hombros. "No tanto. No estaba completamente seguro hasta ahora".

"¿Qué me delató?" Miró a David cuando hizo la pregunta.

"La forma en que la miraste. Es lo mismo que siento cuando miro a Nicole ". David se encogió de hombros. "Eso y la forma en que te metiste en la meditación. Pensé que debía haber algún tipo de conexión allí para que eso suceda ".

Mark asintió con la cabeza. "Buenas observaciones". David siempre era bueno para darse cuenta de las cosas, pero eso era de esperar de alguien que pasaba tiempo en la calle. Permaneció en silencio nuevamente por un tiempo antes de continuar. "No he hablado con Meghan sobre esto. He estado tratando de ayudarla en todo. Ella ha estado guardando tanto contenido dentro que ha sido un desastre. Ella no pide ayuda fácilmente ".

David se rio suavemente. "Suena como alguien más que conozco".

Mark sonrió. "Sí, tienen mucho en común. Pero entonces, ambos han pasado por muchas cosas". Finalmente estaba comenzando a apreciar cuán cierto era eso.

David asintió con la cabeza. "Sí, no tenía idea de todo lo que le pasó a Meg. Siempre ha sido tan optimista y alegre cada vez que he estado cerca de ella ". Miró en dirección a la habitación y suspiró. Meg era una buena persona y una buena amiga. En el corto tiempo desde que se conocieron, ella nunca había sido más que amable con él. Le mató verla pasar por esto, sabiendo ahora por lo que ya había pasado. Tan difícil como fue para él, David no podía imaginar lo que Mark estaba sintiendo. "Tenemos que hacerle saber que no está sola en esto. Ella tiene amigos. Palmeando a Mark en el hombro, David se giró para entrar. "Deberías descansar un poco."

Mark asintió y dejó que David lo llevara adentro. El descanso estaría bien. Al menos no debería tener que preocuparse por nada desagradable que ocurra aquí.

———

Mara sacó una manta y una almohada extra y las colocó en su silla, una silla grande con un marco de mimbre y un cojín almohadado para sentarse. No era una alternativa ideal a una cama, pero ella había dormido peor. Fue solo por una noche, y ella nunca durmió por mucho tiempo. A veces lo evitaba por completo. Si no estaba cansada, no dormía. Tales hábitos la llevaron a tomar muchos pasatiempos a lo largo de los años. Se sentía bien dedicarse a un proyecto de vez en cuando, para terminar realmente algo. Había adquirido numerosas habilidades artesanales, hecho muebles y se había convertido en una experta en varios juegos de mesa. No había un libro en la biblioteca que no había leído al menos dos veces, y una vez había caminado casi cada centímetro del estado en una sola excursión, antes de regresar a casa. Incluso abrir la tienda había sido motivado tanto por el aburrimiento como por los obvios beneficios financieros. Mara sospechaba que realmente había estado en todas partes y había hecho todo. Y ahora, estaba ansiosa por algo nuevo.

Mara recogió su computadora portátil y se acomodó en la silla de su tazón, doblando las piernas debajo de ella. No tardó mucho en ponerse en funcionamiento y en línea. Su computadora era de primera línea, con una excelente capacidad de memoria con hiper procesamiento. No compraba cosas nuevas con frecuencia, pero cuando hacía una gran compra, siempre investigaba y compraba lo mejor.

Mara hizo clic más allá de las noticias con solo una mirada superficial. No le importaba lo que sucedía en todo el mundo. Los nombres y los lugares pueden cambiar, pero en última instancia, las noticias nunca lo hicieron. Eran diferentes personas cometiendo los mismos viejos errores, repetidamente. De vez en cuando, algo llamaba su atención, pero esos casos se volvían cada vez más raros.

Revisó su correo electrónico, pero no había nada nuevo. No se sorprendió, ya que no recibió muchos correos electrónicos. Ninguno de sus conocidos sabía de su amplia alfabetización tecnológica. La mayoría nunca imaginó que Mara sabía lo primero sobre las computadoras. Todos asumieron que ella los evitaba, una reliquia antigua, temerosa de la tecnología y los cambios que trajo.

A pesar de eso, durante el año pasado, ella comenzó a recibir mensajes de alguien que no conocía, y aunque podía rastrear fácilmente a la mayoría de las personas en línea, no había podido discernir su identidad. Los mensajes eran cortos y habían sido un poco crípticos inicialmente. Había una cualidad casi juguetona y hastiada para ellos que intrigó a Mara y descubrió que le recordaban a sí misma. A medida que pasaba el tiempo, el remitente misterioso comenzó a enviar correos electrónicos más detallados, discutiendo filosofía y literatura. Algunos de los textos a los que hizo referencia eran antiguos, y mostró una perspectiva única en cada uno de ellos. Al no ser una persona que socializaba fácilmente, Mara había encontrado en las discusiones un cambio de ritmo interesante.

Pero no había correo electrónico esta noche. Suspirando, Mara inició sesión en el juego que estaba jugando actualmente y comenzó a ordenar sus misiones. Tenía un par de misiones sin terminar y un contacto que cumplir, antes de poder desbloquear la siguiente etapa. En el camino, vio a un personaje llamado Yellow Wood siendo atacado por un grupo de enemigos mucho más fuerte que él. Por el aspecto de las cosas, había caído en su área mientras pasaba corriendo. Saltando para ayudar, mató a un par de los más débiles con su primer golpe. Una vez que ella y Yellow Wood habían matado a todos los enemigos, ella permaneció de guardia, para darle la oportunidad de sanar.

"Gracias". El cuadro de texto apareció sobre su cabeza y en el cuadro de chat.

'No hay problema. Simplemente no esperes que te rescate cada vez que te pongas en apuros. Ella sonrió, sintiéndose inusualmente juguetona. Disfrutaba de la libertad que experimentaba cuando jugaba este juego. Le permitió interactuar abiertamente con las personas, sin acercarse emocionalmente o personalmente a nadie. Ella podría ser ella misma, sin revelar quién era. Sin presión. No hay conexiones a largo plazo. Anonimato completo.

"Lo tendré en cuenta, Alarice", respondió, su

personaje meciéndose de un lado a otro con una sonrisa. "Estaba a punto de hacer un desastre si quieres unirte a mí".

Estaba considerando la oferta cuando sintió la presencia de Mark fuera de su habitación. "Entra", llamó en silencio a Mark.

Mark abrió la puerta y examinó la habitación con sorpresa, su pregunta momentáneamente olvidada. Esperando ver una habitación simple llena de antigüedades y velas, encontró un estéreo de última generación, un televisor con múltiples sistemas de juegos conectados y sentado a su lado, una computadora en un escritorio. Aún más sorprendente fue encontrar a Mara, sentada acurrucada en una silla con una computadora portátil. Aún más extraño, por lo que parece, estaba jugando un videojuego. Entró en la habitación y cerró la puerta detrás de él. "Ahora lo he visto todo". Caminó detrás de Mara y miró por encima de su hombro la pantalla del portátil. Los dedos de Mara volaron sobre el teclado, su personaje en la pantalla saltó y destruyó una pantalla llena de enemigos en segundos. "Eso es increíble."

Mara mantuvo sus ojos en la pantalla y siguió luchando para atravesar a los enemigos que atacaron. Fueron activados por otro jugador que corría por el área y los sorprendió tanto a ella como a Yellow Wood. "He estado jugando este MMO durante un par de años, ahora. ¡Allí!" Ella mató al enemigo final y agradeció a Yellow Wood por un hechizo de curación que le había dirigido.

"¿MMO?" Mark repitió confundido. Recordó el término de fragmentos aleatorios de programas de televisión y conversaciones, pero su significado lo eludió.

"Multijugador masivo en línea", aclaró Mara, solo medio prestando atención a Mark.

"Entonces, ¿qué tal esa mezcla?" El cuadro de texto apareció sobre la cabeza de Yellow Wood.

"No puedo, GTG". Ella escribió en respuesta y cerró la sesión del juego.

"¿Qué significa" GTG "?" La cara de Mark se arrugó con sus pensamientos, pero por más que lo intentó, ¿no recordaba haber escuchado esas iniciales en particular antes?

"Tengo que irme." Mara cerró la computadora portátil y la dejó sobre el escritorio. A veces olvidaba que no todos sabían la terminología que ella conocía, pero después de años de aprender nuevos idiomas, cualquier idioma, incluso el argot tecnológico, le resultaba fácil.

"Ah", Mark asintió y archivó la información para uso futuro. Si Mara pudiera adaptarse y aceptar nuevas tecnologías libremente, no había razón para que no pudiera hacer lo mismo. La adaptación fue lo que los mantuvo vivos. Al menos no era un novato completo, había reconocido el juego, aunque solo se había anunciado recientemente, y Mara afirmó haber estado jugando el juego durante mucho más tiempo que eso. "Pero pensé que solo se lanzó hace un par de meses".

"Lo hizo. Estaba en la prueba beta ".

Mark sonrió, feliz de finalmente entender algo que ella había dicho. Uno de los oficiales más jóvenes de la estación habló de la prueba beta de un juego una vez y le encantó. Al probar el juego antes de su lanzamiento, tenía más experiencia que cualquiera de los otros jugadores que comenzaron a jugar más tarde. "Wow, Mara, nunca te habría vinculado como jugador".

"¿Por qué? ¿No crees que sé cómo divertirme?" Ella sonrió burlonamente.

"No, no habría imaginado que tenías nada que ver con la tecnología. Siempre has parecido viejo mundo ". Mark se encogió, esperando no sonar insultante.

Mara se rio entre dientes. Ella había anticipado ese tipo de respuesta. Se había ganado una reputación bastante estoica a lo largo de los siglos, con todos relegándola al papel de mujer sabia tranquila, sin considerar que había algo más en ella que eso. "¿De qué querías hablar?"

"Oh si." Mark se frotó la nuca y se apartó de la silla de Mara. "Quería conocer tu opinión sobre lo que sucedió antes. Lo que hizo Nicole, nunca había visto algo así, y pensé que tú también parecías un poco conmocionado por eso. Quería conocer tu opinión sobre eso.

"Creo que Nicole es increíblemente poderosa y todo es posible en las circunstancias adecuadas". La expresión de Mark sugirió que no estaba satisfecho con su respuesta y ella suspiró. "Me sorprendió. Nunca he visto a nadie lograr lo que Nicole hizo esta noche, pero debes recordar que no lo hizo sola. Antes de que Nicole la trajera de vuelta, pude sentir que ella y Meghan se estaban acercando. Ninguna de esas chicas quería soltarse la una a la otra. Creo que su fuerza combinada de voluntad y amistad firme, junto con su conexión de sangre, hicieron posible lo que sucedió ".

Mark contempló una pintura en la pared de Mara, considerando su explicación "Entonces, ¿no crees que lo que sucedió podría repetirse?"

Mara sacudió la cabeza. "No puedo decir. Es posible que Nicole pueda volver a hacerlo, con capacitación y experiencia adicionales, pero, una vez más, es posible que nunca repita lo que hizo esta noche ". Mara hizo una pausa para pensar por un momento antes de continuar. "Mark, estaba inquieto por lo que sucedió. No lo se todo. Pero por muy atractivo que pueda ser explicar todo lo que sucede en este mundo, tómalo: a veces es mejor aceptar los misterios al pie de la letra y disfrutar de la novedad. Vienen raramente.

Mark asintió y volvió a mirar el portátil cerrado. A veces daba por sentado que Mara sabría la respuesta, sin importar la pregunta. Esta suposición falsa se basó en la experiencia y, por injusto que sea, sabía que no estaba lejos de la verdad. Puede que Mara no lo supiera todo, pero sabía mucho. Nunca había apreciado lo que eso significaba, lo aburrido que debe ser, y sin nadie alrededor para comprender esos sentimientos, lo solitario que debe ser para ella. Tan viejo como era, todavía veía la belleza, la novedad en las líneas de una cara o la curva de una ceja. ¿Cuánto tiempo pasaría, se preguntó, hasta que también se volviera mundano para él, dejándolo buscando alguna nueva experiencia o misterio para reflexionar? ¿A qué recurriría para llenar ese vacío? "Creo que ahora entiendo el juego ". Gracias por la charla.

"Buenas noches, Mark". Mara esperó a que Mark cerrara la puerta detrás de él antes de mirar su computadora portátil, debatiendo si iniciar sesión nuevamente en el juego. Dado lo abarrotados que estarían los servidores, decidió llamarlo una noche después de todo. Siempre podía alcanzar a Yellow Wood en otra ocasión. Apagando la luz con una simple mirada en la dirección del interruptor, Mara la rodeó con la manta y se durmió.

# DIEZ

MEG ABRIÓ LOS OJOS SOBRESALTADA, insegura de dónde estaba. Ella no estaba en casa, o en la casa de Billy. No estaba en esa habitación fría y desnuda donde la habían llevado y atado a una mesa, como una paciente mental fuera de control. Moviendo sus brazos y piernas experimentalmente, descubrió que era libre. Donde quiera que estuviera, no estaba atada como antes. La habitación parecía ser una habitación adecuada. Había una cómoda y un espejo contra una pared. La cómoda contenía algunas pequeñas chucherías, figurillas envejecidas en su mayoría y un cepillo para el pelo antiguo. Al otro lado de la habitación había una silla y una pequeña mesa con varios libros sobre ella. Meg se sentó en una cama simple, cubierta con sábanas de algodón verde oscuro. Todo era simple, pero cómodo.

Meg se levantó y caminó por la habitación, estudiando todo. Cerrando los ojos, pensó que podía escuchar el sonido de personas respirando en la habitación de al lado, pero eso probable-mente era solo su imaginación desenfrenada. Si hubiera personas en la otra habitación, no podría escuchar su respiración desde aquí. Caminando hacia la cómoda, recogió varios de los artículos y los estudió. Eran viejos y desgastados, como si hubiesen pasado años de uso, pero obviamente habían sido bien cuidados. Levantando un peine, se estremeció, las imágenes vertían sin pensar en su mente.

La batalla se volvió feroz, la sangre y los mo-ribundos esparcidos. Las lágrimas cayeron por sus mejillas, pero no trató de limpiarlas. Todos sus sentidos se agudizaron, y vio a través de sus propios ojos y como observadora externa, obser-vando toda la escena de la batalla, incluida ella parada a un lado, a la vez. Al otro lado de la habi-tación, el hombre al que llamaban un monstruo luchó; por supervivencia, por venganza, por ira. Ella le gritó que se detuviera, pero no sirvió de nada, excepto para despertar miradas sospechosas de los que estaban cerca. No le hizo caso, estaba perdido por la sed de sangre. Ella observó con horror cuando se dio cuenta de su traición, sus ojos se encontraron con los de ella por un momento desgarrador antes de que el frío metal se encontrara con su carne. Incapaz de mirar hacia otro lado, ella solo podía mirar mientras él apenas lograba escapar con su vida, un rastro de sangre y una extremidad cortada todo lo que dejaba atrás. Los hombres vitorearon. Ella lloró.

Meghan dejó caer el peine y se apoyó contra la cómoda, sacudiendo la cabeza. El peine cayó sobre la alfombra suave con un ruido casi inaudible, pero Meg no se agachó para recogerlo. Las imágenes que había visto eran tan claras, era como si ella misma estuviera allí. Había sido lo mismo que sucedió en la Oficina del Tesorero, cuando se encontró perdida en el reflejo de Mara.

Sintiendo un escalofrío repentino, Meg se frotó los brazos con fuerza. ¿Cuándo se puso tan oscuro aquí? Las sombras parecían volverse aún más oscuras mientras las miraba. Aturdida, Meg se acomodó en el borde de la cama hasta que la sensación pasó. Su cabeza seguía revelando imágenes de sí misma, corriendo por el bosque, tan libre como un lobo. No, no solo tan libre como un lobo, sino que ella era un lobo. Se agarró y soltó su mano, observando el movimiento de sus dedos y sintiéndose extrañamente en paz. Ella podría ser libre, libre de miedo, libre de consecuencias. Nunca más tuvo que preocuparse por los temores que la paralizaron en el pasado. La fuerza corría por sus venas y Meg sabía que nadie podía lastimarla. Nadie la lastimaría nunca más. Ella no los dejaría. Con una sonrisa salvaje en sus labios, caminó hacia la ventana abierta, sin preocuparse por el hecho de que estaba cerrada un momento antes y saltó a la noche. El lobo rojo nació.

———

Susan trató una vez más de girar el automóvil y gruñó frustrada. Era tarde, estaba oscuro y todo lo que quería era irse a casa y relajarse en un baño caliente, pero su auto no cooperaba. Sacó su teléfono y comenzó a marcar a John, pero se detuvo cuando aparecieron los faros. El alivio se apoderó de ella una vez que se dio cuenta de que era un coche de policía, pero el alivio duró poco. El oficial Bryant caminó hacia su auto y golpeó la ventana. Respirando profundamente, Susan lo bajó lo suficiente como para hablar.

"¿Problemas con el auto?" preguntó, mirando fijamente lo poco que había abierto la ventana.

Ella lo ignoró y dejó la ventana donde estaba. "Sí, pero está bien. Tengo a alguien en camino", mintió. Ella no estaba de humor para lidiar con esto en este momento.

"¿De Verdad?" Su sonrisa envió un escalofrío por su columna vertebral. "Bueno, estoy aquí ahora. Podría echarte un vistazo.

"Eso está bien. Estaré bien." Un destello de relámpagos iluminó el cielo, el retumbar del trueno lo siguió de cerca. No pasaría mucho más tiempo y estaría atrapada, con problemas con el automóvil, en una tormenta, sola con el oficial Bryant

Su sonrisa se amplió cuando notó su preocupada mirada a las nubes de tormenta que se acercaban. "Venga. ¿Por qué no abres el capó y veré qué puedo hacer?"

Susan retiró de mala gana la liberación de la capucha y cerró la chaqueta, ofreciéndole una sonrisa de labios apretados cuando desapareció detrás de la capucha. Ella jugueteó con su teléfono celular, preguntándose si debería enviarle un mensaje de texto a John. Ella no confiaba en el oficial Bryant, pero él era una oficina de policía. ¿La lastimaría? Decidiendo que era mejor prevenir que curar, comenzó a escribir un mensaje a John para hacerle saber dónde estaba, mientras vigilaba a Bryant por el rabillo del ojo. Al presionar "Enviar", se recostó y esperó.

"Intenta comenzar ahora", dijo Bryant desde debajo del capó.

Girando la llave, Susan sonrió agradecida cuando el motor giró con éxito. Bryant cerró de golpe la capucha y volvió a la ventana, sacudiéndose las manos. "Eres bueno para ir." Él sonrió de nuevo y ella hizo todo lo posible por devolverle la sonrisa, pero a pesar de su ayuda, ella todavía no confiaba en él. Dudaba que hubiera algo que él pudiera hacer que cambiara su opinión. Había algo incómodamente falso en su sonrisa.

"Bien gracias. Tengo que ponerme en marcha ". Se encogió ante lo rápido que hablaba, pero cuanto antes pudiera irse, mejor se sentiría.

"Por supuesto." El asintió.

Ella observó cómo su mirada seguía su auto mientras salía de su lugar de estacionamiento y salía del estacionamiento, más seguro que nunca, él estaba escondiendo algo. Después de días de evitarla, ¿apareció por casualidad cuando su auto se averió? Coincidencias como esa solo sirvieron para convencerla más de sus sospechas. Necesitaba averiguar qué estaba pasando, para Katie, y las otras mujeres que podrían terminar como ella o peor si a este asesino se le permitía continuar vagando libremente.

Pensando en Katie, Susan sufrió una punzada de culpa por no haberla visitado aún. Había llamado para verla un par de veces, pero hasta ahora, Susan no podía enfrentarse a ella. Katie era tan dulce, tan buena persona, y alguien casi la había matado. Tomando un impulso impulsivo, Susan se dirigió hacia el hospital. No hay tiempo como el presente para lidiar con su conciencia culpable.

El hospital estaba en silencio y la mayoría de los visitantes se iban horas antes. Susan miró su reloj y decidió arriesgarse a una visita rápida antes de echarla. Tomando el ascensor hasta el tercer piso, se dirigió a la habitación de Katie y abrió la puerta, congelándose en el acto.

De pie sobre la cama de Katie, un hombre vestido con matorrales sostenía una almohada sobre su rostro.

"¡Seguridad!" Susan gritó por instinto. El hombre miró a Susan sorprendido y dejó caer la almohada, tirando una bandeja y una silla mientras la empujaba y corría por el pasillo. Susan corrió hacia la habitación y quitó la almohada de la cara de Katie.

Tomando varias respiraciones jadeantes, Katie agarró los brazos de Susan, con los ojos muy abiertos por el pánico. Varias enfermeras y médicos entraron corriendo, empujando a Susan fuera del camino y revisando a Katie, dejando que Susan le explicara al guardia de seguridad lo que sucedió. Una vez que todos estuvieron satisfechos, Katie no había sufrido más lesiones, llamaron a la estación de policía para organizar un detalle de seguridad en la habitación y dejaron a las dos mujeres solas.

Su pulso finalmente regresó a la normalidad, Susan tomó la mano de Katie suavemente entre las suyas y se sentó en la silla al lado de la cama. "¿Estás bien?"

Katie asintió con la cabeza. "Es bueno verte", dijo suavemente.

Susan miró las vendas y los moretones en el cuerpo de Katie y respiró hondo. No quería volver a molestar a Katie, especialmente después de la emoción de esta noche, pero había algunas preguntas que solo Katie podía responder. "¿Recuerdas lo que te pasó?"

"Si. Yo ... Katie cerró los ojos y tragó saliva con el nudo en la garganta. "Un tipo me atacó cuando salía de la sala de reuniones de SES".

"¿Estaba tratando de asaltarte?" Susan contuvo el aliento, medio esperando que el informe policial fuera correcto, que todavía no había un asesino en serie suelto. ¿Era solo su imaginación, que la llevaba a ver pistas falsas por todas partes?

Katie se encontró con los ojos de Susan sin pestañear. "No. No quería mi bolso. Creo que quería llevarme a algún lado, y estoy convencido de que quería matarme ". No había incertidumbre en su voz.

Susan asintió con tristeza. Confirmó su teoría y no sabía si ser feliz o no. Claro, significaba que no estaba loca, pero también significaba que había un asesino en alguna parte, y estaba siendo utilizada, para alejar a un hombre inocente. "¿Sabes quién era?"

"No, nunca lo había visto antes, pero le di una descripción al oficial Bryant".

"¿Oficial Bryant?" Susan se volvió para mirar por encima del hombro, casi esperando que Bryant o el hombre vestido de matorral que intentó matar a Katie momentos antes estuviera en la habitación con ellos. Esta situación empeoraba por minutos. Si Bryant sabía que Katie había visto a su atacante, y no fue un atraco, ¿por qué mantenerlo en secreto? ¿Podría ser el responsable del ataque de esta noche? "¿Viste al hombre que te atacó esta noche?"

Ella asintió. "No era el mismo tipo. Sin embargo, fue extraño. El chico de esta noche se disculpó antes de intentar matarme. No creo que él quisiera hacerlo".

La tensión de Katie era tangible, y Susan decidió que necesitaba cambiar de tema. Sospechaba que Katie le había dado toda la información que podía por el momento. Susan acarició la mano de Katie y sonrió. "Hablemos de cosas más agradables, ¿de acuerdo?"

"Por supuesto." Katie sonrió, tan ansiosa como Susan por pasar a un nuevo tema. "Dime cómo están tú y John".

Susan le devolvió la sonrisa. Había comenzado a calentar a Katie tremendamente durante los últimos meses, y aunque rara vez hablaba de su vida personal, Katie había bromeado con ella lo suficiente como para que los dos se estaban volviendo relativamente cercanos. "Bueno, si debes saberlo, diría que las cosas están empezando a ponerse serias. La semana pasada olvidó su chaqueta en mi casa. Me dijo que lo mantuviera allí y que lo usará cuando venga".

Katie asintió a sabiendas. "Agradable. ¿Se ha hablado de la gran "M"? " Sus ojos se arrugaron en una sonrisa juguetona.

Susan sacudió la cabeza. "Dios mío, no, no

creo que ninguno de nosotros esté listo para ese tipo de compromiso".

"Entonces, ¿dirías" no "si él pregunta?"

Susan sonrió. "No sé sobre eso". Puede que todavía no esté lista, pero eso no le impidió pensar en eso de vez en cuando. Estaba casi segura de que si él preguntaba, se prepararía rápidamente.

Katie la vio abrirse y la tomó. "¿De Verdad? ¿Eso significa que estás enamorado?"

La sonrisa de Susan se hizo más grande, sus mejillas se sonrojaron ligeramente. Era cierto que no estaba acostumbrada a hablar de sus sentimientos así, pero se estaba divirtiendo. "Tal vez."

"¿Tal vez?" Katie se echó a reír, pero terminó con un ataque de tos.

Susan agarró la jarra de agua y llenó un vaso para Katie. "¿Estás bien?" preguntó ella, una vez que cesó la tos.

"Si estoy bien." Katie respondió, pero su voz más débil y su piel más pálida desmentían su afirmación.

"Debería dejarte descansar". Susan se levantó y recogió su bolso. Probablemente debería haber esperado hasta la mañana para venir. Se estaba haciendo tarde y Katie estaba cansada. Ella descartó el pensamiento al instante. Si hubiera esperado, Katie no habría llegado hasta la mañana. Fue bueno que viniera cuando lo hizo, pero probablemente era hora de que se pusiera en marcha.

"¿Estás seguro? Quiero decir, ¿podrías quedarte un poco más?

Susan volvió a sentarse, incapaz de discutir con una solicitud tan simple. "Por supuesto. Me quedaré todo el tiempo que quieras ". El sonido apagado de la música de repente llenó la habitación. Susan esbozó una sonrisa de disgusto y buscó en su bolso su teléfono, comprobando el identificador de llamadas. "Maldición. Lo siento, ya vuelvo ". Al salir al pasillo, contestó su teléfono en voz baja. "Hola John."

"Oye, ¿qué pasó con el auto?" John sonaba preocupado y ella no podía culparlo. No había estado tranquila cuando había escrito el mensaje y algo de eso probablemente se tradujo en su elección de palabras.

"Sí, lamento no haberte devuelto la llamada. Puse el auto en marcha, luego vine al hospital a ver a Katie y las cosas se volvieron locas ".

Hubo un notable suspiro de alivio, la tensión dejó su voz. "¿Cómo está ella?"

"Ella está bien, considerando todas las cosas. Mira, todavía estoy aquí con Katie, y ella realmente necesita la compañía en este momento.

Alguien más la atacó en su habitación del hospital. El chico se escapó. Creo que está un poco nerviosa por estar aquí sola. ¿Puedo llamar de vuelta?" No le gustaba engañar a John, especialmente después de no haberle dicho que estaba bien, pero Katie la necesitaba en este momento. Ella podría compensar a John más tarde.

"Sí, por supuesto. ¿Necesitas algo? Puedo venir allí si me necesitas. ."

"Creo que estaremos bien por esta noche. Katie se ve cansada. Voy a pasar el rato hasta que se duerma, luego me iré directamente a casa.

"Si me necesitas llámame. Te veré mañana."

"Okay te amo." Susan desconectó la llamada antes de que él pudiera responder, un poco sorprendida de haber dicho las palabras. Habían salido antes de que ella pudiera adivinarse a sí misma. Aun así, no se arrepintió de ellos, en cambio, estaba emocionada. Volviendo a la habitación de Katies, se sintió como si hubiera un letrero de neón sobre su cabeza. "Lo siento por eso. Fue John.

Katie sonrió traviesamente. "En ese caso, estás perdonado".

Riendo, mantuvieron su conversación ligera. Susan se quedó hasta que Katie se durmió antes de finalmente irse en silencio. Tan vacío como el piso había estado antes, estaba más ahora.

Apenas se podía encontrar una enfermera. Tomando el ascensor de vuelta a la planta baja, regresó a su auto. A unos cinco pies de su auto, un hombre salió de detrás de un camión cercano. Solo le tomó un segundo reconocerlo como el hombre que había estado en la habitación de Katie. "¿Qué deseas?" Miró a su alrededor buscando a cualquiera que pudiera estar a la vista o al alcance del oído y solo vio el estacionamiento vacío. Con cautela, ella comenzó a dar pasos lentos hacia atrás. El hombre igualó sus pasos, pero no dijo una palabra. Al ver que su pierna se contraía ligeramente, Susan se volvió y echó a correr.

---

La noche se extendió para siempre. El azul oscuro del cielo, el verde de la hierba, todo era brillante y lleno de color. Meg estaba rodeada de árboles y extendió los brazos a los costados, con las palmas hacia arriba y la cabeza hacia arriba. Había una abundancia de energía rodeándola, el aire zumbaba con ella. Estirando sus sentidos lo más que pudo, escuchó los sonidos de la noche y realmente se sintió en paz por primera vez en su vida.

Un grito rompió el silencio, poniendo fin a la paz. Girando en dirección al grito, Meghan corrió. Rompiendo un afloramiento de árboles, vio a Susan luchando contra un atacante en el estacionamiento del hospital. Pasaron breves segundos y luego Meg estaba sobre él, soltándolo y tirándolo a un lado como una muñeca de trapo. Observando esta pobre excusa para un ser humano, la sangre de Meghan se bombeó con adrenalina. Este monstruo había atacado a su amiga. Obviamente le agradaba infligir dolor a los demás. Incluso ahora, sabía que él estaba imaginando formas de lastimarlos a los dos.

Su control se rompió. Con los ojos vidriosos por la emoción, ella retrocedió y lo pateó con fuerza en el estómago. Rodó por el suelo, gruñendo de dolor. Disfrutando de la idea de lo que podría hacer para que él pagara, se preparó para dar otra patada.

Susan se enderezó la camisa distraídamente viendo a Meghan rasgar a su atacante. Al echar un vistazo a los ojos de Meghan, el aliento de Susan quedó atrapado en su garganta. Meg parecía animalista, casi salvaje. Ella exudaba un poderoso aura de furia justa. A menos que alguien la detuviera, Susan estaba casi segura de que Meg podría matarlo. "¡Meg!" Chilló Susan, sin éxito.

Al ver la sangre oscura salpicando sobre la piel y la ropa del hombre, Meg experimentó una fascinación mórbida. Dentro de su ira, gradualmente se dio cuenta de que se llamaba su nombre.

Mirando a Susan, Meg detuvo su ataque, respirando pesadamente.

Susan la miraba extrañamente, confundida y obviamente un poco asustada.

Al oír que el hombre luchaba por escapar, Meg se apartó de Susan y lo siguió al bosque.

———

NICOLE SE DESPERTÓ CON LOS SONIDOS DE una conversación ligera y el olor del desayuno. Estirándose, recordó los acontecimientos de la noche anterior. Al menos su energía estaba volviendo. Estaba completamente agotada después de lo que sucedió, después de lo que había hecho. Ella todavía no podía creerlo, si era honesta. Era surrealista pensar que podía ejercer tanto poder.

Sentándose, miró hacia la puerta del dormitorio, una sensación de temor que ya comenzaba a llenar su pecho. "¡Oh no! Se fue", dijo Nicole con absoluta certeza.

"¿Qué?" El pánico en sus ojos, Mark corrió hacia la habitación donde Meghan había estado durmiendo y abrió la puerta. Se volvió con un suspiro. "La ventana está abierta. Debe haberse ido en algún momento de la noche.

"Excelente." Nicole apartó la manta y tomó su teléfono celular, llamó a varios de sus amigos y preguntó por Meghan sin éxito.

Mark apenas logró abstenerse de caminar mientras Nicole hacía sus llamadas telefónicas. ¿Cómo podía dejar que esto sucediera? ¿Cómo fue que no se dio cuenta? Se había alejado de Meg, no queriendo presionarla o entrometerse en ella durante este tiempo confuso, pero, aun así, debería haberlo sabido. Podía sentir que su control comenzaba a resbalar. Necesitaba hacer algo. Incapaz de esperar más, decidió irse. Tal vez si pudiera encontrarla, podría encontrar alguna forma de ayudarla.

"¿A dónde vas?" Nicole exigió cuando Mark se dirigió a la puerta principal. Frotándose la sien, trató de eliminar el dolor de cabeza tensional que se estaba formando.

"Voy a ir a buscarla". La respuesta salió más dura de lo previsto, pero no le importó.

"¿Puedes aguantar por un segundo—? Hola John, soy Nicole ... Sí, lo sé, estoy en casa temprano. Escucha, ¿has visto a Meg? ¿Qué? ¿Susan está bien? ¿Cuándo fue eso? Bien gracias. Sí, te llamaré más tarde. Avísame si Susan necesita algo. Adiós." Nicole colgó el teléfono y miró a los demás. La observaban atentamente y la tensión de la atención y la preocupación de todos centrados en ella empeoró el dolor de cabeza.

"¿Qué pasó?" Mark exigió.

"Susan fue atacada afuera del hospital. Aparentemente, ¿estaba allí visitando a Katie? Dirigió una mirada inquisitiva a Mark.

Mark asintió con la cabeza. "Katie fue atacada y ingresada en el hospital. El informe policial decía que era un atraco, pero Susan sospechaba que era otra cosa. Lo ha estado investigando en su tiempo libre ".

"Aparentemente Susan tenía razón. Alguien intentó nuevamente matar a Katie, esta vez en su habitación del hospital, y el mismo tipo vino tras Susan cuando ella caminaba hacia su automóvil después de salir del hospital".

Mark cerró los ojos con fuerza. Había estado tan envuelto en Meghan que se había olvidado por completo de los problemas de Susan. "¿Está bien?"

"Si." Nicole respiró hondo y el dolor de cabeza disminuyó. "Aparentemente, Meg rescató a Susan. Ella le quitó al chico y le dio una patada en la mierda. Nicole se sintió un poco orgullosa al relatar los acontecimientos. Incluso en un momento como este, Meg estaba buscando a otras personas.

"Eso es algo bueno, ¿verdad?" David preguntó esperanzado. "Eso significa que Meg está con ellos".

"Lamentablemente no." Nicole suspiró y se frotó las sienes. "El hombre corrió hacia el bosque, y Meg lo persiguió. Según Susan, Meg no estaba actuando como ella. Tenía miedo de que Meg fuera a matar al tipo.

"Entonces tenemos que buscarla, extendernos, buscar en la ciudad". Mark se dirigió a la puerta de nuevo.

"En realidad, creo que debería salir solo". Nicole se levantó y se calzó los zapatos. "Creo que puedo sentir dónde está, y me temo que, si muchos de nosotros nos acercamos a ella a la vez, podría asustarla. Quiero tratar de hablar con ella por mi cuenta y ver cómo está ". Nicole miró a lo lejos. "No creo que se las arregle bien. Puedo sentir ... una nube oscura a su alrededor. Nicole sacudió la cabeza y caminó hacia Mark, colocando una mano reconfortante sobre su hombro. *"Puedo sentir la fuerza de tus sentimientos por Meghan"*, le dijo a Mark, *"pero necesito ir sola. Vete a casa, date una ducha, relájate un poco. Estás demasiado colgado. Si no encuentra una manera de deshacerse de algo de esta tensión, no será bueno para nadie"*.

Mark asintió a regañadientes y se hizo a un

lado para que Nicole se fuera. Él no quería admitirlo, pero ella hizo un punto. Por mucho que se preocupara por Meghan, Nicole todavía la conocía mejor que nadie. Debería confiar en sus instintos sobre esto, al menos por ahora.

Nicole miró brevemente a David y Mara antes de girarse para irse y ambos asintieron con la cabeza. Al menos todos pensaban que ella sabía lo que estaba haciendo. Ahora sabrían si tenían razón. Solo esperaba poder llegar a Meg antes de que algo más le sucediera.

———

Mara caminó alrededor de su casa, enderezándose ahora que todos se habían ido. Fue un alivio estar solo otra vez. Tener tanta gente cerca de ella, en su casa, durante un período tan prolongado la dejó cansada y ansiosa. Cultivó barreras mentales sólidas, una necesidad cuando vivías tanto tiempo como ella, pero este grupo la estaba desgastando. Había algo diferente en ellos. Ella quería ayudarlos y se preocupaba por ellos, y fue agotador. Ella no había podido descansar mientras estaban cerca, sus pensamientos y emociones le eran inesperados cada vez que comenzaba a quedarse dormida. Con ellos en la casa, podía sentir el eco que dejaron atrás. Tendría que trabajar duro para limpiar su casa de las ramificaciones psíquicas.

Entró en la habitación y se detuvo. Podía sentir las impresiones de Meghan aquí, como había esperado, pero había otra presencia que no había esperado sentir. Estaba oscuro y distante, apenas perceptible a menos que supieras qué buscar.

Mara lo sabía. Era la misma presencia que había sentido alrededor de Artemis, la misma presencia que había eludido sus sondas psíquicas durante meses. Él estaba aquí, en su casa, y ella no se había dado cuenta hasta ahora. Cerró los ojos y respiró hondo, asimilando las sensaciones a su alrededor con cada sentido que poseía. Esta era la impresión más clara que había encontrado de él hasta la fecha. Todavía no podía decir quién era él, pero la sensación de familiaridad era más fuerte que nunca.

Ella suspiró frustrada. Había pasado la mayor parte de su vida tratando de distanciarse del contacto con extraños en todo el mundo. Ahora, se había encontrado con alguien que era mejor en eso que ella.

Bueno, quienquiera que fuera, estaba interesado en manipular a los miembros de la familia de Nicole. Si no fuera por sus acciones recientes, Mara podría haber permanecido sin ser detectado indefinidamente. Otras personas podrían ver su interferencia como un error de su parte, pero ella podía sentir que no era el caso, él era más inteligente que eso. Quería que ella supiera que estaba allí. Quería que ella lo sintiera. Prácticamente la estaba retando a hacerlo.

Lo que ella sentía como oscuridad, una presencia casi malvada, ahora lo sabía cómo algo completamente diferente. Era oscuro e hizo cosas malas, pero había algo más profundo en él que eso. Había algo casi desesperado en él. En muchos sentidos, sintió a alguien como ella; viejo, cansado y solo. Ella sintió a alguien en quien podría haberse convertido, dadas las circunstancias correctas. Por supuesto, ella no podía explicar nada de esto a los demás. Todo lo que sabían era que un ser poderoso los manipulaba para obtener alguna ganancia personal. Era poco probable que encontraran simpatía por esta persona, no es que la necesitara. Lo que sea que haya pasado, sus decisiones fueron finalmente suyas, y tendría que vivir con las consecuencias de sus acciones. Ella no podía ayudarlo, no es que él lo hubiera pedido.

Mara sufrió una punzada en el pecho y se sentó al borde de la cama. Ella no conocía a este hombre ni su historia, y sin embargo sintió un profundo sentimiento de pesar y responsabilidad por él, como si le hubiera causado dolor. Si tan solo supiera quién era él, tal vez podría tener algo de sentido de lo que estaba sintiendo. Levantó las piernas debajo de ella y comenzó a meditar, pero dudaba que sirviera de algo. Ella no sería capaz de sentir su identidad a menos que él decidiera revelársela.

# ONCE

Meg se sentó en el borde de la raíz del árbol y esperó a que el hombre se despertara de nuevo. Se desmayó, justo cuando ella comenzó a divertirse. Sintió una punzada de remordimiento y lo aplastó. Este hombre merecía lo que él tuviera, ella podía sentir el mal en él. Había un aura oscura y corrupta sobre él, y sólo hizo un vistazo a sus pensamientos para ver a la gente a la que había herido, incluyendo casi matar a Katie cuando estaba sola, herida y no podía defenderse en su habitación del hospital. No quería hacerlo al principio, pero eso no importaba. Encontró disfrute en el acto y procedió a atacar a Susan después. Era un desperdicio inútil de piel y huesos, que no merecía la vida que le habían dado.

Más que eso, las personas que conoció no merecían tener sus vidas manchadas por un parásito tan humilde, que roba dinero y que lava la moralmente. Desvirtuó todo lo que tocó. El mundo sería un lugar mucho mejor sin él en él, pero su deseo de hacerle daño fue más allá de la simple rectificación para acabar con una vida que no se debería permitir que continúe en primer lugar. Sólo se haría justicia si pagara por su patente el desprecio por la decencia básica que todos los humanos merecían. Necesitaba sufrir y pagar por sus crímenes, era la única manera de restaurar el equilibrio y hacer las cosas bien de nuevo, si alguna vez podían serlo.

Pero ella no podía hacerle nada más mientras él permanecía inconsciente. Iría en contra de la idea de hacerle sufrir, para devolver el desequilibrio kármico que había creado en el universo. Así que esperó.

Aburrido, Meghan observó la forma en que la luz de la mañana reprendía los árboles y las flores a su alrededor. Fue una hermosa vista. Mientras observaba, una abeja voló hacia una flor y zumbaba alrededor de los pétalos. Su reflejo se movió erráticamente sobre un pequeño charco en el suelo debajo de él. Siguió el movimiento con sus ojos hasta que la abeja voló a otro arbusto de flores, a pocos metros de distancia.

Una sensación de calma se apoderó de ella y el viento sopló suavemente más allá de su mejilla. Meg cerró los ojos e inclinó la cara hacia el sol. Su calor la llenó, lavando la frialdad que se estaba convirtiendo en una parte tan grande de su existencia. Como una cálida ducha de verano, la cubrió, envolviéndola en un capullo de aceptación y unidad con la naturaleza. En ese momento sospechaba que podía quedarse así, bañada en el calor del sol, para siempre.

Al oír un gemido, Meghan abrió los ojos, el calor se disipa rápidamente. Momentáneamente desorientada, jadeó cuando la ira corrió a través de ella de nuevo, hirviendo su sangre y congelando su corazón. Sus manos temblaban de la intensidad. Estudiando sus manos, vio la sangre seca manchando su piel y se sintió abrumada. Tratando de concentrarse, ella sólo encontró el deseo de castigar a este hombre por sus acciones – eso era lo que importaba. Necesitaba ser castigado. Debe ser detenido. Tirando de sí misma erguida ella dio un paso hacia él.

"Meg, para." Nicole atravesó los árboles, con los ojos ensanchados con conmoción por la intensa ira que se derramaba en Meg. Pero había algo más allí también. La nube oscura que había sentido alrededor de Meghan antes era más fuerte ahora. Casi podía creer que había algo físi-

camente rodeado a Meg, corrompiéndola y mani-
pulándola.

Meghan se volvió a mirar a Nicole, pero sus
ojos permanecieron en blanco, como si no estuviera registrando a quién estaba mirando. De hecho, parecía como si no estuviera viendo a
Nicole en absoluto. . "Meg, soy yo, Nicole."

Siempre tan suavemente, Nicole se acercó a
Meghan con su mente, con cuidado de no asustarla. Apenas logró mantener el contacto visual
con Meghan cuando notó al hombre a los pies de
Meghan. Estaba arrugado, gimiendo, y cubierto
de sangre. Su intenso dolor se extendió a Nicole,
pero ella lo empujó a un lado. Ella se ocuparía de
él más tarde, ella necesitaba ayudar a Meghan
primero.

"Nicole?" Meghan la miró fijamente, como
alguien medio dormido, caminando a través de
un sueño. "¿Qué estás haciendo aquí? Estabas
fuera en tu viaje."

"Regresé temprano. Yo estaba preocupado
por ti. Nicole dio un paso adelante cauteloso.

"Oh." Meg con calma se volvió hacia el
hombre en el suelo. "Usted no tenía que hacer
eso. Estoy bien.

El extraño comportamiento de Meg era preocupante, pero Nicole luchó por mantener cualquier signo de su ansiedad de su rostro. "Meg, sé

todo lo que pasó, con las cartas, y tu mamá. Si necesitas hablar—"

"Ya terminé de hablar." Meghan la cortó abruptamente. Agachada, Meg agarró al hombre por su camisa y lo arrastró a sus pies. Sus ojos brillaban de emoción, sus labios se curvan en una sonrisa sin sentido del humor. El hombre sollozó.

"Meg, tienes que bajarlo." Nicole dio algunos pasos más cautelosos hacia adelante. Necesitaba acercarse lo suficiente para intervenir y detener a Meghan, si era necesario.

"¿Por qué?" Meg se volvió hacia Nicole. Sus ojos no revelaban la confusión que habían mostrado un momento antes, pero tampoco estaban exactamente concentrados. Este frío y desalmado Meg sólo sirvió para aumentar la preocupación de Nicole. Este Meg sabía lo que estaba haciendo y estaba disfrutando cada segundo de ella.

"No eres tú, Meg No lastimas a la gente." Nicole oyó su voz subir en el tono, pero no pudo evitarlo. Rápidamente estaba perdiendo cualquier control que pudiera ejercer sobre la situación, y las posibilidades de recuperarla se desvanecían rápidamente.

Meg miró al hombre. "¿Por qué no? Nadie más parece estar agobiado por la moral inútil. ¿Por qué debería quedarme en silencio, como una buena niña, mientras que monstruos como este pueden hacer lo que les plazca?" Sus palabras eran agudas y cínicas, pero el tono de su voz era fríamente racional y tranquilo. De alguna manera logró que sus palabras parecieran aún más venenosas.

"Meg, sé por lo que estás pasando."

"¿Qué te hace pensar que tienes alguna idea de lo que estoy pasando?" Meghan se rompió.

"Porque puedo sentirlo!" Nicole agarró su mano al pecho, con la voz cruda con las emociones que intentaba desesperadamente contener. Las emociones de Meghan eran fuertes, demasiado abrumadoras para que Nicole se detuviera más. "Por favor, déjame ayudarte."

Meghan miró a Nicole de nuevo, reuniendo su mirada directamente. —No —dijo con calma, antes de echar a un lado al hombre—. En un destello brillante de llamas púrpura y roja, se transformó en un lobo con el mismo color rojo brillante que su cabello. Con una última mirada en la dirección de Nicole, huyó hacia el bosque.

———

DURANTE APENAS suprimió una risa mientras veía la escena jugar delante de él. Nicole, la buena amiga obediente, había sido reprendida y descartada por un meghan enojado y vengativo. Era mejor que ver una película. Incluso estaba experimentando un antojo por las palomitas de maíz que los mortales parecían disfrutar tanto. Había toda la sangre y el drama de una telenovela gladiador, llena de tortura y niñas pequeñas, llorando por sus emociones. Si sólo estas dos chicas supieran por lo que realmente hay en el mundo por lo que llorar. Es cierto que ambos habían visto su parte justa de dificultades, pero sus experiencias no comenzaron a rascar la superficie de las vastas vulgaridades y tratos inicuos que el mundo era capaz de dispensar sobre su presa desprevenida.

Pero al menos estaban entretenidos de ver. Meghan realmente había tenido un rendimiento mucho mejor de lo que esperaba. Nunca había sabido con qué propensión a la violencia le regalaron. El suyo fue uno de los mejores trabajos que había visto en siglos, excepto para los suyos. Tenía habilidad para la tortura, sabiendo cuándo evitar matar prematuramente a la víctima. La tortura era un arte, a pesar de la mala reputación que ganaba, y ella era una artista, en lo que a él respecta. Pero entonces, ella tuvo una gran cantidad de emoción cruda y pasión para guiar su trabajo. La pasión siempre fue un rasgo útil. No había pensado que ella podría hacerlo, no

273

cuando ella era tan tímida y fácil de asustar para empezar. Tal vez podría encontrar otros usos para ella, cuando esto terminó. Cultivada, podría ser una herramienta útil, mucho más que su patético y cobarde padre.

Durante tendría que tener cuidado de hacer esto bien. Todavía podría volver a su antiguo yo, si se le da los estímulos adecuados. Necesitaba tener cuidado para asegurarse de que eso no sucediera.

Nicole puso al herido sobre su hombro y comenzó a caminar de regreso hacia el hospital. Negó con la cabeza. El hombre era malvado, le lastimaría si se le daba media oportunidad, y ella iba a salvar su vida sin valor. Será mejor que lo deje desangrarse en la hierba. Todavía pensaba como un mortal. Impulsada por el sentimentalismo patético y el idealismo idiota, Durante no podía creer que los mortales no se hubieran extinguido. Ciertamente trataron de hacerlo con suficiente frecuencia.

Miró hacia atrás en la dirección meghan se había ido, sintiendo su destino. Invisible y silencioso en el mundo que lo rodeaba, Durante comenzó a caminar, enviando una llamada a Artemis y Tammy, instruyéndoles sobre dónde ir y qué hacer. Podría dejarles Meghan por el momento.

Había otras cosas de las que él se ocupaba. Ya era hora de seguir a Marcus.

———

"Así que llevé al tipo de vuelta al hospital", nicole terminó de explicarle a Mark. Corrió una mano a través de su cabello con un suspiro agotado. Se alegraría cuando todo esto terminara. Necesitaba descansar y comer algo, no necesariamente en ese orden. Una persona no podía existir solo en la máquina expendedora, necesitaba una comida caliente con carne y queso y tal vez un dulce de chocolate de algún tipo para el desierto. Su boca salivada al pensar. Hemos detectado un problema desconocido.

Mark cambió el teléfono celular a su otra mano y continuó secándose el cabello con la toalla. "Estaba en mal estado?"

Nicole se detuvo, eligiendo sus palabras cuidadosamente. "Mark, creo que ella lo habría matado, si no la hubiera parado."

Mark consideró las palabras de Nicole y trató de decidir qué hacer a continuación. ¿Debería ir tras Meg? Ya no podía sentirla. Era como si hubiera dejado el radar por completo. "¿Todavía estás en el hospital?"

"No, me fui después de que Susan identificó

al hombre que Meg golpeó como el tipo que la atacó a ella y a Katie en el hospital. Le dije al oficial Grimaldo que encontré al tipo así en el bosque y no sabía cómo llegó allí. Susan tomó la pista y dejó a Meg fuera de su descripción de lo que sucedió, también.

"Bien." Mark negó con la cabeza. Esto se estaba complicando ridículamente, ahora tendría que considerar informes policiales falsificados, también. A veces era difícil equilibrar ser un hombre lobo con leyes que no consideraban circunstancias sobrenaturales. En estos casos, la palabra del Consejo y el bien de este tipo tienen prioridad. Lo sabía y estaba de acuerdo con la necesidad, pero no hacía las cosas más fáciles cuando el papeleo estaba involucrado. "Entonces, ¿dónde estás ahora?"

"Estoy buscándola de nuevo. Es más difícil de lo que era antes. Creo que me está bloqueando. Se está dando cuenta rápidamente de las cosas psíquicas. Te avisaré cuando la encuentre de nuevo.

Mark pensó en la conversación con Nicole. Tan cerca como estaba de Meg, y con Meghan bloqueando a todos, todavía había una mayor probabilidad de que Nicole pudiera encontrarla de nuevo. Después de todo, ella fue la que encontró a Meg la primera vez. Y después de lo que los dos habían logrado, no pudo subestimar la fuerza de su vínculo. Tendría que confiar en Nicole para manejar esto. Si tenía algún sentido de Meg, podía seguirlo, pero hasta entonces no había nada que pudiera hacer. "Suena como un plan."

Nicole accedió a llamarlo en cuanto supo algo y terminó la llamada. Colgando el teléfono, Mark envolvió la toalla alrededor de su cintura y salió del baño. La sugerencia de Nicole de que se fuera a casa y se relajara había sido una buena. Al menos se sentía un poco más recogido de lo que tenía antes. La ducha le había hecho un mundo de bien.

Cortando la sala de estar en su camino a la habitación, Mark se detuvo a la vista de Meghan de pie junto a su manto, estudiando uno de los muchos bocetos que había dibujado de ella.

Meg inclinó la imagen en sus manos, viendo el juego de la luz en el dibujo. Parecía realista, casi más como una fotografía que un boceto. Mirando a la otra docena de bocetos en la pared frente a ella, Meg puso el en sus manos de nuevo en su lugar. "¿Hiciste esto?", Preguntó, sin mirar a Mark.

"Si." Él respondió en voz baja, casi temeroso de que ella desapareciera de nuevo si hablaba demasiado fuerte.

"Ellos son increíbles." Meg se encontró incapaz de apartar la vista de su trabajo. Ella nunca había sabido que él era tan talentoso. Aparentemente había mucho que no sabía sobre Mark.

"No te hacen justicia". Mark bajó la mirada al suelo, sintiéndose un poco vulnerable al observar su trabajo de esta manera. Parecía que su alma estaba siendo descubierta ante ella. Tal vez fue. Tal vez ya era hora. "Leí algo de tu poesía el otro día. Espero que esté bien. Se cayó de una carpeta cuando estaba limpiando en su departamento. Fue bueno, inquietante de una manera oscura y deprimida, pero muy bueno".

"¿Te gustó?" Nunca dejó que nadie leyera su poesía, por lo que no estaba acostumbrada a recibir comentarios, positivos o de otro tipo. Era algo gratificante pensar que Mark creía que ella era buena. Teniendo en cuenta la profundidad del talento que había mostrado en un dibujo simple, su aprobación de su escritura fue un gran elogio. No acostumbrada a recibir ningún tipo de elogio, no sabía qué decir.

"Si. ¿Escribes a menudo?

Meghan se encogió de hombros. "Cuando el estado de ánimo me golpea. A veces me resulta más fácil expresar mis pensamientos en papel. De esa manera, los escribo y guardo las páginas, y nadie necesita saber lo que estaba pensando. ¿Dibujas a menudo?

"A veces, cuando estoy inspirado". Dejó su respuesta en el aire, sus muchos dibujos de Meg hablaban por sí mismos.

"¿Y fuiste inspirado ... por mí?" Ella no sabía por qué estaba atrapada en este tema. Ella quería entender lo que él veía en ella que posiblemente podría moverlo a tal grado. Ella no era especial, ni particularmente hermosa. ¿Por qué pasaría tanto tiempo y esfuerzo haciendo dibujos de ella?

"Has estado en mis pensamientos a menudo últimamente. A veces también es más fácil para mí expresar mis pensamientos en papel".

Meghan trató de dejar que sus palabras se hundieran, pero ella no podía entenderlas. Por alguna razón, no podía concentrarse. Era lenta, como una mente febril tratando de comprender el paso del tiempo. Quería seguir la conversación actual, pero su mente no cooperaba. Recordando lo que ella quería decir antes, antes de ver los dibujos, Meg miró a Mark y notó por primera vez su estado de desnudez. Su piel todavía húmeda brillaba con la luz tenue. Sus muchos músculos eran claramente visibles para que ella admirara en su tiempo libre, y lo hizo. "Te escuché por teléfono. ¿Estaba Nicole llamando para contarme?

No trató de negarlo, Meg ya sabía la verdad, de todos modos. "Ella está preocupada por ti. Todos lo somos." Miró hacia arriba, conociendo los ojos de Meg. Toda su comportamiento había cambiado de un momento antes y fue un poco desconcertante. Había estado empezando a sentirse cerca de Meg con la conversación abierta y honesta en la que estaban involucrados, pero no sentía esa misma sensación de cercanía, ahora.

Meghan se rió y se acercó a la ventana. "Eso es una broma. De repente, todos están preocupados por mí. No necesitan molestarse, lo estoy haciendo bien por mi cuenta. No necesito la preocupación de todos". Volviendo a Mark, ella se acercó para pararse directamente delante de él, lo suficientemente cerca como para que pudiera sentir su aliento en su piel. "Seguramente sientes algo que no es preocupación por mí", preguntó sugerentemente, tomando un aliento lento junto a su cuello, haciendo cosquillas en la piel allí. Antes de que pudiera responder, ella lo empujó de nuevo a la silla detrás de él y empujó una pierna junto a él. Con las manos todavía presionadas contra su pecho se inclinó cerca, arqueando su espalda lo suficiente como para llamar su atención. "Dime lo que sientes en este momento."

Mark succionó un aliento y trató de recoger

su moderación. No fue fácil. "Este no es el momento."

"¿Cuándo podría ser mejor? Estás aquí. Estoy aquí. ¿Qué más necesitas?" Corriendo sus manos por el pecho, Meghan inclinó la cabeza de cerca, frotándose la nariz a lo largo del cuello. "Sé que me quieres", susurró lentamente, prestando atención a cada palabra. "Quieres que te cubra como una manta cálida y húmeda, suave y flexible, tocando, acariciando tu carne palpitante, haciendo juego tu golpe por el accidente cerebrovascular." Ella golpeó un dedo ligeramente a través de su cuello para puntuar las últimas tres palabras. Escuchando la forma en que su latido del corazón se aceleró, ella sonrió. Ella no podía oír sus pensamientos, pero no había duda de su reacción. Ella lo estaba afectando. Justo cuando él habría respondido, ella lo besó con fuerza y le puso las manos en el pecho, empujándolo hacia atrás.

Marcos luchó para recuperar el aliento, tomado desprevenido por su ferocidad y voracidad. Estaba tan distraído; no se registró al principio que ya no estaban en su casa. Abriendo los ojos, le costó mirar a su alrededor. Meg no lo hizo fácil. Ella persistentemente exigió su atención, si él quería dar lo o no. El peso de su cuerpo en su y sus labios calientes que le salpican la cara con

besos húmedos la hacía aún más difícil de ignorar, pero sabía que algo había cambiado. Podía
sentir piedra a su espalda y mientras ella se
movía encima de él, tomó miradas aleatorias de
las muchas luces tenues por encima de ellos.
Pero no podía decir más sobre su nuevo entorno
que eso. Finalmente, con las mejillas enrojecidas
de pasión y emoción, Meg se sentó de nuevo en
sus talones. Sólo entonces Mark reconoció el pabellón del mundo de fantasía de Meg. Aunque la
estructura no ha cambiado, el ambiente era muy
diferente de la última vez que había visitado
aquí. El cielo crepuscular se había ido, reemplazado por nubes de tormenta oscuras y destellos
aleatorios de relámpagos. La lluvia se derramaba
a su alrededor, golpeando constantemente contra
el suelo y la piedra, y reuniéndose en charcos por
todas partes. Estaba muy lejos del lugar mágico y
seguro que ella le había mostrado antes.

Meg empujó sus manos sobre sus hombros
de nuevo y lo empujó de nuevo al suelo de piedra. La mirada en sus ojos dejó clara su intención. Ella lo quería, aquí y ahora, y quería
cumplir ese deseo. Marcos cerró los ojos y tomó
un respiro fortificante. También la quería, pero
no así. Mientras ella lo besaba de nuevo, se olvidó de sus reservas y contempló la sensación de
su cuerpo contra el suyo, la prensa de sus muslos

y el toque suave de sus pechos suaves contra su pecho, el calor de su aliento contra su piel. Todo sobre ella, todo lo que hizo amenazó con reemplazar su mente normalmente racional con impulsos y deseos que por lo general mantenía enterrado sin la superficie. Mucho más de esto y él no sería capaz de detenerla. No podría detenerse.

La tormenta arreciaba a su alrededor, una oscura sinfonía de destrucción. Mark empujó más allá de su neblina y se centró en un solo pensamiento. No había música tocando. Estaban en el pabellón especial de Meghan, un lugar donde la música siempre tocaba para ella - como ella afirmaba que también era común en sus pensamientos diarios - y no había música. Más que nada, que llevó a casa lo confundida que estaba. Meghan no era ella misma en este momento, y hasta que ella estaba pensando más claramente, él no podía dejar que esto fuera más lejos. Ese pensamiento firmemente en mente, que a regañadientes la empujó lejos y se sentó. Forzó su respiración a la lentitud y observó como el pabellón se desvanecía de nuevo en su sala de estar. Abriendo la boca para hablar, fue rápidamente capturado de nuevo por la boca de Meghan. Después de un momento, recuperó el control y agarró sus manos en las suyas, empujándola hacia atrás de él. "Este no eres tú."

Vio la ira reunirse en sus ojos un momento antes de que ella se pusiera de pie de repente, casi volcando la silla con él todavía en ella. "¡Estoy cansado de que todos piensen que me conocen mejor que yo!" Gruñendo de frustración, apretó y relajó sus manos varias veces antes de calmarse visiblemente. "Bien, si así es como vas a ser, no necesito a ninguno de ustedes. No necesito a nadie ".

"Meg, espera". Poniéndose de pie, puso una mano sobre el brazo de Meghan.

"No." Meg retiró la mano y dio un paso atrás. "Has dejado tus sentimientos perfectamente claros". Dando la espalda a Mark, Meg se alejó, levantando la mano en un gesto. "Más tarde", dijo casualmente, sin rastro de ira en su voz. Deteniéndose en la puerta principal, Meg habló por encima del hombro. "¿Y Mark? No me sigas ". Con eso, ella se fue.

Apretando la mandíbula y las manos, Mark levantó un vaso sobre la mesa y lo arrojó contra la pared con un golpe. Se llevó una mano a la cabeza mientras luchaba por calmarse y concentrar sus pensamientos confusos. Una poderosa bruma se apoderó de su mente, sus emociones salieron a la superficie con repentina intensidad. Gritando su frustración en la habitación vacía, Mark cayó de rodillas, cediendo lentamente a la locura.

––––––

"Nicole! ¡Hola, Nicole, espera!

Nicole se encogió ante el sonido de la voz de John, llamándola desde el otro lado de la calle. Había pensado que al abandonar el hospital rápidamente, no se vería obligada a hablar con John y Susan. Una mirada en la dirección de su voz confirmó que la habían seguido a pie. Ella dejó de caminar y esperó a que lo alcanzaran. "¿Hola chicos, que hay?"

"Oye, te fuiste antes de que tuviera la oportunidad de hablar contigo". Susan miró a John con incertidumbre, pero él le apretó el brazo para tranquilizarla. "Quería preguntar sobre Meghan".

Nicole sofocó la ola de temor que burbujeó. "¿Qué pasa con Meg?"

"Ella estaba actuando de manera extraña antes, y el chico estaba en muy mal estado". Susan todavía no podía creer lo que Meg había hecho. El hombre casi había muerto por las heridas que ella le había infligido. Por supuesto, Susan estaba agradecida, después de todo, él había intentado matarla a ella y a Katie, pero ella nunca hubiera esperado ese nivel de violencia de Meghan, que normalmente era de mal genio.

"Sí, ella se pone a la defensiva cuando alguien amenaza a sus amigos", respondió Nicole.

"¿Pero ¿cómo hizo eso?" John preguntó. "Conozco hombres adultos que no pudieron hacer ese tipo de daño, y estamos hablando de Meg. Ella no podía lastimar a una mosca. Demonios, el año pasado saltó sobre una mesa en la sala de reuniones debido a una gran araña, y cuando fui a matarla, me obligó a capturarla y liberarla afuera. ¿Cómo podría ser responsable de lo que le hicieron a ese tipo?

Nicole había esperado evitar esta conversación, pero aparentemente no era una opción. Tanto John como Susan fueron demasiado persistentes para dejar caer algo como esto. "Tiene experiencia en defensa propia. Ella ha estado tomando clases y haciendo ejercicio como loca durante la mayor parte de su vida. A ella no le gusta hablar de eso ". Al menos no estaba mintiendo, reflexionó Nicole, simplemente no les estaba contando todo.

Susan no parecía convencida. "Pero Nicole, cuando apareció por primera vez y lo sacó corriendo, Meg parecía muy extraño. Ella no actuaba como ella misma, estaba enfocada en querer hacerle daño. Creo que se olvidó de que yo estaba allí.

Nicole vio las cantidades traza de miedo que aún se reflejaban en la expresión de Susan. Había sido testigo de algo que no podía explicarse fácilmente. Era comprensible que quisiera respuestas, pero Nicole no podía dárselas. "Estoy seguro de que ella sólo estaba preocupada por ti."

John miró a Nicole, con los ojos penetrando, sin duda discerniendo la mentira en sus palabras. "Nicole, ¿qué no nos estás diciendo?" Nicole desvió su mirada, incapaz de llegar a una respuesta satisfactoria. Lo intentó de nuevo. "Estamos preocupados por Meg. Si algo está mal, queremos ayudarla, especialmente después de cómo ayudó a Susan".

Nicole levantó los ojos para encontrarse con John. "No hay nada que puedas hacer. Tengo que irme." Nicole miró en la dirección de Susan. "Me alegro de que estés bien. Los cogeré a los dos más tarde."

John vio a Nicole apurarse por la calle. "Eso no explicó nada."

"No, pero tal vez deberíamos dejarlo ir." Susan tomó el brazo de John y comenzó a caminar de vuelta por donde habían venido. "Si nos necesitan, saben dónde encontrarnos.

John le sonrió. "Tal vez tienes razón. Lo importante es que estás a salvo. Sabes, quería preguntarte sobre nuestra llamada anoche".

Susan de repente se sintió tímida. Decidir que las acciones eran menos embarazosas que las palabras, Susan dejó de caminar y besó a John. Sorprendido al principio, John rápidamente devolvió el beso con el mismo entusiasmo.

Los ojos de Susan revolotearon, y ella dio un suspiro sin aliento. "Te amo", dijo, antes de que su valor la dejara.

John sonrió. "Yo también te amo."

"Usted hace?" Susan preguntó con suerte. Esperaba que lo pudiera, pero aun así era tranquilizador oírlo decir las palabras. Ahora, ella no se sentía tan avergonzado y vulnerable de haber dicho las palabras primero

—Sí —confirmó Juan, contento de tenerlo fuera de su pecho. Había intentado durante semanas pensar en una manera de decirle a Susan cómo se sentía. Se las había arreglado para ganarle.

"Entonces me alegro de que hemos resuelto eso."

Juan se rió, apretó la mano en la suya y comenzó a caminar de nuevo. "Yo, también."

# DOCE

Artemis vio a Meg salir de la casa y sonrió. Ya debería ser vulnerable, madura para la recolección. No sabía lo que Durante había hecho, pero les había informado que este sería el momento de seguir adelante con ella. Artemis ala todavía no podía entender cómo había escapado de la habitación cuando estaba cerrada y ella estaba atada a una cama, pero ella era su hija después de todo, así que no debería sorprenderse. Ella se detuvo en el medio del paso y se volvió en su dirección, a pesar de que él estaba oculto. "¿Quién eres y por qué me estás mirando?"

Ligeramente asombrado, Artemis a tomar las sombras. "Yo—"

"Eres el tío de Nicole", anunció, cortándolo.

"Te vi en su casa, esa noche cuando trataste de matarla."

Artemis erizada por la mención de esa noche. Nunca había tenido la intención de atacar a Nicole, las cosas se habían descontrolado. Ese tipo de cosas habían sucedido mucho en el último siglo más o menos. Ya no podía controlarse a sí mismo, no cuando las cosas le molestaban y esa falta de control había llevado a una gran cantidad de sus problemas. "Ella simplemente malinterpretó mis intenciones, te lo aseguro."

"No estoy interesado." Meg comenzó a caminar de nuevo, ignorando a Artemis. Ella quería estar sola ahora mismo, y él le estaba impidiendo lograr ese objetivo.

Sin inserción, Artemis siguió unos pasos detrás de ella. "Creo que podría ser, si supieras lo que tengo que decirte."

"Bien, como yo creo eso." Ella rodó los ojos con desprecio. No había nada que Artemis pudiera decir que fuera de interés para ella.

"Conocí a tu madre, hace muchos años."

Meg miró por encima de su hombro, todavía caminando. "Sí, tú y la mitad del estado." No se hacía ilusiones sobre qué clase de persona había sido su madre en su juventud. Durante su breve tiempo juntos había habido un montón de 'novios', y pocos de ellos duraron mucho tiempo. Varias conversaciones que Meg había escuchado desde entonces, principalmente del personal del orfanato, habían confirmado que su madre siempre era una floozy, incluso antes de que Meg hubiera nacido.

"Yo la conocía hace unos veintitrés años."

Meg casi pierde un paso, pero de lo contrario no reveló ninguna reacción externa que lo que había dicho significara algo para ella. "Su punto?"

"Creo que usted sabe mi punto."

Meg giró para enfrentarse a Artemis. "Sólo di lo que tienes que decir, para que puedas dejarme en paz."

"Soy tu padre", anunció, con un toque de orgullo en su voz.

Meg se rió brevemente, y luego lo miró incrédulo. "Como si." Volviendo, empezó a caminar de nuevo.

Artemis estaba ligeramente sorprendida por su escepticismo. "¿De dónde crees que obtuviste la sangre de hombre lobo?"

Meghan se dio cuenta por primera vez; ella nunca pensó en los orígenes de sus habilidades. Sacudiendo la cabeza, trató de averiguar exactamente qué estaba pasando con ella. ¿Cómo podría no haberse preguntado cómo podría convertirse de repente en un lobo? Antes de que pensara mucho más sobre eso, el significado de la pregunta comenzó a desvanecerse nuevamente. No importaba, ¿verdad? Entonces, ella era un hombre lobo, gran cosa. Solo un hecho más jodido para agregar a su vida. "¿Como si fueras el único hombre lobo que podría haber golpeado a mi madre? Me temo que tendrá que hacerlo mejor que: "Oye, confía en mí, soy tu papá".

Artemis extendió la mano y agarró el brazo de Meg, girándola para mirarlo. ¡Mírame y siente la verdad de mis palabras! ¡Yo estoy diciendo la verdad!" Ella estaba siendo mucho más difícil de lo que él esperaba. Debería sentirse honrada de ser parte de una línea de sangre tan ilustre. En cambio, estaba siendo extrañamente fría y cínica.

Su mano sobre su brazo era como un carbón encendido. Ella quería que se fuera, y quería que se fuera ahora. Mirándolo, habló con engañosa suavidad. "Me importa un bledo quién eres. Quítame la mano de encima.

Artemis dejó caer su mano de inmediato, sorprendido por la intensidad de su reacción. Su voz podría haber sonado tranquila y no amenazante, pero no había duda de la fuerza y el poder detrás de las palabras. Una vorágine de energía se estaba acumulando dentro de Meg y a su alrededor, lista para concentrarse en cualquier acción que deseara. La parte más alarmante fue lo inconsciente que parecía. Ella no estaba tratando de construir la energía, se le ocurrió simplemente por su voluntad y deseo supremamente poderosos. Artemis tenía que tener cuidado de no molestarla más de lo que ya lo había hecho. No se sabía qué haría si la empujaran. "Sabes que estoy diciendo la verdad".

Todavía sacudida por el contacto, Meg no respondió de inmediato. Había algo, algo de reconocimiento, tenía razón en eso. Cerrando los ojos, trató de dar sentido a los acontecimientos. Hace unos días, ella sabía quién era, de lo que era capaz, pero al ritmo del ala de un colibrí, todo había cambiado.

"Está diciendo la verdad".

Meg abrió los ojos al oír la voz de su madre. Al darse la vuelta, encontró a su madre parada tranquilamente detrás de ella. Ella juntó las manos juntas. "Oh, Meghan, estamos juntos, por fin. Podemos ser la familia que siempre mereciste ".

"Pero estabas enojado conmigo", dijo Meg débilmente.

"Eso es todo en el pasado. Eres mi hija, nunca podría enojarme contigo ". "Pero-" Meg escuchó el gemido infantil en su voz, pero no pudo evitarlo.

"¿No estás feliz de verme?"

"Yo, por supuesto que sí". Meghan estaba débil, ni siquiera segura de cómo seguía de pie. ¿Cómo puede estar pasando esto? Esto parecía un sueño terrible. Tammy aplaudió. "¡Maravilloso! Seremos muy felices juntos ". Dio un paso adelante, atrayendo a Meghan en un feroz abrazo.

Meg permaneció inerte en los brazos de su madre, incapaz de expresar una respuesta. Un nudo frío de dolor se formó en su estómago por las palabras no dichas que podía escuchar corriendo por la mente de su madre. Al soltarse de los brazos de Tammy, Meg se secó las lágrimas que corrían por su rostro. "¿Cómo te atreves? ¿Qué clase de madre eres? ¿Qué clase de persona eres?

Tammy miró a Meghan confundida. "¿De qué estás hablando?" Para su crédito, la confusión de Tammy parecía genuina, y honestamente no parecía entender lo que había enojado tanto a Meghan. "Sé lo que sientes. Podía escuchar lo que pensabas de mí en este momento. ¡No te preocupas por mí, me estás usando! " La ira de Meg aumentó, eliminando la vacilación infantil que había experimentado momentos antes. Los ojos de Tammy perdieron cualquier atisbo de calor. "Siempre tienes que hacer las cosas difíciles, ¿no?" Su voz estaba llena de malicia. "¿Qué demonios te pasa?" Meghan chilló. Escuchar los pensamientos de su madre ya era bastante malo, pero escuchar su opinión en voz alta era peor.

"¡Mira, de eso estoy hablando!" Tammy continuó. "Siempre fuiste más problema de lo que valías. Debería haber dejado que Eddie hiciera lo que quería, entonces no me habría puesto en coma y no me habría obligado a matarlo".

"¿T-tú, lo mataste?" La voz de Meg tembló. Su madre había matado a un hombre, y no había matado a nadie, había destrozado a Marlay.

Artemis miró en estado de shock, incapaz de comprender lo que estaba escuchando. No disfrutaba de ilusiones sobre sí mismo, no era un hombre particularmente bueno o amable, pero esto rayaba en la crueldad. Meg dio un brusco paso hacia atrás, con los ojos muy abiertos por el dolor. Necesitaba hacer algo si iba a salvar esta situación. Obviamente, Tammy era inútil. "¡No seas ridículo!" le espetó a Tammy. "Estás siendo rencoroso. Te arrepentirás de lo que has dicho más tarde".

Meg miró a Artemis y volvió a mirar a su madre. "No, no lo hará", dijo suavemente, tranquila de nuevo. "Así es como se siente".

Tomando la indirecta de Artemis, Tammy luchó para parecer preocupado y contrito. Fue un intento mediocre, en el mejor de los casos. "Lo siento mucho, Meghan. Tu padre tiene razón.

No estoy lidiando bien con todo lo que ha sucedido. Todavía me estoy adaptando y te estoy sacando mi frustración. Lo siento."

Meg esquivó la mano extendida de Tammy y se alejó más de los dos. "Guárdalo", escupió enojada. "No podría importarme si estuviera vivo o muerto, así que no intentes fingir que lo haces. No te queda bien ". Suspirando en voz alta, sacudió la cabeza con frustración. "¿Por qué no podría ser huérfana como Nicole?" murmuró ella. Girándose, se transformó y corrió lo más rápido que pudo para escapar de los dos.

———

"¿Hola?" Susan contestó distraídamente el teléfono de su escritorio, aún leyendo el archivo que había abierto frente a ella.

"¿Uh, señorita Anderson?"

La nerviosa voz masculina del otro lado de la línea centró su atención por completo en la llamada telefónica. "¿Sí puedo ayudarte?"

"Oh, wow, realmente eres tú. He intentado como cinco números diferentes y sigo siendo desviada a diferentes personas, que dijeron que tenía que hablar con alguien más, que dijeron que tenía que hablar con la persona con la que acababa de hablar ... "

Susan golpeó su bolígrafo contra el escritorio mientras él continuaba divagando, sin dejar de hacer su punto. Respiró hondo para recobrar la compostura y asegurarse de que la molestia que sentía no era evidente en su voz. "Me estás hablando ahora, ¿qué puedo hacer por ti?"

"Oh, sí, la cosa es", su voz se quebró ligeramente, pero rápidamente se compuso antes de continuar. "Estoy llamando sobre una mujer que fue asesinada hace un par de días. Se llama Karen Michaels ... era Karen Michaels. La cuestión es que dijeron que la mataron en un atraco o algo así, pero ..."

"No les crees", terminó Susan por él.

"No. Quiero decir, el oficial con el que hablé fue muy desdeñoso, y no parecía estar tomándolo en serio. Él me dejó boquiabierto cuando le pregunté si le habían cortado el pelo ". "¿Tenía el pelo cortado?" Un escalofrío se extendió por las venas de Susan. "¿Con quién hablaste?" preguntó ella, a pesar de que ya sabía la respuesta.

"Creo que se llamaba Brian o Brent ..." se detuvo, obviamente profundamente pensativo, tratando de recordar el nombre.

"¿Bryant?" preguntó vacilante, cerrando los ojos con fuerza.

"Sí, eso es, oficial Bryant. De todos modos, pensé que escuché algo sobre el corte de cabello en ese caso de asesino en serie, pero no sabía con quién debería hablar, ya que al policía no parecía importarle, y bueno, mi hermano dijo que debería llamarte desde que estuviste involucrado con ese caso. ¿Crees que el asesino en serie podría ser la misma persona que mató a Karen?

Susan se frotó el puente de la nariz, sin saber qué decir. Dado todo lo que había aprendido, el niño probablemente estaba haciendo algo. Por otra parte, ella no sabía hasta dónde llegó esta corrupción. Si el niño mostró interés en el caso, podría terminar siendo asesinado como su amigo. Por supuesto, si se equivocaba, lo cual no creía que fuera, no podía ir confirmando al público que el hombre en la cárcel no era el verdadero asesino, o que el verdadero asesino todavía estaba en El suelto. Necesitaba mucha más evidencia antes de hacer algo así, de lo contrario estaría incitando al pánico en toda la ciudad, por no mencionar tirar su propio trabajo, por nada. "No lo sé", respondió tan honestamente como pudo. "Puedo prometerle que investigaré este asunto. Mientras tanto, probablemente no deberías hablar de esto con nadie más, al menos hasta que sepamos más".

"Bueno." Estuvo de acuerdo con bastante facilidad, sonando aliviado de que ella no le hubiera colgado o llamado loco por completo. Al menos por el momento, probablemente no diría nada. Desafortunadamente, él ya había hablado con la gente antes de llegar a ella. Ella esperaba que sus preguntas no fueran conocidas por Bryant.

Susan tomó la información de contacto del niño y el nombre de la niña asesinada y colgó el teléfono. Volviendo al archivo en su escritorio, trató de ordenar esta información adicional. Dos supuestos atracos que no fueron atracos, y ambos fueron trabajados por el mismo oficial que estaba encubriendo evidencia sobre el caso de estrangulador. No podría ser una coincidencia. Una mirada al archivo en su escritorio confirmó su sospecha anterior. El hombre que la había atacado a ella y a Katie en el hospital era la prima del oficial Bryant. Y su jefe era el hombre que había ayudado a ese mismo primo con sus problemas legales anteriores.

"¿Hola?" Susan contestó distraídamente el teléfono de su escritorio, aun leyendo el archivo que había abierto frente a ella.

"¿Uh, señorita Anderson?"

La nerviosa voz masculina del otro lado de la línea centró su atención por completo en la llamada telefónica. "¿Sí puedo ayudarte?"

"Oh, wow, realmente eres tú. He intentado como cinco números diferentes y sigo siendo desviada a diferentes personas, que dijeron que tenía que hablar con alguien más, que dijeron que tenía que hablar con la persona con la que acababa de hablar ..."

Susan golpeó su bolígrafo contra el escritorio mientras él continuaba divagando, sin dejar de hacer su punto. Respiró hondo para recobrar la compostura y asegurarse de que la molestia que sentía no era evidente en su voz. "Me estás hablando ahora, ¿qué puedo hacer por ti?"

"Oh, sí, la cosa es", su voz se quebró ligeramente, pero rápidamente se compuso antes de continuar. "Estoy llamando sobre una mujer que fue asesinada hace un par de días. Se llama Karen Michaels ... era Karen Michaels. La cuestión es que dijeron que la mataron en un atraco o algo así, pero ...

"No les crees", terminó Susan por él.

"No. Quiero decir, el oficial con el que hablé fue muy desdeñoso, y no parecía estar tomándolo en serio. Él me dejó boquiabierto cuando le pregunté si le habían cortado el pelo ". "¿Tenía el pelo cortado?" Un escalofrío se extendió por las venas de Susan. "¿Con quién hablaste?" preguntó ella, a pesar de que ya sabía la respuesta.

"Creo que se llamaba Brian o Brent ..." se detuvo, obviamente profundamente pensativo, tratando de recordar el nombre.

"Bryant?" preguntó vacilante, cerrando los ojos con fuerza.

"Sí, eso es, oficial Bryant. De todos modos, pensé que escuché algo sobre el corte de cabello en ese caso de asesino en serie, pero no sabía con quién debería hablar, ya que al policía no parecía importarle, y bueno, mi hermano dijo que debería llamarte desde que estuviste involucrado con ese caso. ¿Crees que el asesino en serie podría ser la misma persona que mató a Karen?

Susan se frotó el puente de la nariz, sin saber qué decir. Dado todo lo que había aprendido, el niño probablemente estaba haciendo algo. Por otra parte, ella no sabía hasta dónde llegó esta corrupción. Si el niño mostró interés en el caso, podría terminar siendo asesinado como su amigo. Por supuesto, si se equivocaba, lo cual no creía que fuera, no podía ir confirmando al público que el hombre en la cárcel no era el verdadero asesino, o que el verdadero asesino todavía estaba en El suelto. Necesitaba mucha más evidencia antes de hacer algo así, de lo contrario estaría incitando al pánico en toda la ciudad, por no mencionar tirar su propio trabajo, por nada. "No lo sé", respondió tan honestamente como pudo. "Puedo prometerle que investigaré este asunto. Mientras tanto, probablemente no deberías hablar de esto con nadie más, al menos hasta que sepamos más ".

"Bueno." Estuvo de acuerdo con bastante facilidad, sonando aliviado de que ella no le hubiera colgado o llamado loco por completo. Al menos por el momento, probablemente no diría nada. Desafortunadamente, él ya había hablado con la gente antes de llegar a ella. Ella esperaba que sus preguntas no fueran conocidas por Bryant.

Susan tomó la información de contacto del niño y el nombre de la niña asesinada y colgó el teléfono. Volviendo al archivo en su escritorio, trató de ordenar esta información adicional. Dos supuestos atracos que no fueron atracos, y ambos fueron trabajados por el mismo oficial que estaba encubriendo evidencia sobre el caso de estrangulador. No podría ser una coincidencia. Una mirada al archivo en su escritorio confirmó su sospecha anterior. El hombre que la había atacado a ella y a Katie en el hospital era la prima del oficial Bryant. Y su jefe era el hombre que había ayudado a ese mismo primo con sus problemas legales anteriores.

"¿Qué haces aquí en domingo?"

Susan cerró el archivo en su escritorio con un chasquido y miró a su jefe, Gary, mientras distraídamente rompía el borde dentado de la cinta del extremo del dispensador de cinta. "Tenía algunas cosas que revisar, y dejé aquí los archivos que necesitaba". Susan metió el archivo en su bolso, con cuidado de no quitarle los ojos de encima a Gary. Ella no tenía ninguna duda de que él estaba de alguna manera involucrado en todo esto, pero no sabía cuán profundamente estaba involucrado, y no sabía hasta dónde llegaría para mantener su participación en secreto. Escuchando el sonido del ascensor, miró aliviada al ver al conserje entrar en el piso con su carrito de empuje. Era reconfortante no estar a solas con Gary. "Tengo lo que necesito, ahora sin embargo, así que me voy."

Apenas mirando a Gary, Susan se levantó, recogió sus maletas y se fue rápidamente de la oficina, ansiosa de poner algo de distancia entre ella y su jefe. Deseaba haber traído su coche hoy, pero le había dado problemas de nuevo esta mañana, así que en su lugar tomó el autobús. John sin duda la habría llevado, pero había programado una reunión con un profesor hoy para hacer un examen. Metió las manos en sus bolsillos y empezó a caminar. Había cierta distancia entre ella y la parada del autobús. Escuchó sus zapatos suavemente acolchados en el concreto, una indicación de cuán vacías estaban las calles. Hacía frío otra vez. Suspiró con frustración, apretando más su chaqueta. ¿Por qué no podía decidirse por el clima? Era notablemente impredecible últimamente. Un minuto estaba tormentoso, luego caluroso y seco, y luego volvía a hacer frío. Nunca supo cómo vestirse.

Susan notó que las sombras aumentaban en longitud y número al pasar por otro edificio. El bajo zumbido de la maquinaria, posiblemente un aire acondicionado o una unidad de calefacción, llamó su atención y casi ahogó los sonidos de sus pasos. Los cordones de sus zapatos se golpeaban contra sus zapatos con cada paso, creando otra cadencia en la que concentrarse. Haciendo una pausa, enfrentada a dos opciones, trató de decidir qué camino tomar. Podía deslizarse por el callejón entre los edificios o caminar por el estacionamiento. Ambas opciones estaban igualmente desiertas. Normalmente, ella habría elegido cualquiera de las opciones sin pensarlo demasiado, pero hoy se sentía cada vez más paranoica. Al menos el estacionamiento era un área más abierta.

Una vez tomada la decisión, empezó de nuevo. A lo lejos, podía ver luces que brillaban en algunos edificios. El sonido de los neumáticos que se acercaban sobre el pavimento mojado le llamó la atención. Se puso tensa hasta que el coche la pasó, el sonido de los neumáticos se desvanecía en la distancia. Susan sospechó que la única cosa más aterradora que caminar sola por un estacionamiento desierto, era caminar sola en un estacionamiento no tan desierto. Cada extraño que vio era una amenaza. Por supuesto, no eran los extraños a los que normalmente se debe temer, razonó. La mayoría de las víctimas fueron atacadas por personas que conocían y los ataques violentos al azar de extraños eran supuestamente raros. Al menos, eso es lo que dicen las estadísticas. Díselo a Katie. Y su propia experiencia personal desmintió la teoría. De los dos hombres que encontró anoche, el que ella conocía, Bryant, le dio escalofríos, pero la dejó en paz. Fue el extraño en el hospital quien la atacó. Tal vez las estadísticas no se aplicaban a la gente de su línea de trabajo.

Susan saltó sobre un charco, aterrizando en la hierba. Todavía estaba empapada por la lluvia anterior. Hacía tanto frío que casi podía ver su aliento frente a su cara. Exhalando fuertemente unas cuantas veces, trató de hacer más grande la bruma de aliento. En el tercer intento, fue recibida por una pequeña nube blanca, que se disipó rápidamente en el viento.

Un cambio en las sombras llamó su atención, pero antes de que pudiera reaccionar, un brazo se agarró alrededor de su cintura, una mano enguantada cubriendo su boca y nariz. Luchó con un fuerte agarre, captando un reflejo del hombre en la ventana de un edificio cercano. Antes de perder el conocimiento, un solo pensamiento cruzó su mente. "Las estadísticas eran correctas, después de todo".

———

MEGHAN SE BALANCEÓ AL RITMO DE LA música, perdiéndose en los sonidos y el movimiento. Dejando atrás otro vodka con arándano, levantó los brazos sobre su cabeza y cerró los ojos. Esto era lo que debería haber estado haciendo desde el principio. El resto de su vida fue una pérdida de tiempo. Esto, esto a lo que ella podría acostumbrarse.

Una presencia familiar tocó delicadamente su mente. Meg trató de ignorarlo, pero no pudo concentrarse lo suficiente como para alejar el toque de sondeo de Nicole. La preocupación y el apoyo se inundaron, su intensidad la hizo perder el paso. Ella gruñó de frustración. ¿Por qué no podían todos dejarla sola? Volviendo a llenar su bebida, regresó a la pista de baile del club. Nicole se abrió paso entre la multitud, esquivando con gracia a los camareros y bailarines mientras caminaba hacia Meghan. Meg notó, no por primera vez, qué presencia tan confiada y dominante representaba ahora Nicole, desde que se enteró de su herencia. La gente hizo espacio para que ella pasara, sin que ella hiciera nada. Ella exudaba un aura de fuerza y gran poder.

Se detuvo frente a Meg. "¿Divirtiéndose?"

Meghan dejó de bailar el tiempo suficiente para mirar fijamente a Nicole. "Yo era."

"Oh, bueno, no te detengas en mi cuenta. ¿Te importa si me uno a ti?

Meg no se molestó en mirar hacia arriba. "Vístete".

Nicole comenzó a bailar al compás de la música. La tensión vibraba en todos los músculos mientras luchaba por pensar qué decir o hacer, pero sabía que la tensión no ayudaría. Meg estaba lo suficientemente tensa para los dos. Necesitaba ayudar a Meg a relajarse si esperaba llegar a algún lado con ella, y la forma más fácil de hacerlo era comenzar relajándose. Después de un par de canciones, Nicole descubrió que en realidad estaba empezando a divertirse. Cantando junto con la canción actual, se inclinó hacia Meg, retándola en silencio a cantar. Después del segundo coro, ella se unió, y con una sonrisa relajando su expresión, Meg comenzó a disfrutar también.

Meg se encontró riendo y sonrió un poco

más. ¿Cuánto tiempo había pasado desde que ella y Nicole habían salido así? Había olvidado lo bien que se divirtieron juntos. Bailaron otras canciones, cantando y riendo juntos.

Se escuchó una canción lenta, y Meg y Nicole se dirigieron a una mesa vacía, donde Nicole pidió pizza y un par de refrescos. Comiendo en silencio, vieron a los otros clientes en el club, riéndose de algunos intentos de baile pobres e incluso peores selecciones de canciones.

Nicole terminó una porción de pizza y se recostó. La comida era buena, al menos, tan buena como la del club. Definitivamente había aliviado su hambre por el momento. Más importante aún, el baile y la comida le habían dado la oportunidad de pasar tiempo ininterrumpido y de baja presión con Meg. Sin duda necesitaba tener una conversación seria con Meg, pero no podía culpar a su amiga por ser un poco asustada.

Al sentir un humor sombrío sobre Meg, Nicole observó en silencio mientras su amiga terminaba su comida y se inclinaba hacia adelante, apoyando la cara en sus manos. Nicole se obligó a guardar silencio y esperó a que Meg hablara primero.

Meg cerró los ojos con fuerza e intentó una vez más alejar la bruma que parecía haberse asentado en su mente. ¿Por qué no podía aclarar sus pensamientos? Se estaba volviendo cada vez más difícil concentrarse. "¿Que me está pasando?" dijo ella eventualmente. "No puedo ... pensar. No puedo ... concentrarme en nada por mucho tiempo ". Se volvió hacia Nicole suplicante. "Ya no creo tener el control de mi propia mente". Miró a Nicole sin pestañear, sosteniendo una mano rígida contra su pecho, sus palabras cada vez más ahogadas por la emoción. "He estado teniendo estas extrañas ... visiones ... tal vez son alucinaciones".

Nicole se acercó a Meg, envolviendo los dedos de Meg en calidez y compasión. Meg casi podía ver las olas de apoyo que emanaban de Nicole y la cubrían. Por un momento, las voces y los sentimientos en conflicto en su cabeza se callaron, calmaron. Podía pensar de nuevo, pero el momento duró poco.

Nicole vio como Meg comenzó a soltarla y se sintió aliviada. Pensó que podría comunicarse con Meg, podría ayudarla.

En el minuto siguiente, la nube oscura comenzó a formarse nuevamente. Nicole sintió el momento en que Meg comenzó a retirarse, sintió la otra presencia que impregnaba el aire a su alrededor.

Los dedos de Meghan se deslizaron de los de Nicole y ella bajó la mirada hacia la mesa. El momento había terminado, y ahora sería más difícil comunicarse con Meg. Nicole suspiró. Por un centavo ... "Descubrí algo que creo que deberías saber". Esperó a que Meg la volviera a mirar y continuó. "Se trata de Artemis. Él ", inhaló un aliento fortificante," él es tu padre ".

Meghan se echó a reír, un ladrido corto, sin humor. "Huh. Supongo que en realidad estaba diciendo la verdad.

"¿Supieras?" Nicole se sorprendió al recibir sus noticias de esta manera.

Meghan asintió con la cabeza. "Hace un par de horas, él y mi madre decidieron imponerme la rutina de la" familia feliz ". La amargura de Meg volvió a salir a la superficie.

"¿Qué pasó?" Por el tono de Meg, no podría ser bueno.

"Les dije que me dejaran en paz. No necesito ninguna familia, y estoy seguro de que no necesito que nadie pretenda preocuparse por mí porque estamos relacionados por sangre ". Nicole había estado esperando ese tipo de respuesta. Meg siempre profesó una opinión negativa sobre las familias, y Nicole no podía culparla, pero también podía entender el dolor que Meg intentaba ocultar. "Meg, son tus padres. No tengo ganas de invitarlos a cenar los domingos, pero ¿estás seguro de que no te arrepentirás de haberlos sacado de tu vida por completo?

Meghan se encontró con la mirada de Nicole y la sostuvo sin pestañear. "A ellos no les importa un comino, y a mí no me importa un comino. Me ha ido bien sin familia todo este tiempo.

A pesar de haber escuchado este mismo tipo de comentarios de Meg durante años, esta vez sus palabras picaron un poco. "Meghan, soy tu familia".

Meg agitó una mano despectivamente. "Eso es diferente. Eres un amigo, no una familia ". Meghan, Artemis es mi tío, ¿recuerdas? Eso nos hace primos. Somos familia."

Meg la miró por una fracción de segundo, antes de que volviera a mirar hacia otro lado. "Excelente. Ahora puedes fingir que te preocupas por mí también ".

"Meghan Knight Mason Davis Watson Butler Freeman!" Nicole dijo enérgicamente, relatando los apellidos de cada familia de acogida que alguna vez había intentado acoger a Meghan cuando era niña, terminando con su apellido actual, el nombre que Meghan finalmente eligió para ella cuando cumplió dieciocho años. "He estado con ustedes desde el principio, ya que ambos éramos un par de niños traumatizados en el orfanato, sin familiares ni amigos de los que

hablar. Así que nunca me acusen de no importarme. No lo toleraré ". Nicole terminó su bebida
y golpeó el vaso un poco más fuerte de lo que
pretendía. Ella necesitaba calmarse.

Meg se sentó en silencio, sin saber cómo responder. Ella y Nicole estaban relacionadas entre
sí, lo habían estado desde el principio. ¿Que significaba eso? ¿Reevaluó todo su sistema de creen-
cias sobre lo inútil que era la familia, o acabó de
agrupar a Nicole con los gustos de sus padres
inútiles? Si fueran primos ...

Meg sintió presión en su cabeza y se encontró mirando el colgante de Nicole. Era una
piedra simple, con un lobo tallado en ella. Era
una herencia familiar, había dicho Nicole. Una
reliquia familiar ... su familia ... Nicole le había
dicho que era algún tipo de refuerzo de poder,
fortaleciéndola, haciendo posible que Nicole hiciera cosas casi imposibles. Si perteneciera a su
familia, entonces Meg podría reclamar tanto derecho como Nicole. Meg se lo merecía. Nicole se
lo había guardado durante los últimos veinte
años más o menos. ¿No deberían otras personas
tener la oportunidad de usarlo también? ¿Qué
hizo a Nicole tan especial? Meg pensó en cada
ataque que había sufrido, cada vez que alguien la
había lastimado. Si ella hubiera estado usando el
colgante, nadie podría haberla lastimado. Si tu-

viera el colgante ahora, nadie podría lastimarla nuevamente.

Sonó el teléfono de Nicole. Nicole respondió y se cubrió la otra oreja con la música ruidosa de la habitación.

Esta fue la oportunidad de Meg. Podía tomar el colgante mientras Nicole estaba distraída, y luego ejercería el poder que Nicole había acumulado egoístamente. La mano de Meghan se movió, lista para seguir el plan, pero volvió a la realidad. ¿Que estaba haciendo ella? ¿Nicole era su amiga, su familia, y estaba pensando en robarle? ¿Qué le pasaba a ella? Meg necesitaba alejarse de Nicole, poner algo de distancia entre ellos.

Se puso de pie y Nicole se quedó con ella. "Me tengo que ir", dijeron al unísono. En una indicación de su estado mental actual, ninguno de ellos sonrió o llamó jinx como lo haría normalmente.

"Ese fue John", agregó Nicole. "Susan está desaparecida".

"¿Qué?" La sangre de Meg se congeló. ¿Cómo podría faltar Susan? ¿No acababa de rescatar a Susan de un ataque?

"Ella fue a su oficina a buscar algunos papeles, pero nunca regresó. Su bolso fue encontrado en un estacionamiento cerca de su oficina. Parece que estaba en camino a la parada de autobús cuando desapareció. Llamaré a David y me dirigiré allí para mirar a mi alrededor y ver si puedo encontrar algo, si quieres venir ". Nicole no quería dejar a Meg, pero Susan podría estar en peligro real. Si había una posibilidad de que ella pudiera ayudar a encontrar a Susan, Nicole tenía que ir e intentarlo.

"Yo ... no puedo". Meghan apretó las manos para evitar que temblaran. La necesidad de arrebatarle el collar continuó burbujeando bajo la superficie, a pesar de las noticias sobre Susan. No podía confiar en sí misma con ninguno de ellos en este momento. No se sabía qué haría si perdía el control por completo. Ella saltó al tocar la mano de Nicole en su brazo. "Llámame si cambias de opinión o si necesitas algo". Meg asintió débilmente. "Odio dejarte así. ¿Estás seguro de que no vendrás conmigo? "

Meg sacudió la cabeza y esperó a que Nicole se fuera antes de volver a sentarse. Hizo un gesto al camarero y pidió otra bebida.

# TRECE

Mark inspeccionó la habitación, tomando nota de la destrucción que había causado. Había cristales rotos por todas partes, y estatuas y adornos yacían en pedazos a sus pies. El agua de los floreros y varias botellas de licor recogidas en charcos en el suelo. La ira continuó fluyendo a través de él, como una liberación largamente esperada que se había acumulado a lo largo de los siglos. Después de años de contenerse, de contener su ira, finalmente fue libre. La presa había caído y la rabia ya no sería contenida. Le trajo recuerdos de la única otra vez que se había dejado abrumar por esta ira que todo lo consumía. Tenía trece años.

Marcus llevó a su hermana, Kelliana, de la mano. A escondidas detrás de la casa del panadero, se dirigieron a las afueras de la ciudad. "No entiendo por qué quieren hacernos daño. ¿Que hicimos mal?" ella preguntó en un susurro.

"Nos tienen miedo, porque nos vieron mejorar mucho después de que el carro nos golpeó". Marcus pensó en la semana pasada. Después del incidente del carro, todos habían pensado que seguramente morirían de sus heridas. Cuando sus huesos rotos y contusiones sanaron, sin dejar cicatrices, fueron acusados rápidamente de brujería. Incluso sus padres se habían unido a las acusaciones para salvarse. No pasó mucho tiempo para que eso sucediera, solo un rumor de que su madre había mentido sobre quién era su padre. La gente del pueblo los llamó "Engendro de Satanás", y su madre prácticamente lideró el cargo contra ellos después de eso. Ella afirmó que fue hechizada para traicionar sus votos. No fue su culpa.

"Pero no somos malvados. ¿Por qué no nos creen?"

"Porque nadie más puede hacer lo que hacemos. No nos van a creer, así que tenemos que irnos, ir a un lugar donde nadie nos conozca".

Al espiar una apertura al campo en las afueras de la ciudad, corrieron tan rápido como pudieron. Unos pasos más y serían libres.

De repente, su avenida para escapar fue bloqueada. Varios hombres de la aldea, hombres que les robaron rebanadas de pan recién horneado o un simple juguete de madera una semana antes, ahora los vigilaban. Todos tenían horcas y otras armas improvisadas, sus ojos llenos de miedo y odio.

Lanzándose de un lado a otro, Marcus intentó pasar a los hombres, pero había demasiados, y a pesar de todo, Marcus no quería lastimar a nadie. Escuchó un grito y miró horrorizado el dolor en los ojos de su hermana. Su mano se relajó en la de él, mientras la sangre goteaba sobre su ropa, mientras caía al suelo. Detrás de ella estaba su padre, con una horca ensangrentada en sus manos. Cayendo de rodillas, Marcus se puso inmediatamente de pie, sus manos lo agarraron con fuerza.

Al ver la sangre acumularse a sus pies, algo dentro de Marcus se rompió. Kellie no había hecho nada malo. Había sido la persona más dulce y amable de toda la ciudad, y ahora estaba muerta. La habían matado, mientras él miraba, incapaz de hacer nada por ella. Ahora no le quedaba nada.

Liberándose de las manos que lo habían sujetado, dejó que su ira llenara todo su cuerpo. Recurriendo a una fuerza que normalmente mantenía oculta, arrojó a varios hombres a un lado como muñecas de trapo, escuchando el crujido de los huesos cuando golpeaban las paredes de los edificios cercanos. Agarrando un tronco de uno de los hombres, lo giró, rompiendo cráneos y rompiendo piernas. Cuando su padre fue el único en pie, Marcus dejó caer el tronco y se lanzó. Cuando golpeó a su padre por primera vez con una pulpa ensangrentada, de repente se echó hacia atrás, temblando incontrolablemente, inspeccionando a los hombres muertos y heridos que lo rodeaban. Su padre gimió, pero no se movió. Apenas consciente, sus heridas tan graves que ni siquiera podía abrir los ojos.

Marcus miró la sangre que cubría sus manos y bajó la mirada hacia la sangre que rodeaba a su hermana. Levantando su cuerpo sin vida, lo sostuvo cerca de su pecho, cerró los ojos y salió corriendo de la ciudad.

Todavía temblando por el recuerdo, Mark se paró frente al espejo del baño y miró su reflejo. Mirándose las manos, todavía podía recordar la sensación de la sangre cubriéndose las manos. Lentamente, cerró su mano derecha en un puño y se retiró, golpeando el espejo. La sangre corrió por sus dedos y se acumuló en el mostrador. Había retenido su ira durante tanto tiempo, horrorizado por lo que había hecho, los hombres que había matado. Pero ahora, con el emocio-

nante torrente de sangre en su sangre nuevamente, era reacio a dejarlo ir. Estaba energizado,
libre por segunda vez en su vida. ¿Por qué tenía
miedo de esto? Podía manejar su ira. No debería
temerlo. Sus labios se torcieron en una sonrisa
salvaje. Ignorando el teléfono que sonaba en la
otra habitación, salió de la casa. Amanecía un
nuevo día y ya no iba a contenerse más.

———

David colgó el teléfono sin dejar un
mensaje. Había intentado tres veces llamar a
Mark sin éxito. Tampoco Mark contestaba las
llamadas mentales de David. Echó un vistazo a
Nicole y sacudió la cabeza.

Nicole asintió y volvió su atención a tratar de
encontrar algunas pistas sobre dónde habían llevado a Susan. La situación se hacía cada vez más
extraña. Susan estaba desaparecida. Mark era
MIA. Meg estaba actuando como si alguien le
hubiera secuestrado el cerebro. Katie estaba en el
hospital después de que casi la mataran. Por muy
poco relacionados que parecieran estos eventos,
Nicole no pudo evitar pensar que había alguna
conexión entre ellos. John parecía estar de
acuerdo en al menos uno: una conexión entre el
ataque de Katie y la desaparición de Susan.

John se arrodilló en el suelo, buscando cualquier cosa que pudiera haber caído sobre el pavimento. "No puede ser el tipo que la atacó a ella y a Katie en el hospital. Todavía se está recuperando de lo que Meg le hizo. Todavía no puedo creer lo que hizo ... Su voz se apagó.

"¿No dijiste que Susan pensó que algo estaba pasando con su jefe?" Nicole preguntó, en parte para distraer a John de pensar en lo que hizo Meg. Él podría no pensar que había algo sobrehumano en sus acciones, pero era mejor evitar que todos pensaran mucho sobre el incidente. Meg facilitaría las cosas cuando recuperara el sentido.

"Sí, él estaba conectado con un policía en un caso en el que ella estaba trabajando. Todo el asunto la hizo sentir incómoda. Temía que pudieran estar coludiendo para mantener a un asesino fuera de la cárcel.

"Esa es una acusación grave", respondió David.

John asintió con la cabeza. "Por eso vino hoy aquí, para revisar sus archivos del caso y ver si sus sospechas eran correctas". Cerró los ojos contra su culpa por dejar que Susan viniera sola. Debería haber reprogramado su cita. Quizás entonces...

Nicole respiró hondo y se cerró de la poderosa culpa y miedo que John estaba sufriendo. "Deberíamos desplegarnos y ver si podemos encontrar algo. ¿Estás seguro de que no quieres llamar a la policía?"

"Aún no. Mark es el único en el que confío en este momento. Si Susan tiene razón sobre una conspiración, no sé quién podría estar involucrado". John suspiró, sonando exhausto.

Nicole suavemente puso a John de pie y lo miró a los ojos. "John, deberías irte a casa en caso de que Susan intente llamar. David y yo seguiremos buscándola e intentando llamar a Mark. Le informaremos en cuanto escuchemos algo. Lo prometo."

John asintió, apenas capaz de contener sus emociones. "Gracias. Eres una muy buena amiga, Nicole".

Nicole abrazó a John. "La encontraremos. Lo prometo."

Ella lo miró irse en silencio. No hace mucho tiempo, la había estado cuidando, ayudándola a lidiar con la muerte de sus padres adoptivos, manteniéndose fuerte a pesar de que él había estado tan cerca de ellos como ella. John se había hecho cargo, dirigiendo el SES, el grupo que sus padres crearon. Se había asegurado de que ella estuviera bien, siempre cuidadosa de evitar presionarla, cuidadosa de no molestarla. Todo el tiempo, él había estado lidiando con su propio dolor. Ella nunca había apreciado realmente lo que había pasado hasta ahora, pero esta vez, no tenía que ser el fuerte.

Una vez que John se perdió de vista, ella se acercó a David. "¿Cualquier cosa?"

"No, quien la tomó probablemente la alejó. Su aroma termina en ese callejón de allí. No reconozco el otro aroma. Si me atrevía a adivinar, diría que alguien la siguió hasta aquí, la dejó inconsciente y volvió a buscar un automóvil".

"Entonces, básicamente, no hay forma de rastrearla". El asintió. "¿Aún no has podido comunicarte con Mark?"

"No, él no responde en absoluto". David escuchó el agravamiento en su voz. Mark era el responsable, ¿qué podría hacerle cortar el contacto de esta manera? No era como él.

"¿Que está pasando aquí? ¿Todos se han vuelto locos de repente?

"¿No tienes suerte con Meg?" Preguntó David, consciente de lo que pensaba Nicole.

Nicole suspiró, no sorprendida por el repentino cambio en la conversación. Su capacidad de anticipar los pensamientos y sentimientos de los demás se fortalecía con cada día que pasaba. "No, ella ... ella no es ella misma. Es como si algo la estuviera afectando".

"¿Te refieres a otros años de trauma y descubrir que ella es un hombre lobo?" David sonrió con ironía, a pesar del tono serio de la conversación.

"Ja, ella lo está manejando mejor que yo. Por supuesto, ella sabía que los hombres lobo eran reales antes de descubrir que era una, así que eso podría tener algo que ver con eso ... "La voz de Nicole se apagó contemplativamente.

David asintió con la cabeza. "¿Y el trauma?"

Nicole pensó esa pregunta detenidamente, queriendo darle la consideración que merecía. "Está contribuyendo, pero hay más que eso. Sí, estas últimas semanas fueron difíciles, pero ella ha pasado por cosas peores. Estaba con ella entonces. He estado con ella toda nuestra vida. Sé cómo se ocupa de las cosas. Ella esconde sus emociones detrás de un frente alegre, y cuando eso no funciona, se aleja de todos. Cuando éramos más jóvenes, ella se metía en muchas peleas. Era como si quisiera probar algo. Siempre fueron las personas quienes lo merecieron; matones en su mayoría. Se escapó de todos los hogares de acogida a los que la enviaron, hasta que dejaron de intentarlo. Pero una vez que comenzó a aprender defensa personal, cuando comenzó a ejercitarse y fortalecerse, y supo que podía defenderse, se aligeró mucho. Podría perderse en un entrenamiento, en una carrera. Le dio un lugar para canalizar su frustración, para concentrarse". No puedo concentrarme, había dicho Meghan en el club. "Esto es diferente."

David puso una mano sobre el brazo de Nicole y le envió consuelo y amor a través de su conexión. Su estrés disminuyó un poco, pero tomaría mucho más que unos pocos pensamientos reconfortantes de su parte para que se disipe por completo. "Descubriremos lo que está pasando, con todos. Venga. Vayamos a ver a este jefe de Susan ".

———

GIMIÓ Y LUCHÓ POR ABRIR LOS OJOS. Retorciéndose, descubrió rápidamente que tenía los brazos atados por encima de la cabeza y los pies atados a algo que no podía ver debajo de la pequeña cama de resorte en la que estaba. Tirando de las cuerdas que la sujetaban, intentó sin éxito soltar sus brazos y piernas. Lo único que logró fue cambiar el edredón estampado de flores debajo de ella en varios racimos incómodos.

"Por fin estás despierto".

Susan miró hacia la esquina más alejada de la habitación donde estaba Gary y observó mientras caminaba lentamente hacia ella. Con los ojos muy abiertos, recordó haber visto su reflejo un momento antes de perder el conocimiento. "¡Me secuestraste!" exclamó, todavía en estado de shock. ¿Cómo puede estar pasando esto? Era su jefe, era un anciano afligido con una veta perfeccionista de la que Howard Hughes estaría orgulloso, y la tendencia torpe de lastimarse constantemente. ¿Qué podría querer él con ella?

"No quería hacerlo de esta manera, pero no me dejaste otra opción. ¿Por qué no pudiste dejar las cosas? " Distraídamente, enderezó las mantas debajo de ella, acariciando cada arruga perceptible con cuidado.

Ella lo miró incrédula, su ira comenzando a anular su sorpresa y miedo. "¡Querías que juzgara a un hombre inocente por asesinato!"

Gary levantó la mirada hacia ella y finalmente terminó con la ropa de cama. "No es inocente. Nadie es inocente. ¿Crees que importa por el delito por el que está condenado? "

Susan cayó en silencio. Gary era un oficial de la corte, responsable de hacer cumplir la ley, de buscar justicia. ¿Cómo podría estar parado aquí, argumentando que no importaba si un hombre era condenado por asesinatos que no cometió? Fue en contra de todo lo que le habían enseñado. ¿Y el verdadero asesino? Si condenamos a la persona equivocada, eso deja libre a un asesino. Más personas podrían morir ".

Gary enderezó las flores en un florero al lado de la cama, hablando con entusiasmo mientras lo hacía. "Eso no importa. La gente muere. No puedes evitar que la gente muera ". Se detuvo junto a una foto de su difunta esposa, recogiendo el marco y limpiando el polvo inexistente con un paño que sacó de su bolsillo.

Susan miró la foto y de repente entendió lo que había sucedido. Gary había sido comprometido por su dolor; Su juicio corrompido. Siempre parecía un poco mal desde la muerte de su esposa, pero Susan nunca había adivinado que las cosas estaban tan mal. Ella nunca soñó que a sabiendas ayudaría a los criminales a liberarse mientras enviaba a un inocente a la cárcel. "¿Es por eso que dejaste a la prima de Bryant, porque ya no te importaba?"

Él se echó a reír, lanzando una mirada loca y con los ojos muy abiertos en su dirección. "Oh, no, mis intenciones fueron bastante específicas cuando hice eso. Nunca se sabe cuándo tener un policía en el bolsillo puede ser útil, pero, sinceramente, nunca pensé que lo resolverías. Me sorprendiste. Debías probar tu caso y olvidarte de todo, nada más sabio. Volvió a la foto y la dejó con cuidado. "Aprendí mucho de su fallecimiento. Te equivocas conmigo. No es que haya dejado de importarme, ni nada tan simple como eso. Aprendí una importante lección. No puedes detener la muerte ... pero puedes causarla ".

Al ver el siniestro brillo en sus ojos, la sangre de Susan se congeló. "Eres el estrangulador", susurró, antes de poder detenerse. Si sus manos hubieran estado libres, se las habría tapado la boca ante la estupidez de revelar esa comprensión en un momento como este.

Gary ladeó la cabeza hacia un lado, mirándola atentamente. "Hubieras hecho un buen abogado". Sus ojos se volvieron desenfocados, mientras revisaba sus recuerdos. "Tengo que admitir que el primero cayó en mi regazo. Me encontré con la chica cuando ya estaba cerca de la muerte. Había montado su bicicleta en la ladera de una colina y estaba acostada allí, esperando morir. Al mirarla, me di cuenta de que tenía su vida en mis manos. Podría ayudarla a vivir, o podría ayudarla a morir. Cuando la vida se drenó de su frágil cuerpo, mis manos apretadas alrededor de su cuello, me sentí ... otra vez en control ".

De repente mirando su reloj, Gary agarró su abrigo y caminó hacia la puerta. La expresión lejana de un narrador de historias, atrapada en el recuerdo de su historia, desapareció y ahora todo

era asunto. "Terminaré esto más tarde. Hay algunos suministros que necesito recoger primero
". Con eso, se fue, apagó la luz y cerró la puerta
detrás de él.

Mirando hacia la repentina oscuridad, Susan
gritó.

# CATORCE

Nicole volvió a comprobar la dirección y estudió la casa en la esquina de la calle. No era exactamente lo que esperaba de la casa de un abogado. Era lo suficientemente grande, pero carecía de personalidad, ni siquiera pretenciosa. Le faltaba la sensación de extravagancia que esperaba de los obscenamente ricos. El césped era liso, consistía solo de hierba cortada y un camino de piedra casi impecable que conducía a la puerta. Las piedras cuadradas habían sido colocadas cuidadosamente, de modo que, a primera vista, parecían formar una acera continua. El porche estaba igualmente desnudo y, desde la calle, podía ver que las ventanas estaban impecables. Estirando sus sentidos, buscó en la casa, buscando a alguien adentro, pero todo estaba en silencio. El Sr. Robertson claramente no estaba en casa. "¿Algunas ideas?"

"Ya vuelvo". David le dio un beso rápido en la mejilla y desapareció por el costado de la casa. Mientras esperaba que regresara, Nicole trató de sentir dónde podía estar Susan, pero no pudo encontrar ni siquiera el más mínimo parpadeo de una conexión. Era inútil, no conocía a Susan lo suficiente como para sentirla. Mirando la casa anormalmente ordenada, Nicole reprimió un estremecimiento. Rezó para que encontraran algo dentro que los llevara a Susan. Nicole casi podía tocar el peso del tiempo, corriendo sobre ellos.

El sonido de la puerta principal al abrirse llamó su atención. David asomó la cabeza y le indicó que entrara, manteniendo la puerta abierta. Una vez que ambos estuvieron adentro, cerró la puerta, restableciendo las cerraduras y la alarma. Levantó la vista para encontrar a Nicole mirándolo con la ceja levantada. "Te dije que era un ladrón", se encogió de hombros.

"Sí, como hace un par de cientos de años".

Él le dirigió una sonrisa pícara y le guiñó un ojo. "Ese es el beneficio de ser un consultor de seguridad. Manténgase al día con todos los nuevos avances de seguridad ". Sin esperar una respuesta, se volvió y cruzó la primera puerta.

Nicole sonrió y se echó a reír. "¿Qué voy a hacer contigo?" murmuró para sí misma, algo de su tensión disminuía con su humor. Sabía que no duraría, pero por ahora era reconfortante.

Comenzando en la sala de estar, buscaron pistas metódicamente. El interior de la casa coincidía con el exterior. Todo estaba impecable, ni una mota de polvo a la vista. Los libros que no estaban en la estantería estaban en pilas perfectas, separados por tamaño y color. Las pocas imágenes en las paredes estaban a la misma distancia entre sí, cada una alineada a una distancia exacta del techo. Los pisos estaban cubiertos con un azulejo blanco liso, sin una sola raya o rasguño a la vista. Se parecía más a una casa modelo utilizada con fines de exhibición, en lugar de una casa en la que realmente vivía alguien.

Pusieron cuidadosamente todo de nuevo exactamente como lo habían encontrado, limpiando rápidamente cualquier mancha que hicieron en los muebles de madera recién pulidos. "Este tipo tiene algunos problemas serios", comentó Nicole después de que la segunda habitación en la que entraron presentara una apariencia igualmente perfecta. "¿Cómo puede alguien vivir así?"

"No lo sé, pero tenemos que darnos prisa. Tengo un mal presentimiento sobre esto ".

Nicole asintió con la cabeza. "Sí, este lugar es un diez definitivo en el metro lento. Estoy pensando que Susan puede estar haciendo algo".

David hizo eco en silencio de acuerdo con ese sentimiento. La casa era espeluznante, pero las cosas no siempre fueron como aparecían. Todavía no sabían nada con seguridad. Aún así, saber eso y creer que eran dos cosas diferentes. En este momento, creía de todo corazón que Nicole tenía razón. Susan había descubierto algo, y Gary Robertson era parte de ello. "Ahora para descubrir qué es ese algo".

———

Mark siguió su aroma y su conexión compartida en la ciudad. Necesitaba encontrar a Meghan, para proteger a Meghan. Ella había pasado por mucho. Corriendo callejones y por el parque, no prestó atención a su entorno. Meg solo llenó sus pensamientos. Pensó en la forma en que se veía, la forma en que olía, la forma en que mantenía su cabeza desafiante ante el mundo. Ella era una mujer tan notable. Una niña gritó cuando él pasó junto a ella y se metió en otro parche de árboles. No le hizo caso. Estaba a una milla de distancia, antes de registrar lo que había escuchado. El reconocimiento desapareció tan pronto como llegó, reemplazado nueva-mente por el deseo y la urgencia.

Sintiendo que Meghan estaba adelante, Mark aceleró más, solo para detenerse en seco un segundo después. A veinte pies de distancia de él, mirando a través de un bosquecillo de árboles, estaba Artemis. La ira de Mark se apoderó. Aquí estaba Artemis, comportándose como un hombre libre sin preocupaciones en el mundo. Mark pensó en Richard y en cómo había muerto: asesi-nado con su esposa, frente a su hija, por su propio hermano. Pensó en Nicole, manipulada y utilizada por su propio tío. Había quedado huér-fana, había dejado de ignorar su herencia du-rante años, forzada a soportar años de dolor e incertidumbre debido a este hombre.

Mark pensó en Meghan, la última de las mu-chas víctimas de Artemis. Fue abandonada, abandonada a una madre ausente y a su novio abusivo, torturada, secuestrada y jugada como un juguete, para diversión de Artemis. Podía matar a Artemis ahora, terminar con todo, y Artemis nunca volvería a lastimar a nadie. Fue muy sim-ple. Tranquilo por fin, Mark sabía qué hacer. Él se lanzó.

———

Meghan caminó por las calles vacías, observando cómo una bolsa de supermercado se retorcía con la ligera brisa, tirando de la acera como un juguete en una cuerda. Ella todavía no sabía lo que le había pasado en el club. Ella no era un matón o un matón, robando una baratija por celos. Si continuaba así, se convertiría en todo lo que odiaba. Se convertiría en un monstruo, como Eddie, como su madre, como ... su padre.

Tal vez ese era su destino.

Cerrando los ojos, buscó mentalmente a Nicole y confirmó que no estaba cerca. Asegurada de que no se vería obligada a enfrentar a su amiga en el corto plazo, Meg continuó caminando hacia el estacionamiento que Nicole había mencionado cuando estaba hablando por teléfono con John. Meg no sabía lo que esperaba encontrar que Nicole no podía, pero siempre era posible que un par de ojos diferentes pudieran ver algo nuevo. Se vio obligada a intentar encontrar algo. Susan y Meg no eran cercanas, pero eran amigas. Además, Meg no podía esperar y dejar que cualquiera, amigo o no, fuera atacado y maltratado. Nadie se lo merecía.

Siguió el aroma de Nicole hasta el centro del lote y se detuvo, asimilando todo. Podía recoger varios olores aquí, incluido el de Susan. Mientras

Meg permanecía inmóvil, la brisa se calmó, respondiendo a su deseo sordo de absoluta quietud y tranquilidad. Los sonidos distantes del tráfico se desvanecieron. En el silencio del momento, sintió que el tiempo se congelaba a su alrededor. Al ver el movimiento en una ventana a su derecha, pudo ver a Susan parada donde estaba ahora Meghan. Mientras observaba, otro movimiento entró en el reflejo. Un hombre se colocó detrás de Susan. Se dio cuenta de que no estaba sola, un momento demasiado tarde. Meg captó el reconocimiento en los ojos de Susan cuando levantó la vista y vio el reflejo en el cristal. Y luego la visión desapareció, y Meghan se quedó mirando su propio reflejo. Los sonidos comenzaron a regresar y el viento volvió a levantarse. Ella no reconoció al hombre en el reflejo, pero al menos ahora lo reconocería cuando lo encontrara. Entonces, ella le haría pagar por lastimar a Susan.

Al otro lado del estacionamiento, los árboles y arbustos comenzaron a temblar, acompañados por varios gruñidos y gemidos. De repente, dos hombres cayeron al concreto, golpeándose y pateándose el uno al otro. Artemis salió de la pelea y fue rápidamente abordado por Mark. Juntos, volvieron a volar a través de la maleza.

Corriendo hacia donde habían aparecido, Meg se abrió paso entre las ramas. Ambos hom-

bres todavía estaban en eso, y parecían estar buscando sangre. Mientras observaba, Mark se
transformó en un lobo marrón oscuro con una
constitución ancha y musculosa y mordió el
hombro de Artemis. Artemis gritó de dolor y sorpresa, convirtiéndose también en un lobo. Donde
Mark era ancho, Artemis era delgado, pero igualmente impresionante. Su pelaje oscuro y oscuro
brillaba con los rayos de luz dispersos que se reflejaban en el follaje que los rodeaba. Él chas-
queó la yugular de Mark, apenas desaparecido.
Mark saltó hacia atrás y dio la vuelta rápidamente, arrojando todo su peso corporal contra
Artemis, golpeándolos a ambos contra un árbol
cercano. Trozos de corteza cubrían el suelo, y
muchas hojas se soltaron, cayendo a su alrededor. Mark volvió a su forma humana, agarrando a
Artemis con firmeza y golpeándolo nuevamente
contra el árbol. El tronco se agrietó bajo la fuerza
del impacto y los bañó con más hojas y corteza.
Artemis se liberó del agarre de Mark, apenas escapó de otro golpe, y lo mordió en el brazo. De
nuevo en pie, Artemis desapareció bajo los arbustos circundantes. El sonido de la hierba aplas-
tando bajo sus patas disminuyó rápidamente
mientras hacía su retirada apresurada.

Mark escuchó los pasos de retirada de Artemis y experimentó el deseo muy real de ras-

trear a Artemis y arrancarle la garganta. Apretando el puño y canalizando su ira, atacó al árbol, rompiendo varias capas de corteza y piel. Cuando la bruma sobre su mente comenzó a aclararse, se dio cuenta de que no estaba solo.

Al darse la vuelta, descubrió a Meghan parada dentro de la línea de árboles. Sus mechones rojo marrón brillaban a la luz del sol, y sus jeans azul oscuro y su camisa beige de manga tres cuartos, se moldeó fuertemente a sus curvas, acentuando su amplio escote. Ella inclinó la cabeza hacia un lado, mirándolo con curiosidad y exponiendo la piel pálida y suave de su cuello. Antes de darse cuenta de lo que estaba haciendo, se movió, su mano ahuecó su rostro y pasó la nariz por su cuello sensible. Besando una línea en su boca, él sostuvo su rostro con ambas manos y capturó sus labios en un beso duro y exigente. Soltando su ira por completo, se perdió en el deseo que había sentido por Meghan desde la primera vez que se conocieron. Sus muchas razones para contenerse parecían sin importancia ahora y nunca había querido a nadie como la quería a ella, ahora.

Meg gimió en la boca de Mark, arqueándose contra él. Podía sentir el deseo, la lujuria que emanaba de cada poro. Podía olerlo en él. La deseaba, y el conocimiento la volvía loca de placer. La empujó hacia atrás contra un árbol y la sostuvo allí. Ella aspiró su aroma y levantó las piernas, envolviéndolas alrededor de su cintura y acercándolo más. Sus labios dejaron su boca y comenzaron a arrastrarse por su cuello y pecho, mordiéndola a través de la tela de su blusa. Con los ojos muy abiertos por la pasión, dejó caer las piernas y lo tiró al suelo, a horcajadas sobre su cintura y besándolo con fuerza. Todavía besándose, se agachó y se desabrochó los pantalones, empujó la mezclilla hacia abajo y pateó sus piernas para liberarlas de la tela. Rodándola sobre su espalda, Mark la miró con ojos llenos de lujuria, observando su estómago pálido y plano y sus piernas fuertes y tonificadas. Le pasó las manos por los costados y las caderas, deleitándose con la sensación de su piel suave y sedosa. Meghan extendió la mano y desabrochó sus pantalones, lamiendo sus labios seductoramente mientras bajaba la cremallera. Ella lo liberó del material, y él sintió que se le rompía el último control. Empujando sus delgadas bragas azules a un lado, la tomó, provocando un gemido de ambos. Moviéndose al mismo tiempo, dejaron que la pasión se hiciera cargo, los llenó, los calmó y los completó. Agarrando a Meghan a través de la sacudida de sus clímax compartidos, la mente de Mark se aclaró. Mirando a Meghan, una ola de

ternura lo cubrió. Haría cualquier cosa para prote-
gerla. Eso no había cambiado, pero ya no sentía el
abrumador deseo de matar. Ya no era un esclavo
de su ira, consumido por la sed de sangre y la ira,
al borde de la locura. Lo único que quería hacer
era abrazar a Meghan, besarla, mostrarle el amor y
la ternura que nunca había conocido, y finalmente curar sus heridas. El la amaba. La amaba
con todo su ser.

Meghan gimió y se dio la vuelta, sentándose
y sintiéndose saciada. De pie, se levantó los pantalones y se los puso, quitándose el polvo y la suciedad de la ropa y el cabello.

"Meghan, ¿estás bien?" Mark se paró detrás
de ella y se alisó la ropa.

"Claro, ¿por qué no lo estaría?" Volvió a mirar
a Mark, esperando su respuesta.

Mark se acercó a ella y le puso una mano
suave en la mejilla. Sintió la necesidad de ser
más tierno, dado lo duro que había sido su relación amorosa. "Eso fue", buscó la palabra correcta
y solo pudo pensar en "increíble".

"Fue sexo; buen sexo, pero todavía solo sexo
". Alejándose de su mano, ella caminó de regreso
a través de los árboles, mirando hacia el lugar
donde habían llevado a Susan. Caminando hacia
ese lugar, Mark la siguió, se arrodilló y pasó la

mano por el suelo, recogiendo piedras del pavimento.

"Susan estaba aquí", dijo Mark, captando su aroma. Meghan asintió y miró a lo lejos, distraída. La observó atentamente, pero decidió no volver a mencionar lo que sucedió. Después de lo que había pasado, pensó que entendía mejor lo que podría estar pasando con ella. Antes de unirse, había sentido que su cerebro estaba apagado, sus emociones se habían apoderado, y estaba casi seguro de que había sido causado por alguien más. Si a Meg le sucedía lo mismo, si alguien manipulaba sus emociones, probablemente estaba confundida, por instinto. Tenía sentido, dada la oscura presencia que Nicole había sentido alrededor de Meghan antes.

Meghan dejó caer los guijarros y observó cómo se desarrollaba la visión, más que familiarizada con cómo se sentían en este punto de reconocerlo por lo que era. Podía ver al hombre en su visión anterior llevando un gran bulto sobre su hombro hacia un edificio. Mirando más de cerca el edificio, pudo ver el contorno de letras blanqueadas por el sol en el ladrillo. No todas las letras eran visibles, pero eran suficientes. Ella sabía dónde estaba Susan.

La visión se desvaneció y Meg se encontró arrodillada a los pies de Mark. De pie, se volvió

340

para irse y sintió la mano de Mark en su brazo, reteniéndola. Mirándola profundamente a los ojos, habló. "Me preguntaste antes si alguna vez había enfrentado mi mayor miedo. Tengo miedo de perder el control y lastimar a quienes me rodean. Hay una rabia dentro de mí que me aterroriza ". Casi desvió la mirada, pero logró con gran fuerza de voluntad mantener la vista en ella.

"¿Por qué me estás diciendo esto?" Meghan miró hacia otro lado, pensando en Susan y el maníaco que la llevó. Ella lo haría pagar por lo que había hecho.

"Quiero que sepas que no estás sola".

"Tengo que ir." Soltando su brazo de su agarre, ella rápidamente salió corriendo del estacionamiento.

Mark suspiró y examinó el lote vacío. Recordando vagamente que David había estado tratando de contactarlo, Mark estableció una conexión, sintiéndose enfermo cuando David le contó lo que había sucedido. Aquí estaba, un esclavo de su ira, tratando de matar a un hombre e ignorando los pedidos de ayuda de sus amigos, y Susan probablemente estaba luchando por su vida. Si solo la hubiera ayudado antes e investigado el problema que estaba teniendo con el caso, tal vez podría haber evitado que esto ocurriera. Si algo le sucediera, él sería el responsable.

Al preguntar dónde estaban, Mark se fue para encontrarse con Nicole y David. Rezó para que Susan no terminara pagando por su error.

———

UNA VEZ QUE SUS OJOS SE ACOSTUMBRARON A la oscuridad, la tenue luz se hizo visible alrededor de los bordes de la puerta. No fue suficiente. Susan luchó nuevamente con sus ataduras, pero estaban demasiado apretadas. Dieron lo suficiente para dejarla revolotear, sin lograr nada. Tiró de las cuerdas hasta mucho después de que sus muñecas y tobillos gritaran para detenerse. Intentó movimientos bruscos, esperando romper las cuerdas. Sostuvieron. Ella trató de soltarse lentamente los nudos. Se mantuvieron apretados. Intentó mecer la cama para romperla o soltar las cuerdas donde estaban ancladas. Fue recompensada con un resorte suelto, que la golpeó en la espalda y dolores musculares cansados.

Susan se rindió abruptamente y miró el techo oscuro. Esto fue. Ella iba a morir aquí. Nunca volvería a ver a John. Gary la mataría, y luego mataría a otras mujeres. Continuaría hasta que lo atraparan, lo que, con un policía en el bolsillo, podría nunca serlo. ¿Cuántas personas más morirían, se preguntó? Pensó en los informes policiales que había leído. Ella sabía cómo la mataría. Le dolería e iba a disfrutarlo. ¿Cómo podía trabajar con él todos los días y no darse cuenta del tipo de hombre que era? Se suponía que era buena leyendo a la gente. Era abogada, leía a clientes, jurados y jueces para ganarse la vida. Por otra parte, ella se había enterado de sus tratos con el oficial Bryant, y sospechaba que él estaba involucrado en los crímenes, aunque no así. Tal vez no debería ser tan dura consigo misma.

Por supuesto, ya nada de eso importaba. Ninguna de sus sospechas o teorías podría salvarla, ahora.

Cerrando los ojos contra los horrores de la habitación vacía, lo hizo aún más real para su vívida imaginación, Susan se permitió revolcarse en recuerdos y pensamientos de lo que nunca sería. Ella recordó el sonido de la voz de John, la forma en que se veía cuando sonreía. Podía imaginar cómo se vería esa sonrisa en el día de su boda, cómo se vería con su vestido mientras sus amigos sonreían en apoyo y felicidad por ellos. Sus hijos tendrían su sonrisa y sus ojos, y estarían juntos siempre. Se imaginó paseos a la luz de la luna y besos románticos compartidos en el amor, un amor que se profesaron el uno al otro tan recientemente. Ahora, nunca tendrían la oportunidad de explorar ese amor, hacer esos recuerdos, escuchar esas palabras pronunciadas nuevamente de los labios del otro. Lo único que le quedaba era su recuerdo de él, y eso pronto se lo quitaría, despojado por el capricho de un deseo grotesco de un loco. Las lágrimas brotaron de sus ojos y corrieron silenciosamente por su rostro hasta un charco cerca de su oreja.

Abrió los ojos y miró la tenue luz que rodeaba la puerta. No, esto no había terminado, todavía no. Las cosas eran sombrías, y ella no pudo hacerlo, pero eso no significaba que se rendiría. Todavía había una posibilidad de que alguien la encontrara a tiempo. John la echaría de menos casi de inmediato, y la gente sabía que ella había cuestionado la participación de su jefe en el caso. Alguien aún podría hacer la conexión y encontrarla. Ella se aferraría a esa esperanza y mantendría sus ojos y oídos abiertos para cualquier oportunidad de escapar. Sintiéndose energizada, Susan meticulosamente repasó cada escenario posible en su cabeza. Cuando llegara el momento de actuar, estaría lista ... si llegara el momento.

# QUINCE

Nicole reprimió una maldición y se puso de pie, frotándose la parte posterior de su cabeza donde se había conectado con la parte inferior del escritorio.

"¿Estás bien?" David preguntó desde el otro lado de la habitación.

"Sí, no había nada útil en el basurero, aunque nunca antes había visto la basura organizada de manera tan ordenada". Cada hoja de papel estaba meticulosamente doblada y apilada en el centro de la canasta".

David asintió con la cabeza. "Eso suena como el de la cocina. Había un corazón de manzana en una bolsa de sándwich".

"Wow, este lugar es una locura".

"Gracias a Dios." David detuvo lo que estaba haciendo y miró hacia adelante, desenfocado.

"¿Qué es?" Miró a David, pero él no reconoció su pregunta de inmediato. Sintiendo que su atención se enfocaba en algo interno, ella esperó en silencio a que él terminara lo que fuera que estaba haciendo.

Después de un momento, David parpadeó y volvió a mirar a Nicole. "Ese fue Mark. Está en camino hacia aquí".

"¿Dijo dónde estuvo o por qué no respondió antes?" Nicole comenzó a buscar en los cajones del escritorio. Fue bueno escuchar que Mark hizo contacto, pero ella todavía estaba un poco molesta porque había desaparecido en primer lugar.

"No, pero al menos esa es una persona menos de la que preocuparse". Volvió a su búsqueda con un suspiro de alivio.

"Suponiendo que no vuelva a desaparecer en nosotros".

"Nicole", advirtió David.

"Solo digo que no sabemos qué pasó", dijo, defendiendo su cinismo. "Considerando cómo van las cosas, no doy nada por sentado". Cerró el cajón por el que había estado mirando y abrió el que estaba debajo. Levantando suavemente la hoja de papel de seda que había encontrado, la sangre se escurrió de la cara de Nicole y se le cayó la mandíbula. "Oh Dios mío."

David corrió a su lado y la miró en estado de shock. Debajo de la hoja de papel de seda, había varias trenzas de cabello, cada una atada con cintas moradas, un par de tijeras con mango azul, una pila de pequeñas bolsas de papel marrón, una pila de bolsas de sándwich y una caja de guantes. Las trenzas estaban ordenadas, separadas en bolsas de sándwich y ordenadas por color de cabello. Algunos eran rubios y otros morenos, pero todos tenían diferentes tonos y colores. Era obvio que habían venido de varias personas diferentes.

Nicole dejó que el papel de seda volviera a su lugar y dio un paso atrás. "Tenemos que encontrar a Susan.

David asintió con la cabeza. "Mark dice que en el caso de estrangulador en el que Susan estaba, cada una de las víctimas fue encontrada con cabello recién cortado".

El repentino ruido de la puerta principal al abrirse hizo que ambos saltaran. Cerrando el cajón lo más silenciosamente que pudo, Nicole agarró el brazo de David y lo empujó rápidamente hacia el armario, cerrando la puerta triple detrás de ellos. Centrándose en su respiración, Nicole obligó a su pulso a reducir la velocidad.

Los sonidos de pasos resonaron por el pasillo. Mirando a través de las grietas en la puerta, vieron a un hombre entrar en la habitación. Se quedaron completamente quietos mientras él miraba alrededor de la habitación con sospecha, antes de caminar hacia el escritorio. El hombre abrió el cajón que sostenía las trenzas y se congeló, inspeccionando la habitación nuevamente. Sus ojos se detuvieron en la puerta del armario. David se tensó listo para un ataque, observando cómo el hombre cautelosamente se adelantaba. A su lado, Nicole atrajo poder para sí misma, pero él no se atrevió a mirarla. Permaneció quieto, los segundos se arrastraron en un tortuoso arrastre. El hombre se adelantó, agarrando el pomo de la puerta firmemente. Tomando una última respiración profunda, abrió la puerta en un movimiento rápido, y miró el contenido por un momento antes de alejarse, pareciendo confundido.

Dejó caer la mano, regresó al cajón y sacó meticulosamente las tijeras, una bolsa de papel, unos guantes y una bolsa de plástico, colocándolos en un maletín que había estado sentado junto al escritorio. Con el maletín en la mano, echó un último vistazo a la habitación y se fue.

Una vez que salió de la habitación, David se volvió hacia Nicole. Sus ojos estaban fuertemente cerrados, y él todavía podía sentir el increíble poder surgiendo a través de ella. La puerta principal se abrió y cerró, y sintió que la presencia del hombre retrocedía. Solo entonces sintió que Nicole dejaba que se disipara el poder que había acumulado. Con una inhalación profunda, abrió los ojos y parpadeó varias veces. "Buen truco", dijo en voz baja, impresionado una vez más por lo poderosa que se había vuelto en tan poco tiempo.

Nicole sonrió nerviosamente. "Se me ocurrió que, si Artemis siempre está jugando con las mentes de las personas, haciéndoles ver o recordar lo que quiere, debería ser capaz de hacer lo mismo y hacer que parezca que ni siquiera estamos aquí".

"Buen pensamiento. Vamos, tenemos que darnos prisa si vamos a ver a dónde va con esas tijeras".

———

JOHN SE SENTÓ EN EL ESCALÓN DE PIEDRA frente a su edificio y pasó la mano sobre el material suave de la bufanda de Susan. Todavía podía oler la fragancia de su perfume en la seda. Era una fragancia delicada, no abrumadora como solían ser tantos perfumes. No le hizo querer toser o estornudar, como la mayoría lo hizo. Por eso lo llevaba puesto, porque le gustaba tanto. Aun así, nunca lo usó en exceso, solo lo usó en ocasiones especiales como la cena para celebrar su promoción. Fue entonces cuando se transfirió a su bufanda. Cerró los ojos y sostuvo la bufanda cerca de su cara, sosteniendo la imagen de ella en su mente. Quería recordar cada momento de su tiempo con ella y evitar pensar en el hecho de que podría haber terminado ahora. Apartó ese pensamiento de su mente. Podría verse obligado a lidiar con eso más tarde, y si eso sucediera, no sabía que nada aliviaría el dolor, pero por ahora necesitaba mantenerse positivo. La recuperaría.

Escuchó pasos y abrió los ojos, decepcionado cuando solo era Mark. Mark lo miró con ojos comprensivos y puso una mano sobre el hombro de John. "Venga. David y Nicole están a la cabeza. Nos van a encontrar donde creen que Susan está detenida ".

"¿Dónde? ¿Se encuentra ella bien?" John se apresuró a ponerse de pie, agarrando firmemente la bufanda.

"No lo sabemos, pero debemos apresurarnos".

John asintió con la cabeza. Siguiendo a Mark por innumerables calles de la ciudad, John mantuvo su mente enfocada en el recuerdo de la sonrisa de Susan y el olor de su dulce perfume.

———

Nicole siguió en silencio el ejemplo de David. Rastrearon al hombre más por el sonido y el olor que por la vista, sin querer alertarlo de su presencia. *"¿Le hiciste saber a Mark lo que está pasando?"* Nicole preguntó telepáticamente. A pesar de que era imposible para el hombre escucharlos desde la distancia que tenían entre ellos, todavía había algo en seguir a alguien que la hacía sentir que debía estar lo más callada posible.

*"Sí"*, respondió David en especie. *"Le pedí que llamara a John. Ambos se dirigen hacia aquí"*.

*"David, cuando estábamos en el armario y entró en la habitación, pude oler el aroma de Susan sobre él"*. Un escalofrío le recorrió la espalda al pensar en lo que este loco ya podría haberle hecho a Susan.

*"Lo sé."* David apretó la mano de Nicole con fuerza y sonrió tranquilizadoramente. *"Vamos a llegar a ella. Ella estará bien"*.

El hombre se detuvo, y David y Nicole corrieron hacia donde podían verlo nuevamente. Agachándose detrás de un contenedor de basura, lo vieron abrir la puerta de lo que alguna vez fue un cine de un dólar. Las ventanas estaban cerradas, y las letras que alguna vez colgaron de las paredes exteriores habían desaparecido hace mucho tiempo, dejando solo sus contornos blanqueados por el sol. Observaron desde su escondite mientras él desaparecía en el edificio. *"Tenemos que hacer algo"*, dijo Nicole con frustración. *"Ella está allí. Puedo sentirla.*

*"Lo sé, pero a menos que sintamos un cambio en la situación, tenemos que esperar a Mark y John".*

Después de lo que parecieron interminables tres minutos, Mark y John corrieron hacia ellos. "¿Dónde está ella? ¿Susan está bien? John preguntó frenéticamente.

Ella está adentro, pero también su jefe. Entró hace unos minutos —respondió Nicole, haciendo todo lo posible por enviar emociones relajantes a John. La intensidad de su tensión la bombardeó, enviando dolores punzantes a través de su cráneo.

Sin decir una palabra, Mark se dirigió rápidamente al edificio. Fue seguido de cerca por los demás. Al probar la puerta, descubrió que estaba cerrada, pero eso no era un problema. Poniendo una fuerza antinatural detrás de su empuje, liberó la cerradura del marco con poco esfuerzo, sin importarle si John lo notaba. Podía lidiar con eso más tarde, salvar a Susan era lo primero.

Estaba sorprendido por el poco sonido que hacía el metal roto. Mirando hacia Nicole, se dio cuenta de que ella había anticipado su acción y amortiguó el sonido a casi nada. John no parecía haber notado nada, sus pensamientos seguían firmemente centrados en Susan.

En silencio, los cuatro caminaron por el vestíbulo oscuro, escuchando cualquier sonido o pista sobre dónde estaba el hombre sosteniendo a Susan. Su presencia era fuerte aquí pero difícil de identificar, especialmente porque la única persona emocionalmente lo suficientemente cerca como para recoger su ubicación exacta, no era sensible a ese tipo de cosas. El resto de ellos trabajó desde su exposición más limitada a Susan. Con un asentimiento de confirmación por parte de Mark, se separaron, cada uno tomando un pasillo o habitación diferente. Necesitaban encontrar a Susan lo antes posible.

———

"Entonces, ¿puedo irme ahora?" Tammy preguntó, pasando un cepillo por su cabello mientras estudiaba su reflejo en un espejo de mano.

Durante la miró con disgusto y luego se volvió. Sabía que ella no era el alma más sensible

viva, pero incluso él había sido lo suficientemente ingenuo como para creer que la mujer
tendría al menos una chispa de afecto latente por
su propia hija. Los peores monstruos podrían reclamar eso. "¿Quieres decir que no te importa si
planeo matarla, arrancarle la garganta y arrancarle las extremidades una por una, dejándolas
esparcidas para que los buitres y los perros se ali-
menten mientras las piezas se descomponen en
la tierra?"

Ella lo miró por encima del hombro. "¿Debería? No crié al mocoso. ¿Por qué me importa lo
que le pase a ella? Entonces, ¿puedo irme ahora?
Hice lo que querías, ahora quiero ponerme al día
con todo lo que he extrañado mientras estaba
atrapado en ese maldito coma".

Durante agitó su mano hacia la puerta.
"Vamos."

Sonriendo, Tammy dejó el espejo y se fue.
Al escuchar una maldición de la otra habitación,
Durante fue a descubrir cómo le estaba yendo a
Artemis, después de su encuentro con Mark. Él
sonrió ante la vista que lo saludó. Artemis se
sentó en el medio de la habitación, rodeado de
trapos y gasas ensangrentados. Gruñendo, sacó
una aguja con hilo apretada con los dientes. El
otro extremo sobresalía de un colgajo de piel
abierta en su brazo. Tres puntos de sutura lo pre-

cedieron. Sin darse cuenta Durante, empujó la aguja de nuevo y ató el hilo. Incapaz de ayudarse a sí mismo, Durante comenzó a aplaudir. Artemis saltó, gimiendo cuando el movimiento tiró de más puntos que ya había terminado en su costado. Durante dejó caer sus manos y se apoyó casualmente en el marco de la puerta. "Veo que por fin has aprendido a ser un poco más físico, a conseguir lo que quieres."

Artemis tiró la aguja a un lado y gruñó. "Nunca me inscribí en esto. Podría haberme matado. Casi lo hizo."

"No seas demasiado dramático. Podrías tomar fácilmente a ese joven lobo si lo intentaras. No te gusta ensuciarte las manos. Nunca quisiste derramar sangre por tu causa".

"¿Qué causa?" Artemis se puso de pie, exasperada. "Ahora creen que soy un asesino. Nadie confía en mí. Ninguno de ellos me respetará nunca como lo hicieron con Richard. No importa cuánto sangre. No cambiará la opinión de nadie sobre mí". Mientras corría, Artemis sintió su cabeza despejada por primera vez en lo que parecía una eternidad. Pensó en todo lo que había hecho, todo para nada, y se sintió asqueada. Y se preguntó, ¿cuándo se pusieron tan mal las cosas? Siempre había estado celoso de Ricardo, eso era cierto, pero nunca había querido esto. Tal vez todavía podía hacer las cosas bien. "He terminado con esto. No has hecho nada más que arruinarme".

"Oh, no puedo tomar el crédito por eso. Te arruinaste a ti mismo, mucho antes de que nos conociéramos. Eras tan pequeño y patético; un gusano sin espinas lleno de celos y odio que suplicaba por una salida. ¿Quieres que te lo den todo? Es una lástima. No te dan nada gratis. Debes luchar y abrirte camino hasta la cima. Debes sangrar, sufrir y sacrificarte, pero no espero que lo entiendas. Eres un pobre niño rico al que se le dio todo y que hizo una rabieta cuando no te saliste con la tuya. Eres un inútil".

Artemis se abalanzó sobre Durante, intentando demostrar lo equivocado que estaba, pero su segundo pie no había salido del suelo antes de que sus músculos se congelaran, agarrados por una influencia exterior. Sus ojos se abrieron de par en par con furia y pánico y luchó en vano, incapaz de romper el control de Durante.

Durante habló con palabras suaves y mesuradas, su voz engañosamente tranquila. "¿Te atreves a amenazarme? No tienes ni idea de con quién estás tratando. Podría matarte con un pensamiento si así lo quisiera. Soy más viejo y más poderoso que nadie en ese patético consejo del que tanto querías formar parte. Ni siquiera saben que exista. Soy el monstruo al que los monstruos temen". Agitando su mano, liberó a Artemis de su control. "Ahora vete, antes de que decida matarte."

Conmocionada, Artemis salió de la habitación, observando a Durante con cautela hasta que no le vieron. Entonces, sin llegar a correr, Artemis se alejó del edificio, de Durante, de su venganza. A pesar del dolor de sus heridas y del miedo residual a lo que Durante hizo y dijo, Artemis estaba extrañamente en paz. Una vez que Durante se encontraba muy lejos de él, Artemis se detuvo para dar un paseo. Su vida estaba finalmente bajo su control otra vez. Las cosas empezaban a mejorar.

———

GARY ABRIÓ LA PUERTA Y SE DIRIGIÓ A LA cama, dejó su equipo cuidadosamente sobre la mesa y se puso un par de guantes con un chasquido. "Tsk, tsk, tsk. Has hecho un desastre. Con cuidado, enderezó las sábanas debajo de Susan. Se tomó el tiempo de enderezar las cuerdas que la sujetaban. Una vez que terminó esa tarea, regresó a donde estaba su cabeza y cuidadosamente jaló su cabello hacia la parte delantera de sus hombros.

"¿Qué estás haciendo?" Susan preguntó sospechosamente, tratando desesperadamente de no revelar su miedo. El toque de su dedo enguantado contra su mejilla lo hizo muy difícil. Ella reprimió el impulso casi abrumador de vomitar y se preguntó al azar cómo eso afectaría su deseo de limpieza.

"Relájate ahora. Se terminará pronto." Pasó su mano enguantada por su cabello y comenzó a tirar de él, peinándolo con los dedos. Él inclinó su cabeza hacia un lado, para poder alcanzar más de su cabello. Partiendo el cabello en tres partes iguales, comenzó a trenzarlo. "Solía trenzar su cabello todas las noches antes de que se fuera a dormir. A Maggie siempre le gustaba trenzar su cabello, pero cuando se enfermó tanto, no pudo hacerlo ella misma, así que lo hice por ella. Lo peinaba, trenzaba y cantaba hasta que se durmió, hasta que un día no se despertó. Me trencé el pelo y le canté como siempre, solo ella se quedó dormida.

Susan se estremeció ante sus palabras, distantes con el recuerdo, y el toque de sus dedos en su cabello. Una parte de ella, la parte que había trabajado con él todos los días, la parte que había conocido a un hombre que era decente y bueno y que luchaba por la justicia, sentía lástima por él y el dolor que sufría. Era una parte de ella que se estaba volviendo cada vez más distante y difícil de aprovechar. Él podría merecer su lástima, pero eso no cambió el hecho de que se había convertido en un hombre desprovisto de humanidad y compasión. Fuera lo que fuese antes, ahora era un asesino a sangre fría. Había tomado su decisión y había perdido el derecho a la piedad ilícita o la simpatía de nadie más.

Tiró cintas alrededor de la parte superior e inferior de la trenza, atándolas con cuidado deliberado. A su lado, lo escuchó levantar algo y jadeó ante la frialdad de las tijeras que le cortaban el cabello, por encima de la cinta superior. Mientras ella observaba, él le tomó el pelo y lo selló cuidadosamente en una bolsa de plástico, metió la bolsa en una bolsa de papel y la dejó al lado de la cama. Luego comenzó a cantar. Presa del pánico, Susan luchó nuevamente contra las ataduras, moviéndose con tanta fuerza que la cama comenzó a moverse con ella. Su cabello recién cortado se sacudía de un lado a otro, cayendo sobre sus ojos y cubriéndose la cara con cada movimiento. Encerrándola suavemente, Gary continuó cantando, sus manos se posaron sobre su cuello antes de que comenzaran a apretar.

Luchando contra su apretado agarre, Susan escuchó un golpe y sus manos dejaron su cuello, una maldición murmuró por lo bajo. Mirando hacia abajo, pudo ver tierra y flores derramadas por todas partes, al lado de los pedazos rotos del contenedor que se había sentado al lado de la cama. "¿Por qué tuviste que ir y hacer eso?" preguntó. Distraídamente, comenzó a limpiar el desorden.

"Oh, creo que un poco de tierra derramada es el menor de tus problemas", dijo una voz desde la puerta. Levantando la mirada, Susan vio a Meghan salir de las sombras. "Entonces, te gusta lastimar a las mujeres, ¿verdad?" Meghan se lanzó.

———

NICOLE CERRÓ LA PUERTA DE LA COCINA Y consideró su próximo movimiento. ¿A dónde llevaría a Susan? Había muchos pasillos vacíos y teatros abajo, y lo más probable es que hubiera algunas oficinas viejas y salas de proyección arriba. Esas serían más privadas. Caminando hacia las escaleras, hizo una señal mental a David y Mark sobre sus planes. Si tenía razón, no quería estar allí arriba sola. Una ola de pánico la invadió, y Nicole oyó un choque arriba. Fue rápidamente seguido por un grito y el sonido de objetos rompiéndose. Tomando las escaleras de dos y tres en dos, Nicole se encontró en un pasillo lleno de puertas. Sólo una estaba abierta. Corriendo a través de la puerta abierta, apenas procesó el hecho de que Meghan estaba allí antes de que Nicole se encontrara volando a través de la habitación, atrapada por uno de los columpios o patadas de Meghan. Golpeando la pared más lejana, cayó al suelo en un montón arrugado. Una repentina presión floreció en su abdomen superior, justo debajo de sus costillas. La habitación, que se desvanecía dentro y fuera de foco, nadaba a su alrededor. Nicole tosió con fuerza, sólo entonces se dio cuenta del dolor cuando trató de moverse. Un trozo de madera dentada cubierta de sangre sobresalía del centro del dolor y la presión. Mirando, vio trozos de madera que coincidían con los que una vez formaron una silla. Volvió a toser y se acobardó, apretando los ojos contra el dolor.

Meghan vio con horror como la sangre de Nicole empezó a formar un charco en el suelo a su lado. El hombre que había atacado a Susan yacía en un montón de sangre inconsciente en el suelo. Mirando sus propias manos magulladas en estado de shock, Meghan dio un paso atrás, casi chocando con John cuando pasó corriendo al lado de Susan. Casi había matado a un hombre, otra vez. Había lanzado a Nicole al otro lado de la habitación, y ahora Nicole se estaba muriendo. Había matado a su mejor amiga. David tomó a Nicole en sus brazos y el corazón de Meg se rompió. David probablemente la mataría por lo que había hecho y ella no lo culparía. Tal vez sería lo mejor para todos.

Mark lo tomó todo de una vez, reconociendo lo que había pasado por el horror absoluto y el autodesprecio que vio en la cara de Meghan. Quería más que nada consolarla, pero la necesidad de Nicole era mucho más urgente. Sus ojos estaban vidriosos de dolor, su conciencia se desvanecía rápidamente.

Agarrando su mano, tomó todo el dolor que pudo y vio como su respiración se aliviaba un poco. David también podía respirar más fácilmente ahora, su vínculo hacía que el dolor de Nicole fuera literalmente el dolor de David. Inspeccionando el trozo de madera, así como juzgando la gravedad de sus heridas internas, Mark respiró profundamente. Esto no iba a ser fácil. "Nicole", dijo suavemente, "Voy a tener que sacar esto para curarte, pero te va a doler mucho".

Nicole asintió débilmente. "Haz lo que... tengas... que hacer".

"Aquí". Le entregó una fina tira de madera del suelo. "Muerde esto cuando tire. David, voy a necesitar que la mantengas quieta. ¿Puedes hacerlo?" Mark lo miró de forma significativa. Esto iba a ser doloroso tanto para Nicole como para David. David asintió con la cabeza y se colocó en posición, con un semblante de sombría determinación. Con un buen agarre, Marcos miró sus caras una vez más para confirmar que estaban listos. Luego tiró.

Escuchó a los dos gritando, pero era débil, en el fondo de su conciencia. Toda su concentración estaba puesta en las heridas que ella había sufrido. Rápidamente reparó cada herida, consciente de cualquier cambio en su respiración y en los latidos del corazón. El tiempo se detuvo cuando se perdió en la tarea que tenía entre manos, revisando cada célula, cada órgano para ver si estaba dañado, hasta que estuvo seguro de que lo había reparado todo. Incluso entonces, la revisó de nuevo. Todavía estaba débil por la pérdida de sangre, pero por lo demás, era como si nada hubiera pasado. Su respiración volvió a la normalidad, y escuchó los suaves latidos de su corazón sano. Sólo entonces, cuando estaba a punto de alejarse, Mark notó la irregularidad de los latidos. Profundizando de nuevo, se dio cuenta de entrada que no era un latido irregular. Eran dos latidos separados los que escuchó. La mente de Nicole se acercó a la suya, y él pudo sentir la pregunta allí. El alivio pasó a través de ella cuando abrió los ojos y sonrió. *"Tu bebé está bien"*, dijo para su mente solamente.

---

MEGHAN MIRÓ LA CARNE CURADA DE Nicole, ahora cubierta de sangre seca. Mark la había salvado, Nicole iba a vivir. *"¿Mi bebé?"* escuchó a Nicole pensar. Meghan se congeló. Sabía que la pregunta no estaba dirigida a ella.

Mirando a Mark, ella lo escuchó responder. *"Tu bebé está bien"*.

Una lágrima rodó por la mejilla de Meghan. Nicole estaba embarazada. Ella disfrutó de una breve alegría antes de darse cuenta. Casi había matado a su mejor amiga y al bebé de su mejor amiga.

Meg comenzó a temblar sin control. Una mano se posó sobre su brazo y descubrió que Nicole estaba parada frente a ella y sacudió la cabeza. *"No. Mantente alejado de mí."* Meghan dio un paso atrás, lejos de Nicole.

*"Meghan, estoy bien. Todo está bien."*

"Nada está bien. Casi te mato.

La mente de Mark tocó la de ella y ella miró en su dirección. *"No creo que fueras tú"*, dijo su *voz suavemente en su mente. "Creo que alguien manipuló nuestras emociones. Me lo hizo antes.*

*Tú estabas ahí. Viste cómo fui tras Artemis, lleno de ira. Todo estaba borroso y opaco, como caminar a través de una tormenta. Sé que sentiste lo mismo. Lo puedo ver en tus ojos."* Su voz mental, aunque suave, tenía un sentido de urgencia mientras hacía todo lo posible para romper su culpa.

Meg sacudió la cabeza. Por mucho que quisiera creer lo que él había dicho, no podía. "Soy un monstruo, como todo el mundo siempre dijo que era. Como mi madre siempre dijo que era."

"¡Meghan, no!" Nicole fue a dar un paso adelante, pero Meg ya estaba retrocediendo. Sin una sola mirada hacia atrás, se transformó y salió corriendo de la habitación.

Mark ignoró los jadeos de Susan y John. Les explicaría todo, pero por ahora eso tendría que esperar. Primero, necesitaba arrestar a Gary por lo que le había hecho a Susan y a las otras mujeres. Inclinándose, Mark le puso las esposas en las muñecas de Gary, pero Gary no pareció notar el cambio en su situación. Meghan ciertamente había hecho un buen número con él.

Mark la alcanzó mentalmente y ella retrocedió. Él suspiró fuertemente. Se había sentido de la misma manera después de dejar su pueblo, con el cuerpo de su hermana en sus brazos, y muchos hombres muertos dejados a su paso. No había

365

nada tan aleccionador como saber exactamente de qué era capaz. La mezcla de vergüenza y justa alegría se había disuelto en una absoluta pena y soledad. Recordaba sentirse casi aliviado de que su hermana no viviera para ver en qué se había convertido.

Quería decirle a Meg que todo estaría bien, que sabía de dónde venía, por lo que estaba pasando. Quería lavar el dolor que ella había llevado durante tantos años. Quería ir a ella ahora y hacerla ver que no era el monstruo que ella pensaba que era. Pero por ahora, había un asesino al que acoger.

# DIECISÉIS

Las montañas se extendían en la distancia, desapareciendo entre la niebla y los árboles. Una cascada distante susurró una continua y calmada melodía de soledad y vida. El sol poniente coloreaba el cielo con tonos de rosa y púrpura, enmarcado perfectamente por picos irregulares cubiertos de nieve. Era hermoso, sublime.

Meg se acercó al borde de un pequeño afloramiento, quitándose los zapatos para sentir la superficie desigual, dura y lisa en los lugares donde las rocas se asomaban a la tierra. Dejando que un zapato colgara de la punta de sus dedos, inclinó su pie y vio cómo el zapato caía a varios cientos de metros de altura. Cayó a través de las copas de

los árboles, perturbando un nido de pájaros. Chi-
rriaron y golpearon sus alas con rabia, volando
hacia un árbol cercano. En el pasado, pararse al
borde de un acantilado como este le habría provocado miedo. Hace unas semanas, si se hubiera
enfrentado a la misma situación, habría retrocedido y se habría sentado en la hierba, viendo el
cambio del día a la noche, pero no retrocedió esta
noche.

Mirando de nuevo al atardecer, contempló lo
fácil que sería dar un paso atrás. Un paso y se
acabaría. Su patética excusa de existencia terminaría, y ya no tendría que preocuparse de volver
a lastimar a nadie. Podía permitirse ser una con
la naturaleza, volviendo a la tierra y dejando
atrás el mundo mortal. Al menos entonces, tal
vez podría alimentar a los animales y darle algún
propósito a su vida sin sentido.

"Una vez pensé en bajar de un acantilado".

Meghan se dio la vuelta y descubrió a Artemis parado a varios metros detrás de ella. No
tenía muy mal aspecto, considerando las heridas
que había sufrido por parte de Mark. La brisa se
levantó, sacudiendo los árboles cercanos, añadiendo un coro de hojas crujientes a la melodía
ya iniciada por la cascada. Era extraño, con los
pensamientos de ella y el comentario de él, pero
entonces, la incongruencia de la situación de al-

guna manera se sentía perfecta. Notó el sutil olor de la hierba y la lluvia en la brisa, sólo entonces se dio cuenta de que Artemis no estaba despidiendo ningún olor. Ella tampoco lo había oído acercarse, pero quizás lo más extraño era la forma en que su pelo y su ropa parecían no ser afectados por el viento. "No estás realmente aquí, ¿verdad?"

Sonrió con aprobación, aparentemente orgulloso de ella por la rápida observación. "Después de lo que pasó la última vez que intenté hablar contigo, decidí que era mejor mantener cierta distancia entre nosotros. Esta es una proyección astral que ves ahora".

No hace mucho tiempo, ese tipo de declaración habría hecho que levantara una ceja escéptica, pero ahora sospechaba que todo podría ser posible. Aun así, la dejó con un cínico regusto, sabiendo que estas cosas que no podían ser reales eran en realidad completamente normales y sintiéndose casi casual por ello. "Esa es una habilidad ingeniosa".

"Es muy útil". Permanecieron en silencio durante varios minutos, viendo como el sol desaparecía bajo el horizonte. Dejó un ligero frío en el aire, pero no molestó a Meg, y ciertamente no molestó a Artemis, dado que no estaba físicamente allí.

Meg estudió la larga caída frente a ella, pero no estaba considerando saltar más, al menos, no por el momento. Su curiosidad siempre había sido su debilidad, y ahora tenía curiosidad por lo que Artemis quería. Su proyección se acercó para estar a su lado. Mirándolo por el rabillo del ojo, notó que parecía más tranquilo que las otras veces que lo vio. Estaba de alguna manera más controlado, menos agitado. También lo hacía parecer más poderoso y concentrado, pero no necesariamente de mala manera. No es que ella le temiera antes, pero ciertamente se veía menos amenazante ahora.

"Me disculpo por tratar de engañarte antes".

Meg se giró para mirarlo un instante, sin estar acostumbrada a escuchar disculpas de nadie. Se rió silenciosamente para sí misma. Con todo lo que pasó, fue una disculpa lo que más la sorprendió. Podía decirle que era un hombre lobo extraterrestre del planeta Maklemar, y ella se habría sorprendido menos. "¿Por qué lo hiciste? Quiero decir, ¿por qué se molestaron ustedes dos?"

"No fue nuestra decisión. Durante quería que nos ganáramos su confianza. Quería que te unieras a nosotros y le ayudaras".

"¿Quién es Durante, y por qué pensaría que yo podría ayudarle en algo?" Detestaba ser usada y manipulada, especialmente por alguien que no podía ser tan directo como para hacérselo en la cara. En lugar de eso, había enviado a otros a hacer su trabajo por él.

"No estoy seguro". Artemis se encogió de hombros. "Prometió que podría ayudarme. Creo que siempre supe que me estaba usando para algo, pero yo también lo estaba usando, así que no me importaba. Estuve celoso, envidioso de Richard durante mucho tiempo. Quería que todo el mundo me respetara como lo respetaban a él. Durante me convenció de que la única manera de que eso sucediera era si me volvía más poderoso que Richard. Dejé que mi odio me consumiera durante tantos años, y nunca me llevó a ninguna parte. Antes no era muy estimado, pero ahora", se detuvo un momento, "ahora todos piensan que soy un monstruo asesino".

Pensó en lo que Nicole le había dicho sobre Artemis. Había viajado de polizón en el avión de Richard, atacando a su hermano en pleno vuelo. Su lucha había llevado a la muerte del piloto, el avión se estrelló, y finalmente a la muerte de Richard y Caroline ante los jóvenes ojos de Nicole. "¿No es así?"

Artemis no respondió inmediatamente, pero su expresión se hizo más distante y se puso un poco triste. En ese momento, ella vio una visión, como a través de los ojos de otra persona, de un oscuro sótano con muros de piedra y pobres relámpagos. Contra una pared, pudo ver a dos personas, encadenadas en su lugar. No pudo distinguir muchos detalles en la oscuridad, pero uno de ellos la miró a través de sus ojos vidriosos de dolor. Una oleada de culpa y satisfacción surgió. La visión se desvaneció, y se encontró mirando a Artemis una vez más. "Tal vez lo estoy", respondió en voz baja.

Meghan se volvió para mirar los picos cada vez más oscuros que tenía delante. La nieve ya no era visible, sólo quedaba una silueta del paisaje contra el cielo azul oscuro. "Sí, bueno, de tal palo tal astilla".

Artemis escuchó el triste cinismo de su voz y el peso de su responsabilidad en cómo las cosas sucedían con Meghan pesaba mucho sobre sus hombros. "Siento no haber estado ahí para ti cuando estabas creciendo. Sólo me enteré de ti cuando Durante sacó a tu madre del coma."

"¿Habría importado?", preguntó amargamente.

"Probablemente no", respondió él honestamente. "Pero me arrepiento de lo que has sufrido".

Meghan se giró sobre sus talones y se enfrentó a él. "Mira, no te necesito a ti, ni a mi madre. Lo he hecho bien por mí misma todos estos años, así que puedes conservar tu culpa perdida y tu nueva conciencia. No te conviene".

Miró hacia otro lado pero no respondió. En cambio, ella vio como su proyección se desvanecía, dejándola sola otra vez. Aunque ella le había dicho que se fuera, y él no estaba realmente allí para empezar, ella todavía se sentía más sola con él fuera. Era un asesino, un monstruo, pero había distraído a Meg de sus propios pensamientos perturbados.

Ella se asomó por el borde, en la oscura oscuridad de la noche invasora. Observando la oscuridad del oscuro bosque y las rocas, buscó el impulso anterior de saltar a la muerte y sólo encontró falta de energía. Con una risa, sacudió su cabeza con incredulidad. "Estoy demasiado deprimida para ser suicida", murmuró. "¿Qué tan patético es eso?" Sentada con las rodillas apoyadas en el pecho, dejó que su mente divagara. Trató de recordar algo de su madre que probara que Tammy no siempre había odiado tanto a Meghan.

En cambio, recordó a una vecina suya de cuando era niña. Meg había caminado a menudo al apartamento dos puertas más abajo y jugaba con la niña que vivía allí con su madre. La madre de Meg nunca había notado su ausencia. La mujer le daba helado a Meg, y trenzaba el pelo de Meg en verano, cuando hacía más calor afuera. Ninguno de ellos podía permitirse ventiladores o aire acondicionado, así que a veces hacía calor.

Una vez, Meg trató de darle a la niña un regalo para compensar su amabilidad. Oyó pasar el camión de los helados y subió corriendo a buscar el dinero para comprarle un regalo a su amiga. Su madre estaba dormida en el sofá y no respondió cuando Meg intentó despertarla. Así que Meg entró en su bolso para coger un dólar. Su mano no había salido del bolso antes de que Eddie la agarrara de la muñeca con su fuerte apretón. Llorando de dolor, Meg dejó caer el dólar y trató de dar un paso atrás, cayendo al suelo cuando no la soltó. Su madre se había despertado. "¿Qué ha pasado?", le preguntó, con la voz entrecortada por el sueño.

"El mocoso nos estaba robando", gritó Eddie.

"¿Qué? No... yo..." ella tartamudeó y luchó por liberar su muñeca, pero él se agarró con demasiada fuerza. "Quería comprarle helado a mi amigo".

"¿Amigo?" Su madre se rió. "No tienes ningún amigo".

Eddie sonrió, sintiendo la sangre en el agua. "¿Qué te dije? Este pequeño monstruo nos robará a ciegas, si no tenemos cuidado. No es más que una inútil mentirosa y una ladrona".

Su madre se dio la vuelta, disgustada, y se volvió a dormir, dejando que Eddie arrastrara a Meg al armario para darle una lección. Sentada sola en la oscuridad, escuchó el sonido de la música del camión de los helados desvanecerse en la distancia, y lloró.

La primera noche en el orfanato, pensó que las cosas mejorarían. Estaba rodeada de otros niños, y todos le prometían a Eddie que no la lastimaría más. Después de la primera noche, se había arrastrado fuera de su cama para encontrar a todos mirándola. "¿Qué le pasa?", preguntó alguien. La gente seguía haciendo la misma pregunta. Cada vez que ella le gritaba a alguien, o gritaba al ver un cuchillo, o un toque al azar. Cuando empezó a buscar pelea y a enfrentarse a cualquier matón lo suficientemente estúpido para cruzarse en su camino, empezaron a mirarla con miedo y desdén. Sus padres adoptivos no eran mejores. Rápidamente aprendieron que ella era mercancía dañada. Huyó de los que no la devolvieron al orfanato inmediatamente. Tal vez habían sido capaces de verla como lo que realmente era. Tal vez sabían de lo que era capaz.

Nicole ciertamente lo había descubierto de la manera más difícil. Meg aún podía recordar el shock y la incredulidad en el rostro de Nicole cuando su sangre se acumuló debajo de ella por la pierna rota de la silla que la empaló. Meg era un monstruo. Eddie tenía razón. Ellos estaban bien.

Los pensamientos de Meg bombardearon a Mark cuando se acercó. Actuaron como un escudo, rodeándola, separándola de su entorno, una advertencia para que se alejara. Pero nunca fue bueno para escuchar las advertencias. Al dar un paso adelante, tocó suavemente su mente con la suya para hacerla consciente de su presencia. Ella volvió una cara llena de lágrimas hacia él, y él se encontró sentado a su lado, secando las lágrimas con sus pulgares. Sus ojos se cerraron, sus húmedas pestañas se abrieron en abanico contra su pálida y suave piel. "No deberías culparte a ti mismo. Lo que pasó no fue culpa tuya. Nicole tampoco te culpa. Está preocupada por ti".

Sus palabras no penetraron muy profundamente. No importaba lo que dijera, Meg sabía que era su culpa. No había nadie más a quien culpar que a ella misma. "Yo soy la que la arrojó contra ese muro. Soy la razón por la que casi murió."

"No eras tú misma. Estabas bajo la influencia de otra persona".

Meg abrió los ojos y miró profundamente en su mirada de color avellana. Su olor la rodeó. Sus sentimientos hacia ella eran fuertes y reconfortantes. Sería fácil aceptar lo que él decía y fundirse en su abrazo, pero ella no podía hacerlo. "No me lo creo. No puedo decir 'El diablo me hizo hacerlo' y olvidarme de ello. Si alguien me influenciara, no podría obligarme a hacer nada que no fuera capaz de hacer. Tengo que asumir la responsabilidad de mis acciones."

Mark experimentó una oleada de respeto por Meg y supo que nunca podría amar a nadie más como la ama ahora mismo. "Entiendo mejor que nadie por lo que estás pasando. He estado luchando contra mis propios demonios internos durante mucho tiempo. Todos sienten dolor y dudas. Tenemos la capacidad de perder el control, de convertirnos en alguien de quien no estamos orgullosos. Quienquiera que esté detrás de esto, se aprovechó de ello. Tienes razón, no pudo hacernos hacer nada de lo que no somos capaces, pero seguro que nos llevó al límite. Lo importante es que ambos regresamos".

Meg escuchó sus palabras y quiso creerlas, pero había un problema con su argumento. Asumió que ella no era normalmente un monstruo, pero sabía la verdad. Ella siempre había sido así. Su reciente pérdida de control no era nada nuevo, incluso si alguien más lo había provocado.

"¿Crees que soy un monstruo?" Mark preguntó por fin.

Meg empezó. "¿Estás leyendo mis pensamientos?"

"Sí", respondió, "pero no respondiste a mi pregunta. ¿Crees que soy un monstruo?" Escuchó mientras Meg luchaba internamente con dudas sobre sí misma. "No estoy hablando de ti", interrumpió sus pensamientos. "Estoy preguntando qué piensas de mí. ¿Crees que soy una buena persona?"

"Sí", respondió Meg, preguntándose cómo iba a darle la vuelta a su respuesta.

"¿Por qué?" Me quebré de la misma manera que tú. Traté de matar a Artemis. He matado antes, cuando era más joven." Sus últimas palabras se remontan a cuando recordó cómo se sentía al quitar esas vidas.

Ella sintió su dolor y se dio cuenta de que ya no estaba tratando de demostrarle nada. Realmente sintió dudas sobre sí mismo. Cerrando los ojos, vio la sangre en sus manos mientras mataba a los hombres a su alrededor. La rabia lo consumió, y mientras miraba la cáscara vacía de su hermana, ella sintió que su corazón se rompía por la pérdida de tan hermosa alma. Abrió los ojos y vio la lágrima en su mejilla. "Eres una buena persona", respondió. "Ayudas a la gente. Salvaste a Nicole. Has salvado a la gente toda tu vida", dijo, sintiendo la verdad de sus palabras. Sin intentarlo, sus recuerdos se abrieron ante ella. Pudo ver los años que pasó como médico de campo y doctor antes de que la medicina avanzara hasta el punto de que sus habilidades ya no eran fáciles de ocultar. Entonces se había pasado a la policía, ayudando de otra manera, tratando de prevenir las heridas que una vez había curado.

"Eso podría ser una fachada, no el verdadero yo. ¿Y si me estoy engañando a mí mismo y a todos los que me rodean? ¿Podría estar luchando contra mi verdadero yo?"

———

"No creo en eso. No quieres hacer daño a la gente. Eres un curandero por una razón. Es una parte de ti. Es tu verdadera naturaleza. Lo que hiciste", se detuvo al recordar la muerte de su hermana y la carnicería resultante, "cualquiera reaccionaría de la misma manera en tu situación. Estabas herido, y trataron de matarte. Hiciste lo que era necesario para sobrevivir", dijo con absoluta convicción.

"¿Cómo lo sabes?" preguntó él, asombrado de lo segura que sonaba.

Sus ojos se cerraron, y la conexión entre ellos era tan fuerte, que se preguntó si alguna vez había mirado a los ojos de otra persona antes. Era una acción tan simple, y tan poderosa. En sus ojos, ella vio su compasión y sus demonios. Todo lo que él era la miraba, vulnerable, desnudo a su escrutinio. Ella sabía que podía perderse fácilmente en sus ojos, sus sentimientos, su propio ser. "Lo siento", dijo. Su voz era un susurro sobrecogedor. "Puedo sentir sus recuerdos, deseos y pensamientos, como si fueran míos."

Su voz se hizo profunda, sus anteriores inseguridades comienzan a disiparse. "¿Sientes mis deseos?"

Su sangre se calentó, su cuerpo respondió a los recuerdos de su unión. Recordando lo que la llevó a ese momento, se dio la vuelta, rompiendo el contacto con ellos. No era digna de mantener una conexión tan íntima con este hombre extraordinario. Mirando hacia otro lado, dijo: "Sé que quieres ayudar a la gente, no hacerles daño. Eres un buen hombre". A pesar del dolor que había pasado, sus muchas dudas y temores sobre sí mismo, Mark había seguido ayudando a la gente durante toda su vida. Su confusión y sus experiencias lo hicieron ser quien era, y ella lo amaba aún más por ello. Escuchó el aliento de Mark y se dio cuenta de lo que acababa de pensar. Ella lo amaba, y ahora, Mark sabía que ella lo amaba. Pero ella no merecía tener su amor. Nunca podría merecer a alguien tan especial como Mark. Podía oír las voces, acusaciones e insultos de su infancia corriendo por su mente hasta que ya no podía ni siquiera oír sus propios pensamientos. Los rostros, las voces, eran persistentes y acusadores. "¿Qué le pasa?" las voces se repetían. "No tienes amigos... monstruo... pequeño ladrón inútil..."

Tal vez tenían razón sobre ella. Mira quién era su padre. Artemis era un monstruo. Sólo se las arregló para hacer y mantener un amigo en su vida, si es que aún tenía ese amigo. Monstruo... malvado... ella era malvada. Mejor para todos si se iba, sin ser una carga, destruyendo las vidas de todos.

Se dio cuenta de la presión en su cabeza y se dio cuenta de que estaba presionando sus propias manos contra los lados de su cabeza. Sus ojos estaban apretados contra pensamientos que no podía detener. Poco a poco, se dio cuenta de otra presencia, otra mente dentro de su mente. Olas de consuelo la bañaron y las voces comenzaron a callar. Los brazos cálidos la envolvieron en un firme abrazo, y finalmente fue capaz de dejar caer sus manos de su cabeza.

Su dolor era cien veces más agudo ahora que Mark la estaba tocando físicamente. Tanto miedo. Al principio, pensó que estaba siendo influenciada de nuevo, pero no. Estas eran sus verdaderas dudas e inseguridades. Ser secuestrada y manipulada, hacer que su antiguo trauma saliera a la superficie sólo había hecho las cosas más difíciles. Al menos ahora, ella podía finalmente lidiar con estos miedos. Las cálidas lágrimas empaparon su camisa mientras su cuerpo era atormentado por los sollozos. Mark la abrazó con fuerza, enviándole cada gramo de comodidad y fuerza que pudo reunir.

Meg se aferró a la camisa de Mark con fuerza hasta que el último de sus sollozos se llevó lo que quedaba de su energía. Ella descansó contra su amplio pecho pensando en nada más que en los latidos de su corazón. Su calor llenó su cuerpo, calmándola. Se sintió increíblemente cerca de él. Podía sentirlo deseando que estuviera bien, deseando que supiera que las cosas mejorarían. No había nada que temer. Se preguntó brevemente si podía oír sus pensamientos tan claramente porque eran conmovedores.

*"Los escuchas porque quiero que los escuches. Mi mente está abierta a ti".*

Ella estiró su conciencia y descubrió que podía ver fácilmente sus sentimientos y pensamientos más íntimos si quería. ¿Pero por qué se arriesgaría a compartir tanto con ella tan voluntariamente?

*"Porque confío en ti"*, respondió.

Se alejó un poco. ¿Cómo pudo confiar en ella?

*"No eres una persona horrible".* Antes de que ella pudiera negar sus palabras o alejarse, Mark puso su frente contra la de ella, poniendo sus manos a los lados de su cara, hablando profundamente en su mente. *"Te conozco. He escuchado tus pensamientos. He sentido tus miedos y tu dolor. Te he visto en tu peor momento. No pienso menos de ti. Te respeto y me preocupo por ti".*

Meg cogió su pashmina y completó la palabra no dicha. El amor. ¿Podría realmente...? No, no podría amarla. ¿Cómo podría alguien?

Mark suspiró en señal de dimisión. *"Te amo, más de lo que puedo decir".*

El corazón de Meg latía más rápido y un escalofrío recorría su cuerpo.

*"Mi querida Meghan, por favor confía en mí, si no puedes confiar en ti misma. Eres una mujer cálida, compasiva y hermosa, llena de vida. Estás*

en un punto bajo ahora mismo, pero eso no cambia lo que eres. Eres una amiga leal y una persona fuerte, cariñosa y cariñosa. Tu energía y entusiasmo son contagiosos. Todo el mundo lucha contra los demonios que les llegan a un nivel profundo y debilitante. No necesitas ser fuerte constantemente. A veces está bien dejarse llevar; gritar, llorar, dejarse sentir el miedo y el dolor. Está bien apoyarse en aquellos que se preocupan por ti, en aquellos que te aman".

"¿Como tú?" preguntó en voz alta, con su voz quebrada por la emoción.

"Como yo", respondió en voz alta, "y como Nicole".

Dejó salir una risa sin humor y se limpió las lágrimas de sus ojos. "Probablemente no querrá volver a hablarme nunca más. Casi la mato a ella y a su bebé".

"¿Sabes lo del bebé?" Mark preguntó sorprendido. Nicole le había dado la impresión de que nadie más lo sabía, todavía.

Meg asintió. "Los oí hablar justo después de que la curaras".

Mark estaba momentáneamente perdido. No era tan sorprendente que ella lo escuchara, pero él sabía que Nicole había estado protegiendo sus pensamientos para no preocupar a David. Que Meghan la escuchara... "Eso demuestra lo cercanos que son ustedes dos. Mira, Nicole quiere verte. Está preocupada por ti, y me hizo prometer que te encontraría y me aseguraría de que estuvieras bien. No está enfadada contigo".

"No creo que pueda enfrentarla". La idea de ver a Nicole de nuevo hizo que Meg entrara en pánico. Sus ojos se llenaron de lágrimas, su corazón y su respiración se aceleraron.

"Tú puedes". Le levantó la barbilla y le dio un delicado beso en los labios. "Te prometo que puedes. ¿Confías en mí?"

Asintió con la cabeza, incapaz de formar palabras. Aún podía sentir sus labios en los suyos, sus dedos en su cara. Ella quería más que nada devolverle el beso ahora mismo. Quería tomarlo en sus brazos, su cuerpo presionado contra el de ella, sus manos en su fuerte espalda. Él había dicho que la amaba, y ella sintió que era verdad. Este hombre maravilloso, sexy y fuerte la amaba.

"Bien". Sonrió, se levantó y la puso de pie. "Vamos a llevarte a casa".

Inclinándose, lo besó suavemente en los labios, con indecisión, pero abrumada por los sentimientos que surgían a través de ella. Su cuerpo se estremeció con la sensación y él la acercó, devolviéndole el beso completamente. Deslizando sus manos bajo su camisa, ella pasó sus manos sobre su espalda, deleitándose con la sensación de su piel bajo la punta de sus dedos.

Su cabeza se inclinó hacia atrás y él le dio besos suaves y húmedos en el cuello. Frotando la mejilla de él contra la de ella, respiraron los olores del otro y sintieron una ráfaga de deseo compartido. Tomó su rostro entre sus manos y se fijó en la mirada apasionada de sus ojos antes de volver a capturar sus labios, esta vez para un beso firme y profundo que los dejó a ambos temblando. Dejó que una mano se deslizara hacia la parte baja de su espalda, acercándola. La otra mano se movió hacia la parte posterior de su cabeza, sus dedos rastrillando su hermoso y suave cabello.

Meghan se apoyó en sus fuertes manos y se entregó a las sensaciones del beso. Sus sentidos se fusionaron con los de él, ambas barreras completamente separadas. Se empezaron a formar gotas de sudor en su piel, a pesar del aire fresco de la noche. Él rompió el beso, y ambos inhalaron profundamente, su cara casi tocando la de ella. Su cálido aliento se esparció por la piel de ella y sus ojos se cerraron de nuevo. Ella pudo sentir la intensidad de las emociones que corrían a través de él. Humedeciendo sus labios, ella lo besó de nuevo y supo que él había tomado una decisión por sí mismo. Lenta y deliberadamente, él comenzó a desnudarla, revelando su delicada piel a la luz de la luna. Su penetrante mirada se centró en su piel y Meg supo que nunca antes había experimentado una sensación tan intensa de amor o aceptación por parte de nadie. Mark pasó sus manos por su piel, plantando suaves besos con cada prenda que se quitaba. El pensamiento consciente la dejó mientras la bajaba a una porción de hierba del suelo, haciéndole el amor bajo la luz de la luna. Tan rápido y poderoso como había sido su primera unión, esta vez fue sin prisa, pero igualmente intensa. Ella lo besó con firmeza y su mente se abrió aún más a ella, las líneas donde él comenzó, y ella terminó de desdibujarse hasta que ya no estaba segura de qué sentimientos eran los suyos y cuáles los de ella. A medida que la tensión aumentaba, se dio cuenta de que no importaba. Los labios aún se unían en un beso feroz, jadeaban al unísono, temblaban y se aferraban el uno al otro mientras la pasión atormentaba sus cuerpos con la liberación.

Besándola suavemente, Mark miró su cara y sonrió. "Te amo, Meghan Freeman", dijo suavemente, besándola de nuevo sin esperar una respuesta. Sintiendo el suave toque de su mente en retirada, ella supo que no le estaba pidiendo una respuesta. Le estaba dando el tiempo que necesitaba para ordenar sus pensamientos y emociones conflictivas sin ninguna presión.

A regañadientes se movió para vestirse, Mark le entregó a Meg su ropa y miró hacia abajo, confundido. "Sólo veo un zapato".

Meg arrugó su nariz y dirigió un ojo hacia el oscuro cañón de abajo. "Oh, sí, como que dejé caer el otro por el acantilado."

"¿A propósito?" Su frente se arrugó ante la duda.

Meg se encogió de hombros. "Sí".

Mark se rió y le tendió una mano. "Vamos, vamos a seguir adelante. Te llevaré por las partes rocosas." Guiñó el ojo.

Meg sonrió y tomó su mano. "Suena bien".

# DIECISIETE

El doctor envolvió la gasa alrededor de las muñecas de Susan y la pegó con cinta adhesiva en su lugar. "¿Y tú?", preguntó, señalando la camisa ensangrentada de Nicole.

"Oh, no, eso no es mío." Nicole hizo un gesto de desaprobación ante las preocupaciones del doctor.

La mujer levantó una ceja, pero no dijo nada. Ella estaba, por ahora, acostumbrada a sus extrañas medias respuestas y posturas secretas, especialmente en lo que respecta a lo que había sucedido con Gary. En lugar de discutir, el doctor dejó la habitación, dejando instrucciones para que Susan descansara unos minutos antes de que pudiera salir del hospital. Tan pronto como la puerta se cerró, dejando a los cuatro solos, la atención en la habitación se trasladó a ella.

"¿Podría alguien decirnos qué está pasando aquí?" John comenzó.

"Bueno..." Nicole acudió a David para que la apoyara, pero él le indicó que continuara. "Verás, es así. Nosotros... eh, bueno... hmmm, somos hombres lobo." Vio a David poner los ojos en blanco y suspirar. "¿Qué?" Levantó las manos con exasperación. "Eso es lo que somos".

Viendo las dudosas expresiones de John y Susan, trató de organizar sus pensamientos. No sirvió de nada. Había estado tratando de pensar en qué decir desde que Meg los dejó en el cine. Necesitaba acordarse de patear a Meg más tarde, por ponerla en esta posición. "¿Recuerdas los problemas que tuve con Steagel tratando de matarme el año pasado? Bueno, más o menos en la misma época, conocí a mi tío, mi verdadero tío, es decir, de antes de que me adoptaran. Y resulta que él fue el responsable del accidente de avión que mató a mis padres biológicos. También descubrimos ayer que mi tío es el padre de Meg. Como ella no conocía a su padre, y yo no conocía a mis padres, no sabíamos que en realidad descendíamos de hombres lobo".

David se rió de las expresiones de Susan y John y sacudió la cabeza ante Nicole. "Eres pésimo en esto".

Nicole entrecerró los ojos en un simulacro de agravio hacia él. Él estaba tomando una cantidad excesiva de placer de esto. Ella debería hacer que él terminara de explicar y responder a las preguntas. "No tengo mucha práctica. Además, no recuerdo que hicieras un trabajo mucho mejor cuando me dijiste que eras uno".

"Espere", interrumpió John, tomando parte en la conversación de nuevo. "Tú", tartamudeó John, a pesar de su rostro tranquilo. "¿Tú también eres uno?" David asintió con la cabeza.

"¿Y Mark?" La expresión de Susan era todavía un poco escéptica, pero ella y John al menos parecían estar dispuestos a escuchar a Nicole antes de llamarla loca.

"Sí", respondió Nicole. "Así es como él..." ella hizo un gesto hacia su abdomen curado.

"¿Quieres decir que puedes curar a la gente así?" Susan preguntó.

"No", Nicole se concentró en la distancia mientras pensaba. "Eso es más una cosa de 'Mark'." Inclinó la cabeza hacia David y continuó: "Es una especie de fracaso en realidad. Es una habilidad genial".

David sacudió la cabeza con incredulidad. "¡Teletransportaste a una persona!"

"Oh, sí, lo siento, lo olvidé. Estoy un poco fuera de mí ahora mismo." Dirigió la última parte de la declaración a Susan y John, aunque no sabían a qué se referían Nicole y David. "Tal vez deberías explicárselo", le dijo a David antes de girar hacia la puerta. Él tenía razón, ella apestaba explicando las cosas. En este momento, estaba distraída y no podía concentrarse en la conversación.

David se acercó por detrás de Nicole y le puso las manos sobre los hombros. "Meg estará bien. Mark está con ella".

"Lo sé". Nicole se recostó contra sus manos por un momento, dejando que sus ojos se cerraran mientras intentaba liberar algo de su tensión. David tenía razón. Mark estaba obviamente loco por Meg, él se comunicaría con ella. "Sólo estoy preocupado por ella". David le besó la nuca y la abrazó con fuerza. Después de un tiempo, abrió los ojos de nuevo. Sintiéndose un poco mejor, Nicole se volvió para enfrentarse a Susan y John. "¿Alguna pregunta?"

———

"Están ahí dentro". Mark señaló la puerta cerrada al otro lado del pasillo. La había traído hasta aquí, pero el resto dependía de Meg. La tensión se acumuló en Meg y él apretó su brazo suavemente en apoyo.

"Lo sé". Meg podía sentir a Nicole dentro de la habitación, aunque no parecía estar consciente de ella, todavía. Estaba ocupada hablando con las otras personas de la habitación. Al menos estaba bien.

"Lo harás bien". Mark se inclinó y besó el lado de la cabeza de Meg. "Voy a ir a registrarme con la estación".

Meg le echó una mirada de pánico, pero no dijo nada. Él tenía razón, ella necesitaba hacer esto. Aun así, una vez que él desapareció de la vista, ella contempló la posibilidad de irse. Podría darse la vuelta y salir del hospital ahora mismo. Nadie sabría que ella había estado aquí. Podía irse sin enfrentarse a ninguno de ellos. O podría atravesar esa puerta y hablar con su amiga. Antes de que se decidiera, David salió de la habitación, cerrando la puerta tras él. Incapaz de mirarlo, Meg miró sus manos y pies desnudos, asomándose por debajo de las piernas de sus pantalones.

"Me alegro de verte. Hemos estado preocupados."

"¿Lo has hecho?" La cara de Meg se sonrojó de sorpresa. No estaba actuando enojado con ella. David no parecía enfadado. De hecho, su voz sonaba excitada y feliz. Parecía legítimamente aliviado de verla.

"Por supuesto que sí". La expresión de David fue absolutamente sincera.

La inmensa cantidad de buena voluntad que David proyectaba hacia ella era casi abrumadora. "Pero Nicole..."

"Ella está bien". Se rió ligeramente. "En este momento, está ahí dentro tratando de explicarles a Susan y John lo de los hombres lobo. Deberías oírla. Es divertidísimo".

"Oh". Meg se tragó. No había pensado ni una vez en Susan y John desde que se escapó. Se había cambiado delante de ellos sin pensarlo dos veces. Ahora, había una razón completamente nueva para sentirse culpable. Había sido una mujer lobo durante menos de una semana, y ya había traicionado su secreto. "No pensé en que estuvieran en la habitación cuando me cambié".

"Oh, no te preocupes por eso. Ya habían visto lo que Mark hizo de todos modos. Las habilidades curativas milagrosas son tan extrañas como el cambio de forma. Ya era hora".

"¿Cómo puedes no odiarme?", soltó, incapaz

de guardarse la pregunta para sí misma por más tiempo. Él debería despreciarla. En vez de eso, estaba siendo comprensivo y completamente jovial.

La voz y la expresión de David se volvieron sobrias, sintiendo la necesidad de Meg de seriedad. "Meg, lo que pasó fue un accidente". Puso una mano sobre su brazo y sonrió tranquilamente. Meg se estaba golpeando por todo y se dio cuenta de que necesitaba tenerla a solas con Nicole pronto, para que pudieran hablar de todo. Nada de lo que él dijera ayudaría tanto como Nicole.

Las lágrimas se acumularon en los ojos de Meg. "¿Y el bebé está bien?"

David frunció el ceño. "¿Bebé? ¿Qué...? Su cabeza se torció hacia la habitación del hospital, su mano cayó del brazo de Meg. La sorpresa en su rostro se desvaneció en una sonrisa sin aliento y ojos llenos de emoción

Viendo su reacción, Meghan se dio cuenta de su error al instante. "¿No lo sabía?"

"No". Sacudió la cabeza y se limpió la humedad que se había acumulado en el rabillo del ojo.

"Pero pensé que ustedes siempre escuchaban los pensamientos del otro, al menos cuando se tocaban. Estabas tocando a Nicole cuando ella lo pensó, justo después de que Mark la curara."

"Podemos si queremos". Se volvió a regañadientes hacia Meg. "Pero puede volverse un poco loco, compartir cada pensamiento perdido con alguien."

"Entonces, ¿se cierran?" Meg pensó en lo cerrada que había sido cuando no quería que nadie la encontrara. Se había aislado por completo. Creó un sentimiento de soledad, más solitario de lo que había experimentado de niña. No era consciente de ello en ese momento, pero cuando se cerró a todos los demás en el mundo, nunca se cerró a Nicole, no del todo.

"No exactamente. Puedes mantener una conexión, compartir sentimientos y una sensación de cercanía, sin compartir cada pensamiento. Puede ser difícil al principio, pero con un poco de práctica le cogerás el tranquillo. Cualquiera de los nuestros puede mostrarte cómo hacerlo".

Meg captó las palabras "nuestra clase" y tuvo una extraña sensación de parentesco con David. Después de estar sola toda su vida, encontrarse de repente parte de algo más grande fue desconcertante. "Pero si Nicole estaba bloqueando sus pensamientos, ¿cómo podía oírlos?" Todo era tan nuevo y confuso. Meg tenía un respeto completamente nuevo por cómo Nicole manejaba todo cuando se enteró de lo que era.

David vio su expresión confusa y tuvo una nueva ráfaga de simpatía por Meg. A veces olvidaba lo difícil que era ajustarse a las conexiones y poderes psíquicos. "Ustedes dos tienen una fuerte conexión. Cuando desapareciste, Nicole pudo llevarte a la casa de Mara. Por mucho que hayas estado en su mente últimamente, probablemente te estaba transmitiendo inconscientemente sus pensamientos."

"¿Ella hizo qué?" Meghan se había preguntado cómo terminó en una habitación extraña tan repentinamente después de su secuestro, pero las cosas habían sido tan confusas desde entonces, que se había olvidado de ello.

David se rió. "Creo que ustedes dos necesitan hablar". Agarrando su brazo, llevó a Meghan a la pequeña sala de tratamiento de Susan.

Antes de que diera dos pasos dentro de la habitación, Meg se vio envuelta en un fuerte abrazo. "¿Estás bien? Estaba preocupada por ti". Nicole tomó las manos de Meghan en las suyas, lágrimas de alivio fluyendo por su cara. Meg miró a su alrededor incómodamente a los rostros curiosos. Ella era el centro de atención, y no le gustaba.

Recogiendo su tensión, Susan intercambió

una mirada con John y saltó desde la cama, caminando hacia ellos. "Esto ha sido informativo, pero deberíamos irnos." Mirando directamente a Meg, añadió: "Nunca tuve la oportunidad de agradecerte por salvarme la vida, dos veces. Si alguna vez necesitas algo, sólo házmelo saber".

Meg tomó el pelo recortado y las muñecas vendadas de Susan, sin saber qué decir. La gratitud de Susan, muy lejos del miedo y el rechazo que esperaba. Cuando John pasó, apretó suavemente el hombro de Meg y le ofreció una cálida y agradecida sonrisa. David los siguió, dejando a Meg a solas con Nicole.

Llevando a Meg a la cama, Nicole se sentó y le hizo un gesto a Meghan para que hiciera lo mismo. "Bien, entonces háblame".

Al negarse a mirar a Nicole, Meg enroscó la sábana alrededor de sus dedos. "¿Qué quieres que diga? Casi te mato. No sé cómo puedes soportar estar en la misma habitación que yo."

Nicole hizo un gesto de despedida. "No seas ridículo. Eres mi mejor amiga".

"Sé que todos me dicen lo genial que soy, lo bueno que he hecho, pero me siento como una persona horrible". Y en cualquier momento, todos los demás se darían cuenta de la verdad y no querrían tener nada más que ver con ella.

"Puedes serlo", respondió Nicole con franqueza.

"¿Eh?" Desconcertada por el comentario de Nicole, Meg finalmente levantó la vista y miró a Nicole en silencio, sin saber qué decir.

Nicole sonrió suavemente y puso su mano sobre la rodilla de Meg. "Meg, tienes un lugar oscuro en tu alma, lleno de ira, dolor, miedo y venganza. Ya lo sé. Lo he visto. Todavía te considero mi más querida amiga. No sólo soy amigo de la alegre, feliz y bondadosa Meg. Soy amigo de todo el paquete de "Meg". Podemos pelear o discutir, puede que no siempre nos gustemos de vez en cuando, pero siempre serás mi amigo. Nada de lo que puedas decir o hacer cambiará eso".

Meg nunca se había sentido tan aceptada en su vida. La honestidad detrás de las palabras de Nicole era tangible. Meg no necesitaba ser nada más que lo que era. Nicole nunca la odiaría. Saber eso ayudó a que finalmente se tranquilizara. Tal vez las cosas podrían estar bien.

Después de dejar que Meg pensara un momento, Nicole se acercó y continuó. "¿Cómo estás llevando lo de averiguar qué Artemis es tu padre?"

Meg se encogió de hombros. "Indiferente". Sabes que la familia nunca fue importante para mí".

"Sí, pero eso fue cuando tu madre estaba en coma y no conocías a tu padre". David probablemente le daría un codazo por la brusquedad, pero a Nicole no le importaba. Nunca había tenido pelos en la lengua con Meg en el pasado, y no iba a empezar ahora.

Impertérrita ante el comentario de Nicole, Meg respondió honestamente. "Mi madre no quiere tener nada que ver conmigo. Lo sé, porque he oído sus pensamientos. Y mi padre es un asesino. Así que mis opiniones sobre el tema no han cambiado mucho".

"Ah, Meg, lo siento". Por lo que sabía de la vida hogareña de Meg antes del incidente que la puso en el orfanato, Nicole no se sorprendió del todo, pero aún esperaba que Meg pudiera resolver las cosas con su madre.

"No te preocupes". Meg se las arregló para mostrar un rostro relativamente indiferente, aunque la interacción con su madre aún le dolía un poco.

Ambos se quedaron en silencio por un momento. Finalmente, Nicole habló de nuevo. "Entonces, ¿estamos bien?"

Meg sonrió. "Estamos bien".

"Bien". Nicole le devolvió la sonrisa, abrazando a Meg de nuevo. Esta vez, Meg le devolvió el abrazo.

"¿Qué fue eso que escuché sobre que me querías fuera de mi celda?"

Nicole se sentó y sonrió con incertidumbre. "Eso fue algo intenso. Estaba tratando de encontrar dónde estabas. Mara me estaba ayudando con la meditación. Según ella, una vez que hice contacto, de alguna manera te arrastré de vuelta conmigo".

"No puede ser." Meg pensó en ello, pero no pudo recordar mucho de su tiempo en la celda. Por las partes que sí recordaba, sabía que probablemente era lo mejor. "Todo ese tiempo está borroso, pero creo que recuerdo haber sentido que me buscabas".

Nicole asintió. "Cuando intentaba conectar contigo, recuerdo que me devolviste el contacto. Creo que sólo pude hacer lo que hice, porque te aferraste a mí tanto como yo a ti. Ninguno de los dos quería dejarlo ir".

Meg sonrió. "¿Significa eso que no habrá ningún teletransporte al supermercado cuando el coche se averíe?"

Nicole se frotó una mano sobre el puente de su nariz, riéndose. "No, creo que soy una maravilla de un solo golpe en lo que a eso respecta. Vamos, deberíamos irnos."

"Bien", Meg se quedó con Nicole, "pero recuérdame más tarde que te cuente las visiones que vi. Resulta que no estaba alucinando".

"¿En serio?" Nicole le abrió la puerta a Meg y la siguió al pasillo.

"Sí, así que no eres la única con extraños superpoderes de los que hablar.

Nicole rodeó con su brazo el hombro de Meg y se apoyó en ella, abrazándola fuerte. "No lo haría de otra manera." Percibiendo a David en el pasillo, Nicole se dirigió a una pequeña sala de espera varias puertas más abajo. Mark miró a Meg y sonrió, terminando una conversación que había tenido sobre el caso con Susan. Por lo que parece, Gary todavía estaba siendo procesado en la comisaría. Meg pensó que también había captado algo sobre las declaraciones que debían tomarse más tarde, pero no le prestó mucha atención a eso. Se sintió arrastrada por una absoluta sensación de satisfacción y no quiso pensar más en lo que había sucedido. John estaba de pie junto a ellos, apoyado en la silla de Susan. Sus manos estaban sobre sus hombros, masajeando la tensión que sin duda estaba presente allí, pero al menos ella estaba viva para sentirse tensa, y Meg podía decir por la forma cariñosa en que John cuidaba de Susan que él sentía lo mismo.

Nicole siguió la mirada de Meg hacia la pa

reja. Considerando todo lo que había pasado, parecían extrañamente en paz. Aun observando a Mark, Susan levantó una mano para cubrir una de las manos de John en su hombro. Inclinando ligeramente la cabeza hacia un lado, frotó su mejilla contra su brazo, un signo sutil, pero obvio, del fuerte afecto que se tenían el uno al otro. "Me imaginé que ustedes dos ya se habrían ido".

"Hemos comprobado a Katie", respondió John. "Ella dijo que quería que tú y Meg pasaran por aquí antes de irse. Creo que se está volviendo un poco loca ahí dentro. Estaba emocionada de ver caras familiares".

"Está al final del pasillo", añadió Mark. "Te lo mostraré".

Poniendo una mano suavemente en la espalda de Meg, Mark tocó su mente con la de ella en el saludo mientras los llevaba a la habitación de Katie. Ella le devolvió el contacto y le arrancó la sonrisa a Nicole por el rabillo del ojo, pero Nicole tuvo el tacto de no decir nada. Mirándolos a ambos antes de abrir la puerta, Mark dijo telepáticamente: *"La curé heridas internas más graves después de que la trajeran, pero no pude curar todo sin despertar sospechas". Todavía está bastante golpeada"*.

Asintieron con la cabeza y entraron en la sala. Era una habitación pequeña, pero no era

incómoda. Unos pocos ramos de globos aña-
dieron color y parecía como si alguien hubiera
traído algunos de los objetos personales de Katie
de su casa para hacerla más cómoda. Un par de
libros y un reproductor de CD estaban encima
de los cajones al lado de la cama. Junto a ellos,
había un sistema de juegos portátil y algunas películas.

Mirando la cama, pudieron ver de qué ha-
blaba Mark. Cubierta de moretones y vendajes,
Katie definitivamente había visto mejores días.
Aun así, su cara se iluminó ante su presencia.

"¡Hey, has venido!" Katie exclamó con voz
ronca. Echó una mirada peculiar a Meg pero no
añadió nada más cuando los dos se sentaron al
lado de su cama.

"¿Cómo te sientes?" Nicole tomó la mano de
Katie en la suya y se inclinó hacia adelante.

"Estoy bien. John dijo que ustedes dos ayu-
daron a atrapar al tipo, que era una especie de
asesino en serie".

Nicole sonrió. La energía de Katie era alenta-
dora. Parecía estar de buen humor, considerando
todo lo que había pasado. "Sí, deberías ver el trabajo que Meg hizo con él. Confía en mí. Está en
mucho peor estado que tú".

Katie se rió. "Es bueno saberlo. Me alegro de
que no pueda hacer daño a nadie más. No puedo

creer que fuera el jefe de Susan. ¿Qué tan aterrador es eso?"

"Definitivamente está ahí arriba", aceptó Nicole. Sonrió y miró a Meghan. "Pero en otras noticias; Meg tiene un novio."

"¿En serio?" La sonrisa de Katie se amplió. Ya era hora. Meg era una gran persona, y Katie esperaba desde hace tiempo encontrar a alguien digno de ella para ayudarla a salir de la rutina en la que estaba.

Meg puso los ojos en blanco. "No es mi novio". Se frotó el cuello incómodamente y murmuró: "Como que nos acostamos".

"¡Meg!" Las dos mujeres exclamaron al unísono, ambas igualmente sorprendidas por la noticia. Cada una de ellas había experimentado dificultades en varias ocasiones, tratando de que Meg considerara salir con alguien.

"¿Qué?" Meg los miró inocentemente. "Ha sido una semana extraña".

"Diré", Katie estuvo de acuerdo. "Es como venir a visitar a un amigo en el hospital sin zapatos". Miró fijamente a Meg.

"Me moría por preguntarle sobre eso". Nicole miró a los pies de Meg. Las uñas de los pies cubiertas de esmalte de uñas verde se asomaban por la parte inferior de sus pantalones.

Meg estiró una pierna y fingió contemplar su

pie. Se sentía mucho mejor ahora que sus noticias salían a la luz en lugar de rebotar en su cerebro, monopolizando sus pensamientos. "Como dije, semana extraña".

"Sí, bueno, tus pies tienen que estar fríos. ¿Por qué no me pides prestados mis zapatos? Están en el armario de allí, y no los necesito ahora mismo".

"Gracias", se rió Meg, "pero creo que me gusta así. Además", sonrió conspiradoramente, "Mark me ha estado cargando sobre todo lo que no puedo caminar".

"Oh, bueno en ese caso, considere la oferta revocada." Katie se rió, ignorando la forma en que le hacía daño a sus moretones. Era bueno reír.

"Sí, creo que es hora de que nos cuentes más sobre ti y Mark". Nicole golpeó a Meg burlonamente con sus nudillos.

Meg suspiró. Ahora sabía cómo se había sentido Nicole cuando se burló de ella por lo de David. "Él es", trató de pensar en las palabras apropiadas para describirlo, "un muy buen tipo".

Katie arrugó la frente pensando. "¿Espera, Mark? ¿Es ese policía amigo de Susan?"

"Sí", confirmó Nicole, un poco sorprendida de que Katie reconociera el nombre. Nicole no podía pensar en un momento en el que se hubieran conocido.

Los ojos de Katie se abrieron de par en par con la emoción. "John trató de tenderle una trampa a ustedes dos el año pasado".

"¿Qué? ¿Cuándo?" Meg y Nicole preguntaron al unísono.

"Fue justo después de que Nicole conociera a David. John intentó que conocieras a Mark, pero tú estabas trabajando en los deberes y Mark en un caso, así que ninguno de los dos apareció." Recordó que Susan y John se lamentaban de su infructuoso intento de casamiento y se reía de cómo resultaron las cosas.

"Estás bromeando". Meg pensó, recordando la noche a la que Katie se refería. Meg terminó jugando a los videojuegos y comiendo helado con Nicole. Se había sentido particularmente vulnerable esa noche y no quería que nadie la viera así. Meg se rió de sí misma. Sus esfuerzos trascendentales por esconder su verdadero ser de los que la rodeaban habían resultado inútiles. Todos, especialmente Mark, vieron sus debilidades y las aceptaron.

Katie bostezó, haciendo una mueca de dolor con el movimiento. Nicole se puso de pie, soltando la mano de Katie. "Deberíamos ir y dejarte descansar un poco."

"Bien", Katie estuvo de acuerdo débilmente, "siempre y cuando prometas volver".

"Ya lo creo". Meg se inclinó y abrazó suavemente a Katie, con cuidado de no presionar con fuerza sus heridas. Con una última sonrisa, siguió a Nicole desde la habitación, dejando a Katie descansar.

# DIECIOCHO

La puerta se cerró con seguro, y después de la breve iluminación proporcionada por la luz del pasillo, la habitación se vio envuelta de nuevo en sombras oscuras. La sombra de la esquina se movió, como lo había hecho un momento antes, y Katie pudo sentir la presencia allí, observándola. Extrañamente, Meg y Nicole no habían notado nada cuando estaban en la habitación. Ese conocimiento era suficiente para hacer que Katie dudara de sus propios sentidos, pero estaba segura de que no estaba equivocada. Él estaba con ella.

Katie sonrió suavemente. Se sentía reconfortada por el conocimiento de que él estaba allí, casi como un ángel guardián que la vigilaba. "Eres tú, ¿verdad?" susurró, temiendo llamar la

409

atención de cualquiera en el pasillo, temiendo asustarlo. Él permaneció en silencio al principio, y luego ella se dio cuenta de que se movía, como si tuviera la intención de irse. "No, por favor - no te vayas. Quería darle las gracias. Me has salvado la vida." Ella todavía esperaba que no se fuera, pero si lo hacía, al menos le había dado las gracias.

Durante observó con curiosidad cómo las emociones jugaban en su cara. Ella sabía que él estaba en la habitación. Había mirado directamente a donde él estaba. Dando un par de pasos hacia delante, se aseguró de que la ilusión de la sombra permaneciera oculta a su alrededor. Sus ojos seguían sus movimientos sin falta. "¿Cómo supo que yo estaba allí?"

Lo vio salir de las sombras y sonrió, contenta de tener finalmente la oportunidad de hablar con él. "Oh, ¿eso? Veo cosas, a veces. Siempre lo he hecho." Se rió con cautela, con cuidado de no agravar sus heridas. "Las cosas que sé que nadie se da cuenta de que sé..." se alejó. "A veces parece que todos en el mundo entero están guardando secretos. Sois como Nicole y Meg, ¿verdad?" preguntó, cambiando de tema sin perder el ritmo.

Durante levantó una ceja, no costumbrado a que alguien le hable tan francamente. También mostraba una energía considerable dada su anterior muestra de fatiga. Sospechó que debía ser para el beneficio de las dos chicas, para que ella pudiera estar a solas con él. Parecía extraño pensar en alguien que quisiera estar a solas con él. La mayoría de la gente haría cualquier cosa para alejarse de él. "Puedes verme, ¿verdad?"

"¿Qué, te refieres a la ilusión que tienes? Sí, esas cosas nunca funcionan conmigo. ¿Por qué te escondes así, de todos modos?"

La estudió de cerca y sólo encontró curiosidad en su expresión. Ella no le temía. No podía recordar la última vez que conoció a alguien que no le temiera. No, eso no era cierto. Sólo había ocurrido una vez antes, con ella. Aun así, fue una sensación extraña después de todos estos siglos. "Se ajusta a mis propósitos".

"Uh, huh, eres uno de esos tipos ultra secretos, que no dejan a nadie acercarse a él, ¿no? No sé por qué", continuó sin darle la oportunidad de responder, "pero eso no es realmente asunto mío". Gracias. No olvidaré lo que hiciste por mí".

"No hice nada". Suprimió una sonrisa por su exuberancia y opiniones sobre él. Ciertamente no temía decir lo que pensaba, pero eso no era razón para alentarla más.

"Bien, y es por eso que sigues controlándome", dijo, con un toque de sarcasmo. Había sentido su presencia a su alrededor varias veces, pero era la primera vez que tenía suficiente energía y privacidad para hacer algo al respecto. "Gracias".

"De nada", se encontró diciendo por primera vez en su vida. Nadie le había dado las gracias antes. Sintiendo la necesidad de recuperar el control de esta extraña conversación, decidió volver a hacerle la pregunta. "¿Por qué escondes lo que puedes ver de todos?"

Sus ojos se fijaron en una mirada lejana. "La gente necesita sus secretos, y necesitan elegir con quién los comparten. Sería un error asumir un sentido de familiaridad o intimidad con la gente, sólo por lo que puedo ver o saber de ellos, cuando no me he ganado su confianza."

"Esa es una respuesta agradable y noble, pero ¿cuál es tu verdadera razón?"

Ella encontró su mirada, estudiándolo intensamente. Con su pelo salvaje y su barba desaliñada, y la chaqueta y los pantalones de cuero oscuro que llevaba, parecía alguien que había visto su parte de los tiempos difíciles en su vida. Su apariencia sugería que era alguien joven, pero las líneas duras de su cara y sus expresiones contaban una historia diferente. No había nada de joven en la expresión de sus ojos. Estaban embrujados y cerrados al resto del mundo. Sabía que con una sola mirada, incluso sin considerar las ilusiones en las que confiaba, estaba acostumbrado a revelar sólo lo que quería a las personas con las que entraba en contacto. Para él, todos estaban motivados por deseos y metas egoístas. La amistad y la confianza eran conceptos extraños que no tenían relevancia en la vida diaria. "Eres un cínico, ¿verdad?"

"Realista", corrigió, devolviéndole la mirada sin vacilar. Puede que no esté acostumbrado a tal escrutinio, pero estaba más que a la altura de un simple debate. Ella podía tener mucha confianza y ser franca, pero él estaba acostumbrado a afirmar su propio dominio en las interacciones. Se necesitaría algo más que una chica inusualmente perspicaz para socavar el control que tanto le había costado conseguir.

"Vale, si quieres saberlo, cuando era niña, solía confiar lo que veía a mi hermana. Le contaba sobre las auras, cómo sabía cuándo alguien estaba enfermo o herido. Le contaba sobre las energías de la naturaleza y la vida que veía reunidas en el parque en una mañana de primavera, cuando el sol brillaba en las telarañas y el rocío. Le contaba cuando alguien mentía con sólo mirarlo o escuchar su voz cuando hablaba. Mi hermana era mayor y pensaba que me lo estaba inventando o imaginando cosas. Entonces conocí a mi primer hombre lobo. Era un chico como yo, que estaba adquiriendo sus habilidades. Intenté hacerme amigo de él, pero tenía miedo de mí, de lo que yo sabía. Dijo que yo estaba loco, y que no quería tener nada que ver conmigo. Estaba tan disgustada que corrí a casa llorando. Sólo quería ser su amigo y ayudarle a no sentirse tan solo y deprimido. Me di cuenta de que interactuar con los otros niños era un problema para él, por lo diferente que era. Le conté todo a mi hermana, sólo que esta vez ella convenció a nuestros padres de que necesitaba ayuda psicológica. Tenía siete años. Después de unos meses de tratamiento, aprendí a decir lo que la gente quería oír y a callar las cosas que no se suponían reales. Me quitaron las drogas que me habían puesto después de un año, y mi familia se mudó aquí, donde nadie sabía de mi infancia 'mentalmente perturbada'".

Durante se encontró sentado al lado de la cama de Katie, interesándose por la conversación. Ella habló con una honestidad y claridad que era poco común. "Nunca es fácil ser traicionado por aquellos en los que confías."

Katie se encogió de hombros, ya no le preocupaba el dolor que la siguió durante años después de la prueba. "La gente generalmente trata de hacer lo que cree que es mejor. No siempre tienen razón. Pero con todos guardando secretos, es difícil tener suficientes hechos para tomar buenas decisiones."

Durante sacudió la cabeza. "Le das a la gente demasiado crédito. Eres demasiado confiado. Por eso te permitiste ser traicionado. Es por eso que la gente guarda secretos. Han aprendido que no puedes confiar en nadie. Francamente, no sé por qué te arriesgarías a confiarme tu secreto.

Negándose a dejarse influenciar por su diatriba contra la confiabilidad de la humanidad, Katie continuó. "Como dije, la gente necesita elegir con quién comparte sus secretos, y tú me salvaste la vida. Diría que eso te hace ganar mi confianza".

"No deberías dar tu confianza tan a la ligera." Su propensión a la confianza haría que la mataran algún día. Su notable fuerza de voluntad no la mantendría viva para siempre. Él podría haber contribuido a su rescate de una manera pequeña, pero era la última persona en la que ella debería confiar. Él era la última persona en la que alguien debería confiar.

Katie sonrió suavemente. "Mira, no soy tan ingenua. Sé de lo que es capaz la gente. Veo las cosas que esconden, incluso de sí mismos. Pero también me da mucha perspectiva. Veo el mal, pero también veo el bien."

Durante sacudió la cabeza. "Los seres humanos son inherentemente egoístas. Si se les da la mitad de las oportunidades, arruinarán sus vidas sin una buena razón. Impulsados por el miedo y los celos, no son más que marionetas impulsivas, fácilmente manipulables y que buscan constantemente desplazar la responsabilidad de sus acciones a alguien o a algo que no sea a ellos mismos".

Katie asintió, concediendo el punto. No podía discutir su lógica, pero podía darle la vuelta. "Probablemente tengas razón. Entonces, ¿por qué me salvaste?"

Durante la miró fijamente a los ojos, hablando con total honestidad. "Eres un luchador. Seguiste adelante mucho después de que tu cuerpo quisiera rendirse. Respeto eso". Mirando hacia otro lado, se encogió de hombros. "Además, estaba aburrido".

Katie sonrió y sus ojos se volvieron pesados, ya que su medicación para el dolor, en el goteo automático comenzó a hacer efecto de nuevo. Abrió los ojos para encontrarse sola. Cerrando los ojos, de nuevo, Katie se durmió.

———

Durante se alejó, entusiasmado. No podía recordar la última vez que había participado en una conversación honesta con alguien. Probablemente porque no había permitido que nadie viera su cara en más de mil años. Incluso Artemis y Tammy sólo habían visto una figura sombría, cubierta de niebla. No podrías ser cazado como un perro si nadie supiera que existes. Sólo había confiado una vez... y mira a dónde le llevó eso.

Mirando a un balcón poco iluminado, vio a Mara salir. Ella escudriñó las calles oscuras, claramente buscando a alguien. Era consciente de que su mente buscaba a la persona que sabía que estaba aquí, pero no lo encontró. Obviamente sabía que había alguien cerca, observándola, pero no sabía quién era ese alguien. Cualquier otro estaría desconcertado, pero Mara había vivido lo suficiente para no ser molestada por algo fuera de su control. Después de todo, ya se había enfrentado a él antes sin miedo. Se había hecho amiga de él, se había ganado su confianza, y luego lo había traicionado, lo que llevó a lo que ella pensaba que era su muerte. Tenía que admitir que se necesitaban muchas agallas para traicionarlo. Su larga recuperación era lo único que la había salvado. Había permitido que lo peor de su ira se disipara, reemplazado por una nueva comprensión de la naturaleza humana.

Aun así, fue una lástima. De todos los habitantes del planeta, ella era la única persona que debía entender de dónde venía. Ella era la única que había existido desde que él lo hizo. Ella, de todas las personas, debería saberlo mejor. En cambio, ella pretendía ser una de ellas, una parte de su mundo. En verdad, ella debería ser capaz de sentirlo ahora. Ella había pretendido durante siglos ser una mortal normal, mientras él perfeccionaba sus habilidades. Nunca había sido capaz de aceptar su propia superioridad. Él había empezado a enviarle correos electrónicos, para ver si ella lo descubría, pero aún no lo había hecho. Ella ignoraba completamente el hecho de que él estaba vivo. Por supuesto, él nunca dio ninguna pista sustancial en sus mensajes, pero así como se conocían, una parte de él todavía esperaba que ella lo reconociera. Una parte de él quería que ella lo reconociera y recordara lo que hizo, que se sintiera culpable por ello, pero nunca lo hizo.

Puede que ella no supiera que estaba vivo, pero eso no le impidió interferir en sus planes. Ella siguió ayudando a esos niños, entrenándolos, dándoles orientación, llamando al Consejo sobre Artemis. Si no fuera por ella, él ya podría poseer el colgante.

No importaba. Había aprendido a ser flexible. Pasaría a otro plan, como siempre lo hizo. Uno no vivía tanto tiempo como lo había hecho sin un plan de respaldo. Sacando el manuscrito encuadernado en cuero de su chaqueta, pasó suavemente sus dedos sobre las antiguas letras. Las páginas estaban desgarradas y amarillentas con el tiempo, y la encuadernación había sido reparada varias veces, pero el texto estaba todavía casi intacto. Lo interesante que había sido encontrar el manuscrito iba camino de Billy Cameron, el hermano adoptivo de Nicole. Por otra parte, ese tipo de casualidad siempre encontraba una forma de ocurrir. Las coincidencias eran bastante comunes, una vez que se aprendía a leer los patrones. Después de sesenta generaciones de observación, se había acostumbrado a ver los patrones.

Mara dejó de intentar localizarlo y se sentó, con las piernas cruzadas y los brazos levantados hacia el cielo nocturno. Bañada en la luz de la luna llena, empezó a cantar, llamando a su preciosa diosa. Durante sacudió la cabeza. Cómo podía creer en cualquier tipo de dios todavía, estaba más allá de él. Durante se encontró preguntándose, no por primera vez, qué pasaba por su mente. Lo cerca que habían estado una vez, ella seguía siendo un completo misterio para él.

Durante se dio la vuelta, dejándola con sus

meditaciones, o sus oraciones, o lo que fueran. Dando vuelta el libro en sus manos, contempló su siguiente movimiento. Tal vez era el momento de unas pequeñas vacaciones, un cambio de ritmo. Sus labios aparecieron con una sonrisa oscura. Le daría la oportunidad de ponerse al día con su lectura. Arrojando el libro, consideró la maravillosa travesura en la que se podría meter. Pretendía disfrutar conociendo a Billy Cameron.

———

MARA CERRÓ LAS PUERTAS DEL BALCÓN Y entró en la cocina, sirviendo un vaso de zumo de uva y cogiendo una manzana. Dio un mordisco, dejando que sus dulces jugos llenaran su boca, el sabor ayudó a centrar sus energías y la hizo volver de sus meditaciones. Esta noche habían dado resultados interesantes. Finalmente fue capaz de sentir de nuevo a Artemis sin ningún problema. Quienquiera que le hubiera estado protegiendo antes ya no lo hacía. También había algo más limpio en su aura. Sea lo que sea de lo que formó parte en el pasado, aparentemente había hecho una ruptura limpia. Eso le dio algo de esperanza para él. Tal vez ahora podría finalmente comenzar a redimirse. No importaba lo que hubiera hecho, o a quién hubiera herido, siempre había la posibilidad de que pudiera cambiar su forma de actuar. Con una raza tan longeva, Mara siempre creyó que era mejor dar a una persona la oportunidad de cambiar, de aprender el error de sus caminos. Siglos de vivir con la culpa podrían ser un poderoso motivador para la redención.

Se bebió el jugo de uva y se limpió las manos con un trapo de cocina. El revoloteo de una presencia cercana le llamó la atención de sus reflexiones. Alguien la estaba alcanzando, buscándola. Antes de responder a la llamada, cerró los ojos, concentrándose en quién era. Con una mueca, abrió los ojos de nuevo, sabiendo que era Vardum, el jefe del Consejo. Contempló la posibilidad de ignorar la llamada. Fácilmente podía enmascarar su presencia, permanecer oculta, si así lo deseaba.

Vardum la llamó de nuevo, y ella cedió. También podría ver lo que él quería. El alivio le hizo eco cuando hicieron contacto. *"¿Sí?"*

*"Mara, confío en que lo estés haciendo bien."*

Suspiró por las bromas inútiles, eran una pérdida de tiempo. *"Estoy bien. ¿Qué era lo que querías?*

Vardum ignoró su impaciencia y continuó tan cordialmente como antes. *"El Consejo desea*

421

solicitar *su ayuda para localizar y recapturar a Artemis"*.

Ella aplacó su agravio, ocultándolo de su percepción. Artemis se había liberado finalmente, y él podía potencialmente hacer un cambio para mejor, pero eso no sucedería si el Consejo lo capturaba de nuevo. Estaban decididamente menos inclinados a conceder segundas oportunidades a aquellos que percibían como merecedores de castigo, al menos no sin antes haber pasado unos cuantos siglos en las catacumbas primero. Considerando la alta estima que tenían por Ricardo, Artemis no tendría ninguna oportunidad si lo traían ante ellos. Al menos Artemis era muy hábil para ocultar su presencia, incluso sin la ayuda de quien le había ayudado anteriormente. La habilidad de Mara para encontrarlo ahora no reflejaba necesariamente la habilidad del Consejo para hacerlo. *"Parece que estás prestando mucha atención a este asunto"*.

*"Estábamos terriblemente disgustados por la muerte de los mensajeros que fueron enviados para traerlo. Queremos ver que lo lleven ante la justicia"*.

Señaló que se abstuvo de mencionar a Richard. Era más fácil pretender que la justicia en lugar de la venganza fuera la verdadera motivación de su búsqueda, citando un crimen más reciente y menos cargado emocionalmente. *"Puedes dejar de buscar a Artemis si es por eso que lo estás persiguiendo. Él no mató a esos hombres".*

*"¿Entonces quién lo hizo?"* Por una vez, Vardum sonaba como si le hubiera pillado desprevenido su comentario.

*"No lo sé".*

*"¿No lo sabes?"* El nerviosismo era evidente en su pregunta. Sonaba inquieto.

Sus labios se estrujaron en una breve sonrisa. Al Consejo le gustaba pensar que era omnisciente, un recurso al que recurrir cuando otros les fallaban, un último comodín para jugar cuando lo decidieran. Debe ser desconcertante darse cuenta de que había cosas que ni siquiera ella sabía. *"No tengo ni idea".*

*"¿Pero sabes que alguien más cometió el crimen?"*

*"Sí".* No lo elaboró más.

Vardum se detuvo por un largo momento, reuniendo sus pensamientos. *"En ese caso, te dejaré volver a lo que estabas haciendo. Siento haberte molestado. Confío en que nos haga saber si averigua algo más sobre este individuo."*

*"Me pondré en contacto contigo si me entero de algo que necesites saber".*

Vardum no hizo comentarios sobre su elección de palabras, en su lugar rompió el contacto, dejándola en la habitación vacía y con una manzana a medio comer.

Un sonido de notificación de la computadora indicó un nuevo mensaje, así que entró en su estudio para descubrir lo que su amigo por correspondencia había escrito esta vez. El mensaje era tan poético y críptico como siempre.

"¿Cómo llevas tu máscara hoy? Con este mundo tan lleno de voces no respaldadas por el pensamiento, ¿es posible disfrutar de una existencia silenciosa llena de pensamiento sin voz? ¿O hay que gritar inevitablemente a la habitación vacía, para probar que existe una voz después de todo? Porque eso es lo que son las masas irreflexivas - una habitación vacía vestida con una voz fuerte y una atractiva máscara que esconde el vacío de sus mentes.

Mara frunció los labios pensando y se lanzó mientras pensaba en una respuesta. Golpeando la respuesta, escribió, "Hay más de un tipo de voz. La palabra escrita puede llegar más lejos que cualquier lengua vocal. ¿Su mensaje sería entonces su grito al vacío, o simplemente su voz fuerte disfrazando el verdadero vacío interior?

Ella envió el mensaje y obtuvo una respuesta casi inmediatamente. Él estaba en línea ahora mismo, como ella. Ella experimentó un parpadeo de conciencia y familiaridad mientras sus mentes se tocaban inconscientemente, una suerte de ambos pensando el uno en el otro exactamente en el mismo momento. Se fue tan pronto como ella se dio cuenta de ello. Su mensaje fue corto. "¿Hay realmente una diferencia?

Mara sonrió. Casi podía oír el tono humorístico de su respuesta; estaba de buen humor esta noche. Mara tiró el resto de su manzana y apagó las luces. Los últimos dos días habían sido muy ocupados y ella esperaba un buen descanso nocturno.

———

LA NOCHE ERA FRESCA Y OSCURA CON UNA ligera brisa, un clima perfecto para viajar. Tammy consideró sus opciones y decidió caminar por un tiempo. Ella no había decidido un destino todavía. Una vez que supiera a dónde pensaba ir, se replantearía la mejor manera de llegar allí.

El viento se levantó, enviando un escalofrío por su columna vertebral. El aire frío la agravó. No debería tener que soportar esto, quería estar completamente cómoda, para poder disfrutar plenamente cada minuto de su nueva vida.

Escuchando atentamente, Tammy escuchó

pasos cercanos. Caminando lentamente hacia adelante, se asomó a la esquina del edificio, pero lo único que vio fue a un hombre con uniforme de la ciudad, limpiando una alcantarilla. Lo intentó de nuevo, abriendo sus sentidos. Un débil olor a perfume se aferraba al aire. Siguió el olor hasta su origen, una joven y hermosa mujer parada en la puerta trasera de un club. La música sonaba fuerte desde el interior del edificio. El sonido se mezclaba con los sonidos de los clientes que iban y venían por la calle frente al edificio. La mujer que estaba de pie en la parte de atrás se quedó sola, disfrutando de un cigarrillo mientras se apretaba la chaqueta contra la fría noche.

Tammy inhaló el olor del humo y sonrió apreciativamente. Ella recordó ese olor. La mujer tosió y dejó caer el cigarrillo al suelo, lo esparció con el pie contra el hormigón. Se giró para entrar, pero Tammy estaba detrás de ella antes de que sus dedos se hubieran enrollado en el mango. Sintiendo un movimiento repentino, la mujer se dio vuelta, pero Tammy se había quebrado el cuello antes de que pudiera hacer un sonido. Al quitarle el abrigo a la mujer, Tammy dejó que el cuerpo cayera al suelo.

Prácticamente mareada, Tammy examinó su nuevo abrigo y se lo probó. Era un deportivo abrigo de piel negra con forro de satén, y le quedaba perfecto. Buscando en los bolsillos, sacó los cigarrillos y un encendedor y sonrió. Esta era la buena vida. Ahora, era el momento de elegir un destino... ella siempre había querido ir a Las Vegas. Sonrió y comenzó a caminar de nuevo, pensando que podría acostumbrarse a esto.

Durante vio a Tammy alejarse, dejando atrás el cuerpo de la chica que había matado. Él sacudió su cabeza - sus acciones fueron simplemente descuidadas. Ella había hecho cosas peores antes, matando a ese traficante de drogas y dejando su cuerpo en el callejón. Al menos no había un agujero inexplicable en el pecho de este cuerpo. Probablemente quería evitar que la sangre manchara el abrigo que tanto deseaba. Este tipo de asesinato indiscriminado y desprecio por los cuerpos fue descuidado e irresponsable. Claro, mató a gente, pero fue lo suficientemente inteligente como para deshacerse de las pruebas. Lo último que necesitaban era una caza de brujas para encontrar a un asesino sobrenatural. Nadie se beneficiaría si el pueblo en general descubriera una cantidad desmesurada sobre su tipo. Era una gran parte de la razón por la que se había formado el Consejo en primer lugar - para vigilar y regular tal comportamiento extravagante para el bien de todos los de su clase. Por sí misma, Tammy era un peligro para todos.

Suspiró. Podía sentir la presencia de los exploradores cercanos del Consejo. Se habían enterado de su anterior asesinato, y para entonces, Mark sin duda les había informado, a través de Mara, sobre el cuerpo de Edmond Marlay. Sabían que había alguien aquí, matando gente de una manera espantosa, y lo buscarían para llevarlo ante el Consejo.

Los exploradores estaban bien entrenados y eran muy peligrosos. A diferencia de los mensajeros, que en su mayoría hacían simples misiones de recuperación, los exploradores eran enviados cada vez que era necesario investigar en una misión de peligro desconocido. Eran rápidos, fuertes, ágiles para resolver problemas, expertos en supervivencia y en constante contacto mental con los miembros de su equipo. Siempre cazaban en un equipo de cuatro hombres, y uno de ellos era normalmente un miembro del consejo. Encontraban a Tammy a la hora de buscar si Durante no les bloqueaba. Ya habían encontrado a su última víctima y se desplegaban para buscar más rápido. Oh, bueno... Tammy había deseado tanto estar a cargo de su propio destino, que ahora era el momento de dejar que se responsabilizara de sus malas decisiones. No necesitaba preocuparse de que ella revelara sus secretos al Consejo, ya había borrado cualquier pensamiento en la mente de Tammy que pudiera llevar al Consejo hasta él, y a diferencia de Artemis, cuando Durante borraba un recuerdo, éste permanecía desaparecido. Ni siquiera Vardum sería capaz de recuperarlo.

Lentamente retirando su protección, notó que la ola de anticipación y excitación se hacía más fuerte entre los exploradores. Podían sentir el cambio en la situación y sabían ahora lo cerca que estaban. Observó a Tammy, completamente ajena al hecho de que estaba siendo cazada, sintiéndose superior a todos en todos los sentidos. Pronto aprendería que eso no era cierto. Durante esperó un segundo más antes de retirar la última de sus protecciones. Instantáneamente, Tammy se puso rígida. Antes de que pudiera reaccionar, correr, gritar o pelear, estaban sobre ella. Desaparecieron tan rápido como llegaron, sólo que ahora tenían su premio.

Con eso, Durante se dio la vuelta y se alejó. Tal vez ahora, Tammy aprendería a apreciar lo que su hija había pasado.

Pero lo dudaba.

# DIECINUEVE

Meg examinó sus manos para ver si había algún signo de los moretones que había visto antes. Su piel era lisa e intacta, sin decoloración. Contempló la rápida recuperación y pensó, no es la primera vez, que todo iba a tomar un tiempo para acostumbrarse.

"Aquí tiene." John dejó caer un refresco en sus manos y se sentó en una de las sillas a su lado, reunidos alrededor del escritorio de Mark en la comisaría. Los oficiales estaban caminando, tomando llamadas telefónicas y se reunieron en la oficina del capitán y en las salas de interrogatorio.

"Gracias". Abriendo la tapa de la lata, Meg

tomó un trago, saboreando el dulce sabor almibarado del líquido carbonatado

"No hay problema. ¿Seguro que no quieres patatas fritas o caramelos de la máquina?" John preguntó de nuevo, listo para volver a levantarse si ella cambiaba de opinión.

Meg rechazó la oferta y sacudió la cabeza. "No, sólo dame mi dosis de cafeína y estaré bien". Habían pasado muchas horas desde que comió o bebió algo, así que un refresco para saciar sus incipientes dolores del hambre era bienvenido.

John se rió y se inclinó hacia atrás, apoyando sus pies en la silla frente a la suya. "Suena como Susan. Juro que por mucho que beba, debe tener cafeína corriendo por sus venas".

Meg vio el cariño en su expresión y sonrió. John y Susan se veían bien juntos. Ella no podía empezar a entender lo difícil que había sido hoy para él. La mujer que amaba casi había muerto, eso debe ser difícil de procesar. Añade a eso todo lo que había aprendido sobre ella y Nicole, y ella pensó que él estaba manejando las cosas notablemente bien. "No puedo creer que no estés ni un poquito raro por esto."

"¿Por qué me extrañaría?" John abrió una bolsa de patatas fritas y se metió un par en la boca. Ella le lanzó una mirada incrédula y John se rió, dejando las fichas y volviéndose hacia ella.

431

"Vale, lo admito - es un poco extraño, pero eres mi amigo y has salvado la vida de Susan. Así que, ¿sabes qué? Puedo vivir con lo extraño".

Después de un corto y aturdido silencio, Meg sacudió la cabeza. "Eres un individuo increíble".

"¿Qué puedo decir?" John se quitó el polvo de los nudillos de la manga de su camisa y los sopló en una muestra de exagerado engreimiento machista. "Hago lo que puedo".

Meg se rió y se tragó otro bocado de bebida.

"Aquí están tus zapatos y tu bolso." Nicole dejó caer los artículos en el regazo de Meg y se sentó a horcajadas en una silla detrás de ellos. "¿Alguna novedad?"

"No". Meg se puso los zapatos y se volvió hacia Nicole. "Todavía están tomando declaraciones y revisando las pruebas".

"Y todavía tienen que interrogar a ese policía corrupto, que estaba encubriendo a Robertson", añadió John. "Mark dijo que podrían ser unas pocas horas."

"Oh, en ese caso, ¿quieren que los lleve a casa?"

"No", respondieron al unísono.

Nicole se sentó, con las manos extendidas. "Vale, olvida que he preguntado". No los culpó, si David estuviera allí, probablemente también

querría esperar. Se imaginó que John no querría perder de vista a Susan por un tiempo. Mirando sus patatas fritas y bebidas, Nicole se
sentó de nuevo hacia delante, inclinándose
sobre los respaldos de sus asientos. "Oye, ¿qué
más tienen para comer por aquí? Me muero de
hambre".

Meg se rió y agarró su bolso. "Quédate ahí.
Te traeré algo". Le dio una palmadita en el
hombro a Nicole y le llamó la atención, los dos
compartiendo una breve mirada antes de que
Meg se pusiera de pie.

"¿Sabes?" Nicole miró sorprendida a Meg.
Meg sonrió y asintió. Apretó la mano de Nicole,
una lágrima le llegó a los ojos a pesar de sus esfuerzos por contenerla.

"¿Sabe qué?" John se puso a pensar entre los
dos en la confusión.

Nicole sonrió ampliamente. "Estoy embarazada".

"¡Que!" John se sentó y se inclinó sobre el respaldo de la silla, abrazando a Nicole con energía.
"¡Felicidades!"

"Gracias, pero no digas nada. No se lo he
dicho a David, todavía."

"Mmmn, sobre eso", comenzó Meg.

Nicole le echó un vistazo. "¿Le dijiste?" Meg
se encogió de hombros. "Lo siento. No puedo

creer que no te haya dicho que lo sabe todavía, pensé."

"Oh, probablemente está esperando a que le diga. Eso, o está preparando una gran sorpresa o una broma para hacerme saber que lo sabe."

Meg se rió. "Mi dinero, si lo tuviera, está en broma". Se paró y se dirigió a las máquinas expendedoras en la parte delantera de la oficina, tratando de decidir el mejor bocadillo para Nicole. Debería haber algo semi saludable disponible. Tal vez unos cacahuetes o una barra de granola estarían bien. Por supuesto, Nicole probablemente la golpearía si no trajera al menos una cosa que contenga chocolate.

Decidió comprar varias cosas que les gustaban a ambos, para poder comer lo que Nicole no quería. Dejando caer las monedas en la ranura, lista para hacer sus selecciones, la habitación de repente se quedó en silencio. Los comentarios susurrados y los pasos eran los únicos sonidos que quedaban. La puerta de la habitación se cerró con un silbido y un suave clic detrás de los tres oficiales que habían entrado. Una breve mirada confirmó que el silencio era para ellos. El oficial del centro estaba claramente siendo escoltado por los otros dos hombres, y su arma y su placa habían sido retiradas. Aunque no lo tenían esposado, sabía que era el hombre que supuestamente había estado ayudando a Gary Robertson. Echó un vistazo a la habitación, conociendo las miradas de desprecio y desagrado de frente.

La escena a su alrededor se ralentizó, cada segundo se agudizó en la conciencia de Meg. Los hombres pasaron junto a ella, y la sonrisa del hombre se convirtió en una sonrisa. Sus ojos se encontraron con los de ella, y ella vio la intención en su mirada. Antes de que nadie pudiera reaccionar, extendió la mano hacia un lado, agarrando un fino abrecartas de metal de uno de los escritorios, y se giró, arrastrando a Meghan entre él y los otros hombres. Con un chillido, sintió la fría mordedura del metal atravesando la suave piel de su cuello. Alrededor de la habitación, se apuntaron armas contra ellos.

"¡Atrás!" gritó cerca de su oreja, sonando increíblemente fuerte para su recién mejorado oído. Presionó el abrecartas con fuerza contra su piel, y una gota de sangre caliente cayó por su cuello. Meg cerró los ojos y esperó a que la ola de pánico la alcanzara, sorprendida cuando no llegó.

Abriendo los ojos, Meg vio a Mark de pie al otro lado de la habitación. Sus ojos captaron los de ella, buscando. Ella sonrió tranquilamente, extrañamente tranquila. Dejando que sus instintos tomaran el control, Meg se quedó sin fuerzas, cayendo a través de los brazos del hombre antes de que pudiera apretar su agarre. Una vez que estuvo libre, se agachó, con las manos en el suelo, y movió las piernas en una patada baja que le arrancó las piernas de debajo de él. Golpeó el suelo con un fuerte golpe, el abrecartas golpeando inofensivamente en la baldosa a su lado. Cuatro pares de manos estaban sobre él antes de que ella tuviera tiempo de levantarse. Ella retrocedió cuando le leyeron al oficial Bryant sus derechos y le puso un par de esposas en los brazos.

"¡Meg!" Nicole puso una mano en su brazo. "¡No te congelaste!"

Meg los vio guiando el camino del hombre. Nicole tenía razón, no se había congelado. Por primera vez en su vida, no había tenido miedo.

"¿Estás bien?" Mark se acercó a ella, poniendo una mano en su espalda.

Meg sonrió serenamente. "Sí, creo que sí".

———

"He buscado por todas partes. No lo veo".

Billy echó un vistazo a la estudiante colocando los libros en el estante. "Está bien, Angie. Gracias por ayudarme a buscar".

La chica sacudió la cabeza, su corta cola de caballo morena se balanceaba con el movimiento. "No sé dónde puede estar". Se metió las gafas en la nariz y siguió revisando los títulos de los libros mientras los colocaba en su sitio.

Billy se puso de pie y se acercó a ella, quitándole el resto de los libros de sus manos. Angie era una buena chica. Trabajaba con él de vez en cuando durante el semestre, buscando orientación sobre dónde enfocar sus estudios. En retrospectiva, él probablemente no había sido su mejor opción como consejero académico. Esperaba que sus problemas no afectaran negativamente a su educación en los próximos años. Ella era todavía una estudiante de segundo año de literatura, así que al menos podía distanciarse de él si era necesario.

Parecía cada vez más probable que fuera así, especialmente si seguía perdiendo libros. Notó que las sombras a su alrededor se oscurecían ligeramente y tenía la absurda sensación de que estaba siendo observado. La habitación parecía estar llena de una sensación de júbilo malicioso. Sabiendo que no venía de él o de Angie, Billy se preguntó de dónde procedían los ánimos. No le resultaba extraño obtener impresiones de una habitación o un objeto, pero esto era diferente. Esto era enfocado y nuevo, no algo que él había experimentado aquí antes. Tal vez estaba captando las emociones de quien había robado este último manuscrito de su oficina. Estaba más allá de pensar que podía ser un error o una coincidencia. Alguien estaba haciendo esto a propósito.

"Sr. Cameron". La secretaria del departamento metió la cabeza en la puerta abierta pero no entró.

Billy se acobardó por la omisión de su designación doctoral, a favor del título más común pero decidió que no tenía sentido decir nada. Era obviamente una señal de falta de respeto, y eso no iba a cambiar mientras este escándalo estuviera colgando sobre su cabeza. Además, no quería causar una escena delante de su estudiante. Todavía le quedaba algo de orgullo. "¿Sí, Bárbara?"

"El profesor Douglas me pidió que le consiguiera un libro. Dijo que tú lo sabrías."

Billy se puso tieso. Casi podría jurar que sintió risas en la habitación, pero nadie se rió.

"Tendré que llamarlo por eso".

"Oh, ¿por qué... hay un problema?" No se molestó en ocultar la expresión engreída en su cara o en su tono.

"No, en absoluto. Si eso es todo, tengo trabajo que hacer." Dio la espalda a la puerta, un claro despido. El secretario respiró con dificultad y se alejó acechando.

Angie observó la puerta abierta durante unos segundos, asegurándose de que estaban solos. "¿Es ese el libro que buscamos?" preguntó en un tono silencioso.

Billy suspiró. Era una chica brillante y observadora. Esos rasgos le servirían para el resto de su educación. "Me temo que sí".

Angie guardó el último de los libros, dando una última mirada superficial a los estantes. "¿Qué vas a hacer?"

Billy dejó los libros restantes en sus manos y volvió a su escritorio. "Primero, voy a conseguirte un nuevo consejero".

Angie se sentó con un suspiro de derrota en la silla frente a su escritorio. "¿Así que los rumores son ciertos?"

"¿Qué rumores serían?" Se sentó en su propia silla y se inclinó hacia atrás. Tenía una curiosidad mórbida por lo que la gente decía de él.

Angie hizo una pausa por un momento antes de continuar. "Dicen que estás a punto de ser despedido por un manuscrito que fue robado."

La risa de Billy fue corta, sin humor. "Es totalmente posible. Pero no hay nada de qué preocuparse. Tengo un par de ideas sobre un nuevo consejero. Voy a hacer algunas llamadas y veré qué puedo hacer".

"Siento oír eso". Por el tono de la voz de Angie, podía decir que lo decía en serio. "Supongo que me iré, entonces". Angie se levantó y caminó hacia la puerta. "Dr. Cameron", dijo, volviéndose, "siempre ha sido mi profesor favorito. Espero que las cosas funcionen".

"Gracias, Angie". Billy esperó a que se fuera y cerró la puerta tras ella antes de empezar a llamar a algunos profesores a los que había hecho favores en el pasado. Cuando eso terminó, se preparó para la llamada que temía. Se vio obligado a contarle al profesor Douglas lo del manuscrito que faltaba. Tres minutos más tarde, reemplazó el receptor y se sentó de nuevo. "Bueno, eso es el final de eso". Billy se paró y sacó algunas cajas. También podría empezar a empacar.

———

"¿PUEDO OFRECERTE ALGO?" MARA LE HIZO señas a Meg para que se acercara al sofá y cerró la puerta principal. Todavía sonreía por la sorpresa que Meg mostró cuando Mara abrió la puerta antes de haber llamado. Nunca se cansó de ese pequeño truco. Era una de las formas en que mantenía sus habilidades y se divertía un poco en el proceso.

"No, gracias. Espero no estar molestándote". Meg sonrió nerviosamente y se sentó en el sofá. Mara se sentó en una silla justo enfrente de ella. Meg echó un vistazo a la habitación, notando el despliegue de velas y la sencilla decoración. Le recordó la habitación en la que se encontraba después del secuestro, cuando Nicole la rescató. Mirando a través de una puerta abierta al otro lado de la habitación, Meg reconoció el vestidor donde se había parado cuando experimentó su segunda visión.

"Por supuesto que no. ¿Cómo puedo ayudarla?"

"Sé que no nos conocemos bien, pero Nicole me contó cómo les ayudaste a encontrarme. Quería darte las gracias por ello". Le debía a Mara su papel en el rescate. Si no la hubieran sacado de ese lugar, no se sabía lo que se le habría hecho.

Mara sacudió la cabeza. "Nicole hizo la parte difícil, yo sólo le di un poco de orientación". Mara entrecerró los ojos, viendo claramente más de lo que las percepciones normales permitían. "¿Qué más hay en tu mente?"

Meg suspiró. Nicole le había advertido lo perspicaz que podía ser Mara. En muchos sentidos, era como hablar con Nicole, pero sin la familiaridad recíproca por parte de Meg. "Desde que… empecé a cambiar, he estado teniendo visiones. Se las mencioné a Nicole, pero ella dijo que no había experimentado nada parecido. Me dijo que debería hablar contigo, lo cual debo hacer de todos modos. Un par de visiones te involucraron".

Mara se sentó adelante, presionando las yemas de sus dedos en su regazo. No le gustaba revelar su interés a menudo, pero las palabras de Meg le interesaban mucho. Aún así, mantuvo su voz y su cara sin emoción cuando respondió. "¿Qué clase de visiones?"

Meg se metió el pelo detrás de la oreja. "No lo sé. Simplemente vinieron a mí". Meg explicó las visiones que la habían llevado a Susan y las dos visiones que había tenido eran ambas sobre Mara. "El reflejo no duró mucho tiempo", omitió el comentario que Mara había hecho sobre tener más de mil años, "pero el que experimenté en su habitación fue increíblemente detallado". Parecía como si hubiera ocurrido hace mucho tiempo. Y había un hombre que llevaba el colgante de Nicole".

La expresión de Mara estaba embrujada, su mente claramente perdida en la memoria que Meg había descrito. Cuando volvió a hablar, parecía distraída y su voz parecía falsamente casual. "Sí, bueno, todos los nacidos naturales están dotados de diferentes habilidades. Ocasionalmente lo verás en alguien que se convierte, pero es muy raro. Para los nacidos naturales, las visiones no son raras, y tú y Nicole proceden de un poderoso linaje." Se puso de pie y se quitó el polvo de las manos a los lados de su falda. "Deberías practicar los ejercicios de meditación que le mostré a Nicole. En este caso, Mark o David podrían ayudarte en este sentido, con los ejercicios básicos. Te ayudarán a manejar mejor tus visiones. ¿Había algo más?" Mara caminó hacia la puerta y agarró el pomo, abriendo la puerta.

"Lo siento. No quise hacerte sentir incómodo". Meg se paró y cruzó la puerta. Esta visita no había salido como ella esperaba. Por otra parte, probablemente se molestaría si alguien que no conocía particularmente bien empezara a tener visiones sobre su pasado, para poder simpatizar con el origen de Mara. Mara era obviamente una persona reservada a la que no le gustaba hablar de su pasado. Meg podía respetar eso. "Me imaginé que debía haber una razón por la que estaba viendo cosas sobre ti".

"No seas ridículo". Mara hizo un gesto para que Meg no se preocupara. "No me has hecho sentir incómodo. Hay algunas cosas de las que tengo que ocuparme. Hazme saber si necesitas algo más". Cerró la puerta detrás de Meg y se apoyó en ella, con una mano en el pecho.

Mara pensó en el día que Meghan había descrito y su garganta se estrechó con la emoción. ¿Por qué volvería esto a perseguirla, después de todos estos años? ¿Quién se beneficiaría de que el pasado fuera desenterrado de esta manera? Mara hizo lo que pensó que era lo mejor, salvar esas vidas, y había vivido con el dolor de su traición por más de mil años. ¿No había sacrificado lo suficiente? ¿Por qué la Diosa enviaría esta visión a Meghan? Mara obviamente se había dejado acercar demasiado a ellos, demasiado involucrada en sus vidas, y ahora se le estaba advirtiendo que diera un paso atrás. Se le estaba recordando todo lo que había perdido cuando hizo su trato para salvar a su pueblo. Los amigos y la familia no eran un lujo que se le permitiera, ya no. Necesitaba cortar sus lazos aquí, y esperar que fuera suficiente.

———

"¿Puedo ver su tiquete de abordaje?"

Billy le dio su pase a la azafata y se dirigió a su asiento, cerca de la parte trasera del avión. Se sentó con un resoplido, sin molestarse en dejar el pequeño bolso de mano y reflexionó sobre el desastre que era su vida.

Las cosas habían salido como él esperaba. Una vez que el decano supo que Billy había perdido otro libro, se puso furioso. No tardó mucho en comprender que, por mucho que la universidad apreciara lo que Billy había hecho y contribuido a lo largo de los años, no los veía avanzar juntos hacia el futuro. Estaban en caminos diferentes y necesitaban ir por caminos separados. Era como una mala línea de ruptura, sólo que sin el sexo de ruptura ligeramente satisfactorio que normalmente la precedía. Al menos su casera estaba triste al verle marchar, incluso le había dado una cesta de fruta como regalo de despedida. Claro, estaba destinada a un nuevo inquilino en el pasillo, pero era la idea lo que contaba. Considerando el poco tiempo que le había dado antes de irse, ella había sido una tremenda buena chica.

Se paseó sin pensar por los canales de la televisión, más por aburrimiento que por interés. Unas cuantas filas más arriba, una pequeña mujer rubia trató en vano de calmar a su hiperactivo niño pequeño. El niño gorjeante se rió y señaló el pasillo vacío a su lado. Mientras la mujer agarraba un par de juguetes de su bolso e intentaba distraer al niño, éste saltaba arriba y abajo,

445

aplaudiendo con las manos juntas, antes de tomar finalmente uno de los juguetes y dejarse caer en su asiento. La mujer abrochó el cinturón de seguridad del niño y se echó hacia atrás con un suspiro de cansancio. Billy se rió para sí mismo y miró hacia la fila de asientos que la niña había señalado, preguntándose qué la había cautivado tanto. No había nadie en el pasillo, y la siguiente fila de asientos estaba vacía. Mientras otros pasajeros abordaban, notó con curiosidad que nadie entró en esa fila. Curiosamente, la gente que caminaba por ese pasillo se había desviado hacia el pasillo del otro lado del avión y de vuelta para llegar a los asientos de ese lado. Medio parado, Billy miró fijamente al suelo, pero no había nada que bloqueara el camino. De hecho, nadie parecía darse cuenta de lo que estaban haciendo. Era como si una parte del avión simplemente no existiera.

Comprobando la hora, Billy se puso de pie y se dirigió al otro pasillo, caminando hacia el baño de ese lado. Lentamente, pasó por la parte vacía de la fila, estudiando todo. Los pelos de su brazo se pararon de punta y una extraña sensación de ansiedad se apoderó de él, pero siguió caminando, superando la vacilación que sentía. Cuando llegó incluso con los asientos, una mezcla de curiosidad y vigilancia se apoderó de él, como si estuviera siendo observado. Por el rabillo del ojo, vio movimiento, pero cuando volvió la mirada, no había nada que ver.

"Discúlpeme". Una mujer alta pasó a su lado y se dirigió a la parte trasera del avión. Fue seguida rápidamente por más pasajeros que venían por el pasillo. Mirando hacia atrás al asiento, las extrañas sensaciones desaparecieron. Lo que había estado allí antes, ahora había desaparecido.

Al girar, Billy volvió a su asiento y se preparó para el vuelo. Tenía una larga noche por delante y mañana empezaría de nuevo. Más preocupante aún, tendría que contarle a Nicole lo que había pasado. Se vería obligado a contarle cómo había fracasado. Miró por la ventana cuando el avión empezó a rodar hacia la pista.

Conociendo a Nicole, le diría que era la forma en que el universo le decía que se acercara a ella y dejara de enseñar para perseguir su sueño de escribir. Ella siempre le había animado a escribir. Tal vez ya era hora. No tenía más remedio que hacer un cambio de carrera ahora, de todos modos. También podría darle una oportunidad a la escritura, de nuevo. A su alrededor, la gente gemía cuando el capitán anunciaba un retraso. Él suspiró. Iba a ser una noche larga.

# VEINTE

"¿S̲e̲g̲u̲r̲o̲ que no quieres que vaya contigo?"

Susan miró la cara compasiva de John y tuvo ganas de besarlo. Complaciendo el impulso, le dio un suave beso en los labios y le sonrió. "Estoy segura. No tardaré mucho".

"Tómate tu tiempo". John dejó caer su cabello de sus dedos y se apoyó en el capó del auto, mirando como ella entraba al cementerio.

Susan se abrió camino a través de los terrenos, deteniéndose en una nueva tumba. Estoicamente, se arrodilló y colocó la rosa al pie de la lápida. De pie, observó el cementerio. Era apenas después del mediodía, así que el sol arrojaba una luz casi celestial sobre el suelo sagrado.

Caminando de nuevo, escuchó el sonido de la hierba arrastrada por sus pies. Una por una, se detuvo en cada una de las tumbas de las víctimas de Gary, dejando una rosa en cada una. No necesitaba una lista para recordar los nombres, habían sido grabados en su memoria. Como una de sus víctimas, tenía un extraño parentesco con estas mujeres que no habían tenido tanta suerte.

Cuando le quedaba una rosa, Susan tenía una última tumba que visitar: Karen Michaels, la última víctima del estrangulador de Smithsdale. Susan se dirigió a la tumba pero se contuvo, notando que alguien ya estaba allí. Un joven, probablemente de unos veinte años, se quedó mirando la fría piedra y la suciedad. Sintiendo que ya no estaba solo, miró hacia donde Susan estaba parada. "Lo siento. No quise interrumpir."

"Está bien". El chico entrecerró los ojos, estudiándola de cerca. "Eh, usted es la Sra. Anderson, ¿verdad?"

Ella asintió. "Sí, soy Susan Anderson". Ella sonrió, reconociendo su voz. "Y tú debes ser Peter".

"Sí, pero puedes llamarme Pete". Dio un par de pasos hacia un lado, haciendo un gesto para que Susan se le uniera. Susan dio un paso adelante vacilante, se agachó para colocar su rosa y luego se levantó de nuevo. "Leí cómo atrapaste al verdadero asesino", añadió Pete.

Susan miró fijamente las letras grabadas en la piedra, soportando una pesada sensación de tristeza mezclada con alivio. "No hará daño a nadie más".

"Dijeron que intentó matarte. ¿Cómo escapaste?"

"Fui bendecido con algunos buenos amigos, que me encontraron. No lo habría logrado sin ellos. Casi no lo logro. No sé si hubiéramos conectado la muerte de Karen con Gary Robertson, si no me hubieras llamado con tus sospechas. El oficial de policía con el que habló estaba trabajando con Robertson, para cubrir sus crímenes. Ahora mismo, todavía tienen gente revisando sus viejos registros de casos para asegurarse de que no hemos pasado por alto a nadie más. ¿Cómo conociste a Karen?"

"Éramos amigos", dijo simplemente, mirando a la distancia.

Susan puso una mano en su brazo. "Tenía suerte de tener una amiga tan buena".

Pete sonrió brevemente a sus palabras y apretó su mano suavemente antes de volver a la tumba. Dejando caer su mano, Susan se dio la vuelta y se alejó, dejándole para que llorara en paz. Al menos ahora, Karen también podía descansar en paz.

———

Mara tenía en sus manos el cartel de "Se Alquila" y contemplaba qué hacer. Necesitaba irse, lo sabía, pero una parte de ella odiaba irse. Se había sentido atraída por la familia de Nicole, desde que conoció al abuelo de Nicole. Por alguna razón, no podía apartarlos de su mente. Quería ayudarles, estar cerca de ellos, por encima de cualquier otro de su clase. Se preocupaba por lo que les pasaba, y no podía explicar por qué.

Tal vez fue el colgante. Una vez le perteneció, hace mucho tiempo. Tal vez eso fue lo que la unió a ellos tan fuertemente. No podía pensar en ninguna otra razón para su extraño apego. Sin embargo, no importaba, ella necesitaba irse. Seguir adelante era una forma de vida para los de su clase. No podías quedarte en un lugar por mucho tiempo. Hacerlo era egoísta y ponía en peligro a todos. Definitivamente era hora de irse.

Resuelta a su decisión, Mara se acercó a la ventana y trató de decidir el mejor lugar para poner el cartel.

Un hombre caminando por la calle le llamó la atención. Mientras ella miraba, él se dio vuelta y la vio parada allí. Sonrió amistosamente y se volvió para caminar hacia la tienda. El corazón de Mara saltó, un extraño bulto se formó en su pecho. Lo reconoció de la boda de Nicole, era el hermano adoptivo de Nicole, Billy. Mara no había hablado mucho con él ese día, pero sin duda le había causado una gran impresión. Aún podía recordar cómo se veía con su traje y su corbata. Al verlo ahora, decidió que se veía aún mejor en ropa informal. Sus vaqueros le quedaban bien, y su suéter crema revelaba un ligero indicio de los músculos de debajo.

Ella respiró profundamente cuando él se empujó contra la puerta, y el suave sonido de las campanas le ayudó a concentrar sus pensamientos.

"Hola", la saludó calurosamente. "Probablemente no me recuerdes, pero..."

"Eres Billy", interrumpió

"Sí". Parecía complacido de que ella recordara su nombre. "Y tú eres Mara, ¿verdad?"

Asintió con la cabeza, sintiéndose inusualmente tímida. Se colocó un mechón de pelo suelto detrás de su oreja con nerviosismo. "No pensé que vivieras aquí".

Inhaló bruscamente, devolviéndole la atención a esos músculos mientras se flexionaban con el movimiento. "No lo hice, pero parece que ahora sí. Estoy pasando por un... cambio de carrera"

"Estoy seguro de que Nicole está encantada de oírlo" Mara se sorprendió por una repentina emoción que apenas pudo ocultar a su voz.

"Estoy seguro de que lo estará", se rió entre dientes. "No se lo he dicho todavía. Eres la primera persona que veo desde que volví. Recordé haberte visto en la boda, pero no tuvimos la oportunidad de hablar mucho entonces, así que pensé en saludarte y decirte lo que quería decirte entonces."

"¿Y eso fue?", preguntó, con una ligera curiosidad.

Él la miró con total honestidad en sus ojos y respiró profundamente. "Que eres hermosa".

Sonrió ante el cumplido. "¿No quieres decir, 'eran'? No estoy vestida ahora."

"No, quiero decir 'son'."

Ella sintió la intensidad de su mirada apreciativa y se quedó sin palabras.

"¿Te estás preparando para vender este lugar?" Billy le hizo un gesto a la señal en sus manos y se acercó, y Mara se quedó atónita cuando su respiración se aceleró con su proximidad.

"Yo... um... yo" balbuceó. Trató de enfocar

sus pensamientos. "Yo también he estado considerando un cambio de carrera".

"Espero que no vayas muy lejos. Odiaría pensar que esperé tanto tiempo para volver a casa sólo para perder la oportunidad de conocerte."

Ella lo miró a los ojos y vio la sinceridad allí. "Podría quedarme por aquí. Aún no lo he decidido".

Su sonrisa se amplió. "En ese caso, te dejaré volver a lo que estabas haciendo. Hazme saber si hay algo que pueda hacer, para ayudarte a decidir." Le guiñó un ojo y se volvió para irse, dejando a Mara sola con sus pensamientos una vez más.

"Ah, diablos", murmuró ella, y tiró el cartel a la basura.

———

MARK CERRÓ EL ARCHIVO Y SUSPIRÓ. La mayoría de los cabos sueltos del caso del estrangulador se resolvieron, pero se dio cuenta de que no podía concentrarse. Un asesino estaba tras las rejas, las mujeres del pueblo respiraban mejor, un policía corrupto estaba fuera de servicio, pero había pasado una semana desde que vio o habló con Meghan. Pasaba su tiempo con Nicole, aprendiendo a controlar mejor sus nuevas habilidades. Al principio se preocupó, temiendo que el incidente en la estación la hubiera afectado más de lo que ella había dejado ver. Pero desde ese evento, la música había vuelto. Lentamente al principio, pero ahora era un recordatorio casi constante de ella, que le ponía al día sobre el estado mental de Meg en cualquier momento. Del heavy metal a varios musicales, había progresado a la parodia y otras canciones cómicas. Se había despertado con ella en medio de la noche un par de veces. Si tan sólo lo despertaba de una manera diferente. Él sonreía al pensamiento, pero rápidamente lo apartó de su mente. Necesitaba darle tiempo. Ella sabía lo que él sentía por ella. Ella vendría a él cuando estuviera lista. Necesitaba ser paciente.

"¿Cómo va todo?" Meg se inclinó sobre su hombro, sus labios a centímetros de su oreja. Sonrió ante su sorpresa y se dirigió al frente de su escritorio, apartando una pila de papeles para sentarse en el borde.

"Parece que tu entrenamiento con Nicole fue bien." No había tenido el más mínimo sentido de su acercamiento. Aunque, para ser justos, su distracción probablemente jugó un papel. Aún así, no podía negar que ella mantenía un aura tranquila, segura y poderosa.

"Sí, Nicole dice que soy natural. Dijo que estaba celosa porque le resultaba mucho más difícil ponerse al día, pero le recordé que me estaba volviendo loca en el momento en que recogí la mayor parte, y lo llamamos un empate. Atrapar."

Con un brillo en los ojos, Meg le tiró una manzana del bolsillo a Mark. La cogió fácilmente y la miró. "¿Para qué es esto?"

"Es para comer, tonto". Meg se rió y se mordió el labio inferior. "Considéralo una venganza, ya sabes, por la manzana que me diste."

Mark entrecerró los ojos. "Me parece recordar que había algunas uvas y peras involucradas, también."

Meg puso los ojos en blanco. "Obviamente, voy a conseguirte el resto. Me imaginé que una manzana sería un buen pago inicial. Caramba.

Mark se rió. "Me alegra ver que estás mejorando. ¿Te gustaría ir a dar un paseo?" La estación era relativamente tranquila, así que no le preocupaba que nadie escuchara su conversación, pero quería pasar un tiempo ininterrumpido a solas con Meg. Hacía mucho tiempo que no se veían así, relajados e informales.

"Claro". Meg bajó del escritorio y metió un brazo en el suyo, apoyando su cabeza en su hombro. "Guíame".

El corazón de Mark se saltó un latido. Deslizando su brazo de su agarre, lo envolvió alrededor de su espalda, acercándola sutilmente. Ella respondió deslizando su brazo alrededor de su cintura. Su cabello le hacía cosquillas en el cuello donde descansaba, aplastado contra su pecho y su piel, y ella suspiró, ajustando su cuerpo más cómodamente contra su costado. Él le sonrió. "Hola, Tony", llamó a un joven oficial. "Me estoy tomando un descanso. Volveré más tarde."

"Oh... está bien", respondió Tony después de un momento de aturdimiento. Cuando pensó que estaban sin oído, se inclinó hacia el oficial que estaba a su lado. "No pensé que nunca se tomaba descansos".

El hombre se encogió de hombros. "No lo hace, pero ¿viste a esa hermosa mujer con la que está? Aparentemente, Mark es humano después de todo."

Mark hizo una mueca cuando la puerta se cerró detrás de ellos, cortando cualquier otra cosa que los dos hombres pudieran tener. Meg se rió. "Es una gran reputación la que tienes ahí".

Mark no se molestó en defenderse. El tono juguetón de Meg fue suficiente para eliminar la pequeña vergüenza. "¿Cómo has estado?"

"Mucho mejor", lo llevó hacia el sendero para correr que llevaba al parque y se apoyó en la barandilla que daba al agua. El año pasado, Nicole había arriesgado su vida para salvar esta área de la contaminación. Ahora, se veía saludable de nuevo después de años de abandono. Era el lugar perfecto para hablar. "Gracias por todo lo que hiciste por mí. Sé que no fui la persona más fácil de ayudar, pero nunca te diste por vencida conmigo, y eso significa mucho. He estado pensando mucho esta última semana. No tengo dinero, ni un lugar permanente para vivir, ni habilidades discernibles que rectifiquen cualquiera de esas situaciones. Excepto una." Sacó una carta de su abrigo y se la entregó a Mark, esperando que la leyera.

"¿Te vas a unir a la academia de policía?" Levantó la mirada de la carta a ella en estado de shock.

Meg sonrió y se encogió de hombros. "Sí. Tal y como yo lo veo, lo único que tengo es mi deseo de evitar que otras personas pasen por lo mismo que yo. Quiero ayudar a la gente. Incluso cuando hice el squitzo, fue lo principal que me motivó. Y ahora que me he enfrentado a mis miedos, creo que podría hacer algo bueno. ¿Qué es lo que piensas?"

Mark miró su mirada de búsqueda y sonrió. "Creo que es una gran idea".

Sonrió ampliamente y le abrazó. "Me alegro

de que pienses así. Eso significa mucho." Inclinándose hacia atrás, dejó sus manos alrededor de su cuello y le miró profundamente a los ojos. Abrió la boca para hablar, pero cambió de opinión y le besó. Mark la sostuvo cerca, disfrutando el toque de su cuerpo contra el de él. El beso terminó, y se quedaron en silencio, con los ojos cerrados mientras se deleitaban en el placer de estar cerca del otro.

"He echado de menos esto", Meghan le habló a su mente, abriéndose a él mentalmente.

Mark asintió. "Yo también".

Abrió los ojos y estudió cada línea de su rostro, encontrando la belleza en cada parte de él. "Mark, Marcus", recordó el nombre que había usado en el pasado y sonrió. Abrió sus ojos, encontrando su mirada. "Te amo, y quiero estar contigo siempre y para siempre."

Mark sonrió y soltó una risa. Agarrándola, la hizo girar en círculo. Ella se rió mientras él la inclinaba, besándola firmemente de nuevo.

Y Meg sabía que, sin importar lo que pasara en su vida, estaría bien de ahora en adelante.

Querido lector,

Esperamos que hayas disfrutado leyendo El
Lobo Del Pasado. Si tiene un momento, por favor
déjenos una reseña, incluso si es breve. Queremos escuchar de ti.

La historia continúa en El Lobo Del Futuro.

Atentamente,

A.D. McLain y el equipo de Next Chapter

# ACERCA DEL AUTOR

"¿Qué quieres ser?"

Cuando era pequeño, respondí esa pregunta diciendo, actor, escritor, artista, astronauta, cantante, diseñador de moda y algunas otras cosas. Los adultos sonreían ante mi respuesta y decían que aún no había tomado una decisión. Les dije: "No, quiero ser todos ellos".

Nunca entendí la idea de limitarte a una sola cosa. La vida es muy grande. Hay espacio para muchas aventuras.

A medida que crecía, seguí dibujando. Escribí e interpreté canciones en espectáculos de talentos. Dibujé diseños para ropa e incluso cosí algunos conjuntos. Hice mi propio vestido de novia a mano. Estudié diseño digital y aprendí a hacer un trabajo básico en programas de fotografía. Los amigos te dirán que siempre estoy saltando de un proyecto loco a otro.

Una y otra vez me dijeron que lo que estaba haciendo era demasiado difícil, no sabía lo suficiente, nunca podría hacerlo. Y cada vez que me sumerjo de cabeza en lo que sea que mi pasión me impulsara con una fe casi inquebrantable de que podía hacer cualquier cosa que me propusiera. La gente siempre quiere decirte lo que no puedes hacer. Todos somos capaces de cosas increíbles cuando tenemos fe y creemos en nosotros mismos. Es posible que no tenga éxito en todo lo que se hace, pero nunca se tendrá éxito en algo que no se intente.

A pesar de mi gran variedad de intereses diferentes, la escritura siempre ha tenido un lugar especial en mi alma. Cuando tenía doce años, pasé todo un verano escribiendo una historia.

Ahora, a menudo comencé proyectos sin terminarlos, antes. Fue diferente. Escribí todos los días. Escribí en el auto, mi habitación y la lavandería. Escribí hasta que, justo cuando las vacaciones llegaban a su fin, mi historia había terminado. Lo termine. Supe en ese momento, este era mi llamado en la vida. Esto era lo que estaba destinada a hacer.

A partir de ese momento, estudié y escribí. Los maestros y hermanos me dijeron que siguiera una carrera más práctica. Los ignoré y seguí mis instintos.

Cuando necesitaba un descanso, todavía tenía todos mis otros proyectos creativos para ayudarme a recargar y tener tiempo para pensar. Pero siempre volvía a escribir.

En la universidad, conocer y casarme con mi alma gemela, trabajar en trabajos que odiaba, convertirme en madre de tres niños maravillosos y educar en casa a esos mismos niños traviesos, ha habido desafíos. Hubo momentos en que tuve que tomar un descanso de la escritura habitual para cuidar a los recién nacidos y los niños enfermos. Sin embargo, incluso cuando no estaba poniendo lápiz en papel de manera activa (sí, todavía uso buenos cuadernos y caligrafías antiguas la mayor parte del tiempo) mis libros siempre están en mi mente. He pasado muchas noches agachada sobre papel, usando la luz tenue de mi teléfono o una luz nocturna para ver lo suficiente como para dejar de pensar, mientras mis hijos duermen a unos metros de distancia.

Escribir es quien soy.

Mi pasión son los romances paranormales y los libros de fantasía. Me encanta escribir sobre hombres lobo y otros cambia formas. También he escrito sobre temas psíquicos.

Comencé a escribir fantasía después de casarme. Mi esposo y yo solíamos reunirnos con amigos para jugar mazmorras y dragones todos los sábados. Mi esposo quería crear su propio mundo con sus propias campañas, por lo que solicitó mi ayuda para escribir las historias de fondo. Me contó cómo era su mundo y a algunos de los jugadores clave y me pidió que escribiera fondos sobre otros personajes. Le conté lo que tenía y agregó contenido o hizo cambios para adaptarse a su visión. Fue muy divertido trabajar en esto con él.

Más tarde, estaba buscando un proyecto rápido para escribir para menaesnov (mes nacional de escritura de novelas) y decidí poner algunas de nuestras notas en una propia historia completa.

Ese fue el nacimiento de nuestro primer proyecto colaborativo de libros de fantasía. Es genial poder compartir algo que es una gran parte de mi alma con mi esposo. Siempre ha apoyado mi escritura. Incluso cuando no ha valido la pena económicamente, nunca me ha pedido que pare.

No sé qué depara el futuro, pero sé que esto es lo que estoy llamada a hacer.

Lightning Source UK Ltd.
Milton Keynes UK
UKHW042056040121
376432UK00001B/136